KB270821

달팽이 사냥

김대산 비평집

달팽이 사냥

펴 낸 날 2011년 9월 9일
지 은 이 김대산
펴 낸 이 홍정선
펴 낸 곳 ㈜문학과지성사
등록번호 제10-918호(1993. 12. 16)
주　　소 121-840 서울 마포구 서교동 395-2
전　　화 02)338-7224
팩　　스 02)323-4180(편집)　02)338-7221(영업)
전자우편 moonji@moonji.com
홈페이지 www.moonji.com

ⓒ 김대산, 2011. Printed in Seoul, Korea

ISBN 978-89-320-2231-4

:: 김대산 비평집

달팽이 사냥

문학과지성사
2011

賢愛에게

소설을 읽고, 그것에 관한 글쓰기를 하면서 품은 한 생각이 있었다. 소설이란, 적어도 '어떤 소설'이란 어떤 종류의 보편적인 비밀을 감추면서 또한 드러내고 있는 개별적인 이야기가 틀림없다는 것이다.[1] 소설의 그러한 성격은 소위 '근대'에 등장했던 세르반테스를 통

---

1) 여기서 '이야기'라는 이름은 미토스mythos와 로고스logos의 애매모호하고도 내밀한 관계, 즉 이미 오래전에 소설의 길을 암시했던 신화와 철학의 대립 속에 숨겨져 있던 상보적 관계를 함축하고 있는 이름이며, 의미의 사태와 긴밀한 관계 속에 있는 말과 이미지의 흐름과 고정으로부터 자라 나오는 유기적 전체의 형성이 주된 관심사가 되는 모든 활동 혹은 그 활동의 산물에 붙여질 수 있는 이름으로서, 가령 다음과 같은 강제적 구분, 즉 말과 이야기 혹은 담론과 이야기 혹은 플롯과 이야기 같은 실용적이지만 강제적인 구분에서 가능한 한 일단 물러서고자 사용된 이름이며, 만일 누군가 그렇게 이미 확립(?)된 구분들과 정의들을 무시하면서 무분별하게 이름을 사용하는 것은 이론적 엄밀성과 게임의 규칙을 위반하는 것이라고 이야기한다면, 다음과 같은 대답, 즉 오히려 자연스러운 결을 따르지 않는 그러한 분할과 사태에 부합하지 않는 강제적 정의에 대한 집착이 놀이에 관한 내적인 이해를 가로막고 있는 것이며, 엄밀성이나 정확성이란 여러 양태로 나타날 수 있는 것이어서, 이를테면 논리적으로 구조적인 하나의 담론이 엄밀할 수 있는 만큼 상상적으로 형성되는 하나의 이야기도 엄밀하거나 정확할 수 있으며, 그 둘은 상당 부분 겹치거나 구분이 불가능할 정도로 혼합될 수 있다고 이야기하거나 말해야 할 것이다.

해 나타난 슬픈 얼굴의 기사가 행한 모험 혹은 편력 이야기, 혹은 현대에 출현한 프루스트가 쓴 시간 이야기나 보르헤스의 허구에 관한 이야기들이나 헤세의 유희 혹은 놀이에 관한 이야기, 혹은 '고대'의 아풀레이우스가 남겼던 변신 혹은 황금 당나귀에 관한 이야기에서도 찾을 수 있다(다른 예를 들자면, 박상륭의 '죽음에 관한 이야기'도 그렇다). 비밀스러운 방식으로 이야기하지 않을 거라면 소설적, 허구적인 방식으로 말했을 이유가 없으며, 비밀이 없다면 비밀스러운 방식으로 이야기할 이유도 없다. 그리고 그때의 비밀이 설령 숨길 수도 폭로될 수도 없는 기이한 비밀, 그래서 존재 여부가 불분명하거나, 혹은 누구나 알면서 또한 아무도 모르는 비밀일지라도, 소설이 비밀을 비밀스러운 방식으로 이야기하고 있다면, 그것은 비밀 자체에 효능과 가치가 존재하기 때문일 것이다. 그러한 비밀 자체가 가치를 지닐 수 있다는 사실, 설령 그 비밀이 사실은 거짓이거나 존재하지도 않는 비밀일지라도 어떤 가치를 지닐 수 있다는 사실은 한 옛날이야기에도 예증되어 있다.

그 옛날이야기를 제시하기 전에, 비밀의 가치에도 정도의 차이가 있으며, 거짓 비밀에도 여러 종류가 있다는 점을 간략하게 말해두자. 비밀은 어떤 경우에 거짓이 되거나 가치가 부족한 비밀이 되는가? 먼저, 아무 비밀도 없으면서 어떤 비밀이 있는 척 하는 경우다. 이 경우는 비밀의 실체를 밝히고자 노력했던 자에게 끝내 커다란 실망감과 자기모멸감을 안겨줄 수 있다. 다음으로, 어떤 비밀이 있으면서 끝내 아무 비밀도 없는 척 잡아떼는 경우다. 이 경우에 대한 반응은 여러 양태로 나타날 수 있다. 즉, 비밀을 캐내려 무던히 노력했지만 실패한 자들은 끝에 이르러 일시적 체념이나 회의에 이를 수도 있겠는데,

그들은 가령 아마도 비밀은 없을 수도 있다거나, 어차피 알 수 없는 비밀은 있어도 그만 없어도 그만이라거나, 피곤하고 화가 난 나머지 맹렬한 증오의 느낌에 사로잡혀 어떤 비밀도 필요 없고 어떤 비밀을 들어도 믿지 않겠다거나 하는 식으로 반응할 수 있으며, 혹은 근거 빈약한 넘겨짚기를 통한 확신에서 오는 어딘가 불만족스러운 자기만 족에 이르거나, 그래도 포기하지 못하여 그럼직한 추측을 멈추지 못 하면서 비밀 혹은 비밀의 소유자에게 다양한 양태로 애원하거나, 혹 은 그가 발설하도록 유인·유혹하거나, 혹은 그에게 위협적이거나 강 제적인 협박을 실행할 수도 있을 것이다. 협박이나 강요를 통해서 비 밀을 알아내는 것이 가능하다면 말이다. 비밀을 향한 이런 접근 방식 은 사실 끔찍하고 두렵고 적절하지 못한 것인데, 그것은 고문이나 심 문의 방식이 될 것이다.

　자백받을 그때까지, 비밀이 발설되어 직접적으로 자신의 귀에 전달 될 때까지 강제적으로 고통을 가하겠다는 발상은 인내심이나 자제력, 즉 자발적으로 스스로를 제어할 수 있는 힘의 부족에서 나오는 것이 다. 어떤 의미에서, 고문하는 자는 고문당하는 자이기도 하다. 고문 하는 자가 진실로 이제 밝혀지게 될 그 자백에 자신의 모든 욕망의 성취감과 만족감을 걸고 있다면, 그 자백과 함께 솟아오를 즐거움에 아직 도달하지 못한 고통에 시달리고 있는 그는 비밀의 열쇠를 쥐고 있는 고문당하는 자에게 역으로 고문당하고 있는 것이다. 강제적 관 계 속에서, 고통스러운 것은 양쪽 다 마찬가지다. 하지만 불필요한 고통은 만들지 않는 것이 좋으며, 내가 고통스럽다고 남에게까지 그 고통을 떠넘겨서는 안 되겠다. 비밀이 황금알이라면, 황금알을 낳을 수 있는 거위 혹은 오리 혹은 닭의 배를 성급하게 가르는 무의미한 일은 하지 않는 것이 낫다. 설령 그러한 날지 않는 새들이 아직 한 알의 황금알도 내놓은 적이 없거나, 내놓았음에도 못 보았거나, 보았음에도 무시하거나 망각했거나, 방심한 사이에 누군가 훔쳐갔거나 저절로 사라졌다고 하더라도, 침묵 속에서 주의 집중하며 기다리는 것이 좋을 것 같다. 그런데 언제까지 기다려야 하는가?

　기다림의 한계는 애매하다. 비밀이 없어도 문제지만 있어도 문제이듯이, 비밀이 감추어져 있어도 문제고 드러나도 문제다. 왜냐하면 비밀이 아닌 것을 비밀인 척 제시하는 경우와 비밀을 비밀이 아닌 척 제시하는 경우, 혹은 비밀과 비밀이 아닌 것을 여러 비율로 섞어서 제시하는 경우 등 여러 어려운 경우들이 있기 때문이다. 첫번째 경우에서 최악의 상황은 기다림 끝에 자신이 알아냈다고 믿고 있던 비밀이 실은 비밀이 아니며, 그래서 자신이 속았거나 스스로를 속였다는 것을 결정적인 순간에 깨닫는 그런 상황일 수 있을 것이다. 두번째 경우는 이미 자신에게 비밀이 드러났음에도 불구하고 여전히 그것은 비밀이 아니었다고 믿으며 기다리고 있거나, 그렇기 때문에 그 '비밀이 아닌 척하는 비밀'을 망각 속에 묻어두고 있는 상황일 수 있을 것이다. 그런데 칸트와 유사한 방식으로 말한다면, 황금알을 실재적으로 갖지 않았으면서 가졌다고 착각하는 사람에게나, 황금알을 가졌음에도 그것을 의식하지 못하거나 망각한 사람에게나, 황금알을 갖지 않아서 당연히 갖지 않았다고 당당하게 확신하거나 비관하는 사람에게나 '황금알의 아직 없음'이란 사정은 마찬가지다. 그렇다면, 세번째 경우, 즉 비밀과 비밀이 아닌 것이 혼합되어 제시되는 경우의 사정은 어떤가? 사정은 의외로 단순하다. 비밀이 무엇이며 어떻게 오고 가는지 모르는 자, 이를테면 여기의 필자와 같은 자에게는 사실 저렇게 세 가지 경우를 나누는 일조차 어려운 일이며(왜냐하면 비밀이 무엇인지 아직 모르고 있기에 비밀과 비-비밀을 나눌 척도나 기준도 모르기 때문이다), 그에게 비밀은 세번째 경우 혹은 모든 경우들이 뒤섞여 있는 혼돈의 전체로 주어질 것이다. 그러므로 그는 착각과 오해와 절망과 오판과 망상의 위험에 내맡겨져 있으며, 여러 번 실수하고 방황하고 실패할 것이다. 그렇다면, 그러한 위험 속에서 어떻게 해야 하는가?

지푸라기일지 동아줄일지 모르지만, 설령 거짓이거나 존재하지도 않는 비밀일지라도 어떤 가치를 지닐 수 있다는 사실이 예증되어 있는 한 옛날이야기를 붙잡겠다.

자식들에게 거짓 유언을 남겼던 한 아버지 이야기가 있다. 죽음을 앞둔 아버지는 자신들의 길을 찾지 못하는 자식들을 염려해 거짓말을 했다. 엄청나게 귀중한 황금을 어딘가에 숨겨두었으니, 자신이 죽으면 그 황금을 찾아서 가지라는 것이었다. 그런데 그 아버지는 금이 숨겨진 위치를 정확히 꼭 집어서 지시하지 않았으며, 단지 금 찾기에 몰두할 자식들의 소질에 적합한 영역 혹은 장소만을 암시해주었다. 그래서 결국, 누구나 아는 바와 같이, 형제들은 '각자의 장소'에서 어둠으로부터 밝혀질 '공통의 금 찾기'에 몰두했으며, 비록 누구도 끝내 금을 갖지 못했지만, 어떤 의미에서 공통의 금 찾기의 과정 자체가 바로 있지도 않았던 개별적 금의 형성 자체를 내포한다는 사태가 드러나게 된다. 그러므로 여기서 거짓말은 어떤 의미에서 진실이며, 존재하지도 않았던 비밀의 실체는 어떤 의미에서 존재하게 된다. 비밀은 존재와 창조성 사이에서 일어나는 관계적 운동에서 발견되는 무엇일지도 모르며, 소설에 대한 한 생각은 그 무엇으로부터 생겨난 것이 틀림없다.

이제 앞에서 언급했던 소설에 관한 한 생각에서 귀결되는 것들을 말해보자.

소설은 운동하고 있는 비밀을 중심으로 시간성과 존재의 양태에 따르는 자연스러운 리듬의 곡선을 그리면서 우회하듯 나아가며 자신을 형성하는 개별성을 갖는 이야기다. 하나의 소설은 자신의 형성을 완결시켰다는 의미에서 닫힌 존재이며, 그것의 형성을 이전 존재에 힘입고 있고, 또한 그것이 다음 존재(독자든 누구든)의 형성을 위해서 주어진다는 의미에서 열린 존재다. 그것은 밖으로 닫혀 있지만, 안으로 열려 있는 관계적 존재다. 이 내통의 관계와 비밀의 운동은 어떤 '정신'적 '훈련'에 '자연'적으로 '연루'(?)되어 있다. 하나의 소설은 여럿의 의미 가능성을 포함하고 있는 잠재적 장소일 수 있는데, 그러한 소설의 능력은 '비밀의 운동 혹은 운동의 비밀'(그것이 무엇이든)에 기인하는 것이다. 소설은 섣부른 판단과 성급한 논쟁을 일으킬 수 있는 직설적이고 단선적인 의미 표현을 자제하려는 것처럼 보이며, 비생산적인 안티테제를 불러올 것이 명확한 테제의 단언적 주장 또한 가능한 한 피하려 하는 것 같다. 소설은 오히려 비밀의 운동을 통한 '미지의 의미'를 될 수 있는 한 분명하게 암시하고자 하며, 그 암시에서 여럿의 의미 가능성이 자라 나온다. 여기서 드러나는 소설의 정신은 '혼합'(그것이 무엇이든)의 정신이며, 거기서 혼합은 다시 새로워질 의미의 생성을 겨냥하는 행위이자 일상적인 것의 변환을 목표로 하는 행위이다. 소설과 연관되어 있는 활동은 생의 비밀을 더 잘 이해하려는 노력이며, 혹은 오히려 생의 감추어진 의미를 향해 있는 관계적 존재들의 더 나은 관계 형성을 추구하는 진지한 놀이이며, 언어-상징이 중심이 되는 상상적 훈련의 한 방식이다. 더 나아가 '인간'에 관한 본질적인 규정이 '말[logos]의 가능성(혹은 능력)을 가지고 있는 생명체'라고 한다면, 그리고 말이 언제나 이야기의 연속적 맥락과 더불어 나타나며 또한 역으로 말이 없는 이야기는 있을 수 없다면, 말과 이야기의 가능성 혹은 능력에 뿌리박고 있는 소설의 쓰기, 읽기, 평론하기를 통한 상상적 훈련의 방식은 인간이 할 수 있는 매우 중요한 활동의 한 방식이다.

—

어딘가 좀 모자라는 것 같은 생각들을 키워 나가고 표현할 수 있는 여건을 마련해주신 분들에게 감사드린다.

정과리 선생님께 감사드린다. 선생님께서는 우연히 글을 보시고, 그 부족함에도 불구하고 메일을 통하여 격려해주시고, 따로 부르셔서 여러 조언들을 해주셨다. 늦은 나이에 대학에 편입해서 무엇을 어떻게 할지 모르던 자신감 없던 시절에 그러한 관심과 격려는 다시 시작할 수 있게 하는 큰 힘이 되었다는 사실을 말씀드리고 싶다.

『문학과사회』의 동인 선생님들께 감사드린다. 글을 계속해서 쓸 수 있게 배려해주시고, 급작스럽고 유치한 언행들도 너그럽게 보아 넘기며 편하게 대해주시고 지켜봐주신 점에 대해서 깊이 감사드린다.

권오룡 선생님께 감사드린다. 나는 나이, 기질, 생각의 차이가 많은 분과 그러한 사이를 형성해본 적이 없다. 그러므로, 심각하게 일반화시켜 말하자면, 차이는 사이보다 덜 중요하다. 선생님의 관용과 호의 덕분에 격의 없는 대화를 나눌 수 있었으며, 부끄럽고 마음대로 되지도 않는 생활과 글쓰기의 어려운 한 고비를 넘길 수 있었다. 의식적이거나 무의식적인 조언과 영감과 맥주 혹은 막걸리를 베풀어주신 것, 자신을 내어주신 것에 대해 감사드린다.

마지막으로, '소설가'를 포함하여 감사드려야 할 분들이 많으며 한 분, 또 한 분 이름을 밝히며 이유를 들어 감사를 표현할 수도 있지만, 지금은 '침묵은 금'이라는 격언을 따르겠다. 왜냐하면 아무 말도 하지 않는 것이 꼭 침묵은 아니며, 말과 침묵이 꼭 분리된 무엇만은 아닐 수도 있지만, 「Silence Is Golden」이라는 옛날 노래가 갑자기 별 맥락도 없이 들려오기 시작했고, 결정적으로 모차르트의 한 오페라에서 밤의 여왕의 시녀들에 의하여 입에 자물쇠가 채워져 입이 밀봉되는 벌을 받는 새잡이 파파게노의 이미지가 떠올랐기 때문이다. 음음음…… 음음음…… 음음…… 음음음…… 음음…… 음음음…… 음 음음…… 음……

차례

책머리에   7

이 책의 자기소개
달팽이 사냥의 비밀에 관한 이야기   19

모호한 꿈
윤후명의 고전적 아포리아—윤후명 소설이 던지는 물음에 관하여   41
돈키호테-햄릿-둘시네아-오필리어-되기—이인성의 『낯선 시간 속으로』   64

현전하지 않는 사냥의 객체
어느 소설가에 관한 에세이—배수아의 『에세이스트의 책상』에서 『북쪽 거실』까지   85
내가 바로 소설이다—조하형의 『조립식 보리수나무』   103
소설과 잃어버린 본능—이평재의 경우   121
소설의 영혼—박형서의 『새벽의 나나』의 주변 혹은 중심에서   138
두 아이의 어느 별—정찬의 『두 생애』와 이승우의 『한낮의 시선』 사이에서   158
「달로」로   177

달팽이를 발견하며 발명하기
소설활동의 현상학—이인성의 『한없이 낮은 숨결』과 함께 겪어보는 소설의 의미   201

이 책의 자기소개

달팽이 사냥의 비밀에 관한 이야기

나는 이 책에 제시된 '사냥'의 과정을 이끈 동력이 무엇인지 아직도 잘 모른다. 모든 바탕 경험이 갖는 모호성에서 오는 아득하지만 강렬한 느낌에 근거하여 '달팽이 사냥'이라는 이름으로 겨우 표현했지만, 그 의미는 충분하고 적합하게 밝혀지지 않았으며, 그래서 여전히 애매하다. '달팽이 사냥'이라는 이름에는 아직도 잘 밝혀지지 않은 사태, 그래서 여전히 그 앞에서 자신의 무지를 고백할 수밖에 없게 만드는 사태가 주는 당혹감이 스며 있다. 여기에는 마치 과거에 학생들 사이에서 유행하던 '빨간 탁구공의 비밀' 이야기 같은 것이 숨어 있는 것처럼 느껴진다.

그 이야기는 다음과 같이 요약할 수 있다. 일상적이고 평범한 탁구공을 매개로 어떤 경이로운 사건이 펼쳐지는데, 거기서 중요한 의문은 어째서 그 탁구공에서 그런 놀라운 능력이 나올 수 있느냐는 것이고, 그 능력의 정체는 과연 무엇이냐는 것이다. 그런데 이야기는 그것의 능력 혹은 그것의 비밀 혹은 그것의 정체에 관하여 함구한다.

그 함구의 양태는 비밀이 폭로되려는 찰나에 갖가지 필연적이거나 우발적인 이유로 폭로를 연기하며 애태우는 방식이다. 그래서 결국 그 이야기는 비밀의 주인공이 죽고, 비밀의 마지막 증거가 사라지면서 '아직도 밝혀지지 않은 이야기'로 남아 있게 된다. 비극적이면서도 희극적인 이 이야기는 인식적 발견의 기대를 허망하게 무너뜨린다. 사유는 자신의 대상을 붙잡지 못했으며, 사유의 운동은 목적지에 도달하지 못했다. 달팽이 사냥의 비밀도 그렇게 '아직도 밝혀지지 않은 이야기'의 본성을 가지고 있다. 따라서 이 이야기는 어떤 면에서 실패한 이야기이며, 또한 무지를 자백하는 이야기이기도 하다.

그러나 무지, 실패로만 끝날 수 없는 어떤 긍정적인 측면을 이야기하지 않을 수 없다. 특히 '무지'는 단순히 앎의 반대가 아니다. 무지란 단순하게 부정적으로 파악되는 '앎의 없음' '앎의 결여'가 아니다. 긍정적이고 적극적으로 파악되는 '없음'과 '결여'는 존재하지 않는 것, 결핍되어 있는 것을 향한 의지와 잠재력으로 충만한 어떤 '비-존재'다. 이때의 '없음'과 '결여'는 아직 없는 것의 '존재 가능성'을 암시하며, 아직 갖지 못한 것의 '소유 가능성'을 암시한다. 결여가 소유의 가능조건이듯이, 무지는 앎의 가능조건이다. 그것은 침묵이 소리의 가능조건인 것과 같다.

아직도 밝혀지지 않은 이야기는 '언젠가 밝혀질 수 있는 이야기'의 성격을 가질 수 있다. 어둠과 같은 이야기, 그래서 우리에게 먼저 무지의 대상으로 다가오는 이야기가 진정성과 유의미성을 함께 갖고 있다면, 그 이야기 속에는 이미 앎의 가능성이 잠재적으로나마 놓여 있어야 할 것이다. 따라서 '가짜' 비밀이 아닌 '진짜' 비밀에 관한 이야기는 무조건 덮어 감추려는 이야기가 아니다. 그렇다면 처음부터 이야기를 시작하지도 않았을 것이다. 어떤 비밀을 발설하지 않기 위해서 바로 그 비밀에 관한 밝혀지지 않은 이야기를 시작하는 것은 자기모순적이다. 물론, 어쩌면, 그런 이야기는 비밀을 끝까지 지켜야 하는 의무와 그 의무에 반해 끝내 그 비밀을 간접적인 양태로나마 발설하고자 하는 욕망 사이에서 어쩔 수 없게 된 자의 필연적 행위 방식에서 나오는 것일 수도 있다(디오니소스에게서 모든 것을 황금으로 변환시키는 불행한 능력을 부여받았으며, 또한 아폴론에게서 미심쩍은 오판 탓에 당나귀 귀의 형상을 부여받은 미다스 왕의 비밀을 알고 있던 왕의 이발사가 비밀 이야기를 만들었다면 아마도 그런 유의 이야기가 되었을 것이다). 혹은, 자신의 비밀을 더욱 효과적으로 감추기 위해서, 즉 일종의 위장전술을 취하려는 의도에서 그런 이야기가 생성될 수 있을 것이다. 더 나아가, 알아들을 수 있는 자는 알아듣고, 그럴 능력이 없는 자는 못 알아들어도 어쩔 수 없다는 관점에서 만들어진 비밀 이야기가 있을 수도 있다. 이런 종류의 비밀 이야기는 사실 '아직도 밝혀지지 않은 이야기'가 아니라 '어떤 의미에서 이미 밝혀진 이야기'일 수 있다. 즉 지자들 혹은 입문자들에게는 밝혀졌을 것이며, 무지자들에게는 밝혀지지 않았을 것이다.

그러나 그 모든 다양한 유형의 비밀 이야기는 지금 여기서 말하고자 하는 '달팽이 사냥의 비밀에 관한 이야기'와 별 관련이 없으며, 그런 대비적 연관 속에서 볼 때, 저 '비밀'이라는 말은 부적절해 보이기까지 한다. 왜냐하면 이 책의 자기소개인 이 글을 포함하는 이 소설 평론집에는 감추어야 할 비밀도 없으며, 폭로되어야 할 비밀도 없기 때문이다. 달팽이 사냥에 관하여 언젠가 밝혀져야 할 이야기는 언제든 마음만 먹으면 폭로될 수 있는 어떤 객관적 물증 혹은 검색될 수 있는 정보에 관한 이야기가 아니다. 그것은 달팽이 사냥의 '진짜 의미'에 관한 것이어야 한다. 중요한 것은 단순한 사실이 아니라, 그 사실의 의미다. 그 의미가 스스로를 드러낼 수 있는 가능성은 한편으로 의미를 찾는 자의 노력 속에 있고, 다른 한편으로 바로 그 의미 속에 있다. 그래서 그 의미는 주관적 발설 가능성에 좌지우지되지 않는다는 점에서 비밀이 아니며, 그것이 어둠 속에 감춰져 있다는 측면에서는 비밀이다.

달팽이 사냥의 비밀에 관한 이야기는 달팽이 사냥의 숨겨진 의미를 어떤 식으로든 언어로 드러내고자 노력하는 이야기다. 의미를 불러내는 작업 혹은 '해석'의 작업은 사유(지각, 기억, 상상, 인식 등을 모두 포함하는 사유)의 주체로 하여금 자신이 모호하게 이해하면서 관심을 기울이고 있는 사태 자체 혹은 사유의 객체와의 '관계' 속으로 침투해 들어갈 것을 요구한다. 그런데 이 관계 안에서 더 중요한 쪽은 사유의 주체가 아니라 사유의 객체 혹은 사태 자체다. 고대와 현대의 사유하는 자들은 그렇게 관계 안에 있는 객체의 우위를 인정했다. 사유의 주체가 없다고 하더라도 사유의 객체는 있을 수 있지만, 그 역은 아니며, 사유의 주체는 자신의 사유를 사유의 객체로부터 선물처럼 받았다는 것이다. 어떤 '의미—존재로서의 사태 자체'는 사유를 사유이게 해주는 객체로 주어진다. 사유와의 관계 속에서 주어진 그 '의미—존재'는 그런데 어떤 '말'이며 또한 어떤 '이미지'로서 주어진다. 의미—존재, 말과 이미지, 사유가 분리 불가능하게 상호 침투하는 그러한 이행의 운동이 인간의 '언어활동'(이야기 혹은 담론, 혹은 그 모두를 포괄하는 대화 혹은 소통)을 특징적으로 규정한다. '달팽이 사냥'이라는 '이름'은 바로 그러한 '이행의 운동'에서 생겨난 '상징'이며,

달팽이 사냥의 비밀에 관한 '이야기'는 '달팽이 사냥'이라는 상징의 '의미'가 드러날 수도 있고 감추어질 수도 있는 '장소'다.

—

　이제 '달팽이 사냥'이라는 이름이 상징하는 의미를 먼저 소박하게 말해보자. 이 이야기 속에서 달팽이는 소설을 의미하며, 사냥은 평론을 의미한다. 이 소설평론집의 제목인 '달팽이 사냥'은 따라서 '소설평론'을 의미한다. 이것은 무의미한 동어반복인가? 아니면 이 책이 다름 아닌 소설평론집이라는 것을 필요 이상으로 강조하고 있는 것인가? 여기에는 오해의 여지가 있다. 특히 상징과 의미가 서로 자리를 바꿀 수도 있다는 것을 고려하면 더욱 그렇다. 즉 '소설평론'이라는 이름이 상징하는 의미는 '달팽이 사냥'이라고 말할 수 있다. 이때 달팽이 사냥은 상징이 아니라 의미다. 이러한 이행, 자리 바꾸기의 과정 속에는 상징과 의미의 관계(생기로 가득 찬 관계) 안에서 발생하는 '진지한 놀이'의 가능성이 있다. 그 '놀이의 가능성'이란 놀이하는 자들이 자신들의 존재를 더 잘 이해하면서 더 좋은 관계를 형성할 수 있도록 해주는 '변화의 가능성'이다. 상징과 의미의 놀이는 경직되어 있고 고정되어 있는 것처럼 보이는 관계들의 깊이 속에 감추어져 있던 일종의 유동적인 생명력을 활성화시키는 행위일 것이다. 이 행위는 자의적으로 발생하는 것이 아니라 그때마다 고유한 내적 필연성에 의해서 발생해야 할 것이다. 상징과 의미의 관계는 '자의적 발생'이 아니라 '자연적 발생'이어야 한다. 즉 사태 자체의 고유한 결을 따르는 양태로 발생해야 한다. 상징이란 미래의 언젠가 새로운 전체로 통합되기 위하여 과거에 두 쪽으로 분리되었던 반쪽자리 징표이며, 맞지 않는 반쪽을 거기에 억지로 결합시키려 하는 일은 소용없는 일이다. 혹, 우리의 달팽이 사냥은 그러한 소용없는 일을 하고 있는 것은 아니었는가?

소설은 달팽이다. 그런데 그렇게 '소설'과 '달팽이'를 분리시키면서 결합시킬 수 없을지도 모른다. '소설은 달팽이가 아니다'라고 결합시키면서 분리하는 것이 맞을 수도 있다. 왜냐하면 소설은 소설이기 때문이다. 왜냐하면 소설은 소설이 아닌 것, 즉 비-소설이 아니기 때문이다. 그런데 달팽이는 소설이 아닌 것이다. 그러므로 소설은 달팽이가 아니다. 그러나 우리는 소설이 달팽이라고 말하고자 한다(그렇게 말하고자 하는 '의도' 혹은 그렇게 말할 수 있는 '이유'는 뒤에서 간략하게 제시될 것이다). 그러므로 소설은 어떤 의미(의도, 이유)에서 소설이 아닌 것이다. '소설'이라는 이름이 상징 작용 속에서 움직이고 있다면, 그때 소설은 소설이고 또한 소설이 아니다.

하지만 여기서 다음을 주목하자. 앞에서 달팽이는 소설이 '아니'라고 말했다. 이때 이 '아님'은 달팽이가 소설에 대해 가질 수 있는 긍정적인 연관의 절대적 부정이 아니다. '아님'은 '다름'으로 대체될 수 있다. 달팽이는 소설과 다르다. 그리고 이때 '다름'은 달팽이가 소설과 어떤 공통점도 '없음'(갖지 않음)을 의미하지는 않는다. 달팽이의 다름은 소설의 단적인 없음이 아니다. 달팽이는 그 다름에도 불구하고 소설을 소설인 것으로 알아볼 수 있게 해주는 어떤 특성을 소설과 공유하고 있으며, 그 공유된 특성이 소설과 달팽이의 '같음'을 구성하며, 그러한 같음과 다름이 함께 미묘한 긴장 관계를 형성한다. 같음과 다름의 미묘한 긴장 관계란 다름 아닌 '닮음의 관계'다. 어떤 것이 어떤 것과 닮았다는 것은 이것이 저것과 같고 또한 같지 않으며, 다르고 또한 다르지 않다는 것이다(전적으로 같은 것과 전적으로 다른 것은 모두 닮음의 범주를 벗어난다). 이 미묘한 닮음의 관계 속에서 발견되는 것은 '이미지'의 현상이다. 상징과 의미는 이미지에 의하여 매개되고 있다. 소설의 이미지에서 달팽이의 이미지로 이행하는 운동은 동일성과 차이의 관계적 역설을 포함하는 변형의 과정을 포함한다.

이름은 상징이며, 이름-상징들의 결합으로 이루어진 '비유'로 파악되는 '은유'적 문장은 상징과 의미의 분리와 결합을 통한 변형으로 구성된다. '소설은 달팽이다'라는 은유가 가지는 은밀함은 상징과 의미 사이에서 일어나는 감춤과 드러냄의 놀이에서 이미 찾아질 수 있는 것이며, 상징과 의미가 이미지에 의하여 매개되어 있다면, 그때 사유(다시 말해서 지각, 기억, 상상, 인식 등을 모두 포괄하는 사유) 속에서 나타나는 이미지의 현상은 무엇인가를 감추면서 드러내거나 드러내면서 감추고 있는 현상이다. 이미지는 상징과 의미 전체를 동시에 포괄할 수 있는 독특한 현상이며, 그러한 이미지는 자신이면서 또한 자신이 아닌 존재, 혹은 자신과 같으면서 또한 자신과 다른 존재로 나타난다. 은유를 포함하는 모든 비유 형성의 은밀한 능력은 바로 이미지의 기이한 현상에서 나오는 듯하며, 또한 이미지의 현상은 '허구의 현상' 혹은 '소설의 현상'과 밀접한 연관을 갖는다.

소설이 허구-형성적인 이야기이며, 이때 허구가 현실에 대립되는 것으로 규정된다면, 더 나아가 허구가 비-존재의 성격을 가지고 있으며, 그것이 조금이라도 더 존재하기 위해서는 현실을 반영해야 하는 것으로 규정된다면, 그러한 규정은 이미지의 기이한 현상 앞에서 힘을 잃는다. 왜냐하면 이미지 안에서 허구와 현실, 비-존재와 존재의 구분은 중요하지 않기 때문이다. 모든 언어활동, 사유활동에는 이미지의 운동이 있으며, 이미지는 허구이고 현실이고 비-존재이고 존재이다. 이미지의 운동에서 중요성을 띠고 나타나는 것은 상징과 의미 사이의 생생한 관계성이며, 유의미한 느낌의 충만함이다. 물론 여기서 여전히 밝혀지지 않았지만 언젠가 밝혀져야 할 것은 도대체 '관계'란 무엇이며, '의미'란 무엇이냐는 것이다.

이 이야기는 지금까지 암묵적으로 상징, 비유, 이미지를 언어, 사유, 존재에 대응시키면서 진행되었다. 그것들 전체는 하나의 유기적 연관 속에 놓여 있어야 하며, 그 유기적 연관을 가능하게 해주는 것은 바로 어떤 '살아 있는 의미'일 것이며, 살아 있는 의미란 그것 자체가 또한 '진정한 관계의 가능성'일 것이다. 그러한 의미, 그러한 관계란 이 이야기 속에서 이데올로기도 아니며 DNA도 아니며 양자나 원자도 아니며 무의식도 아니며 체계적 형식이나 구조도 아니다. 그것은 모든 개인적이고 공동체적인 삶 속에 스며들어 있는 생명, 물리적이고 정신적인 전체를 형성하는 개별적이면서 보편적인 생명의 '근원적 충동'이며 '근원적 이상'일 것이다. 그래서 의미 자체(의미 가능성)와 관계 자체(관계 가능성)를 찾는 작업은 할 수 있는 한 근원적 충동까지 내려갈 것을 요구하며, 또한 근원적 이상까지 올라갈 것을 요구한다. 바로 여기에 '깊이'의 요구와 '높이'의 요구가 있으며, '심오함'과 '탁월함'에 대한 경탄이 있다. 우리는 아직도 밝혀지지 않은 '심연 혹은 어둠'과 '별 혹은 빛' 사이에 놓여 있는 것이다.

이러한 중요한 주제들은 달팽이 사냥의 과정 중에서 발견된 주제들인데, 특히 이인성과 윤후명의 소설은 그러한 주제들의 의미를 설득력 있게 표현하고 있었다. 이인성의 소설은 관계의 깊이, 즉 '사이'를 엄밀하게 탐구하는 소설이다. 그의 소설은 거의 강박적으로 보일 만큼 집요하고도 명시적이고도 반복적으로 그 주제의 중요성을 드러내고 있다.

아무리 따져봐도 그것들은 여전히 단순한 두 사실에 불과해. 그 사이엔 필연성이 없어. 필연적일 필요도 없구. 단지, 그 두 사실은, 그럼에도 불구하고 무슨 관계가 있다는 거야. 관계, 관계가…… 그게 무슨 관계가 아니라면 딴 말을 써도 좋아. 어쨌든 거기엔 뭔가가 있어야만 해, 이름이! 그런데 그걸 모르겠어. 도대체 너하고 나 사이에 있는 것은 뭐야? (이인성, 「낯선 시간 속으로」, 『낯선 시간 속으로』, 문학과지성사, 1997, p. 231)

언젠가 당신과 나와 그가 함께 모일 때 만나게 되는 것은, 서로서로라기보다는 서로의 사이에 존재하는 '우리'가 아닐까? (이인성, 「그를 찾아가는 우리의 소설 기행」, 『한없이 낮은 숨결』, 문학과지성사, 1999, p. 193)

또한 윤후명의 소설은 삶 속에 숨겨진 이상적 의미를 찾아가는 작업으로 나타났으며, 그는 그것을 명시적으로 표현하고 있었다.

하늘을 날아다니는 나무.
엄밀히 따지면 그 의미는 그녀가 떠난 뒤 내가 부여한 것이라고 해야 될 터였다. 하지만 그것은 그녀의 나무였다. 그녀로 말미암아 내가 그 의미를 발견한 나무였다. 모든 사물의 의미는 이렇게 새롭게 밝혀

지지 않으면 안 되었다. 나는 병실의 침대에 누워 비로소 새롭게 산다
는 것의 의미를 어렴풋이나마 깨달을 수 있을 것 같았다. 그것은 내가
지나쳤던 모든 사물들에 대해 새로운 의미를 발견하는 것이었다. 그래
야만 했다. 나무들, 꽃들, 새들, 벌레들, 들짐승들 등 모든 살아 있는
것들뿐만 아니라 산들, 강들, 바다들, 그리고 나아가 별들에서까지도
새로운 의미를 발견해야 했다. 저 우주의 수많은 별들에서까지도……
(윤후명, 「별을 사랑하는 마음으로」, 『여우 사냥』, 문학과지성사, 1997,
p. 115)

깊이와 높이 안에 숨겨진 관계의 근원적 의미와 고유한 내적 충동
에서 발원하는 이상(별-꿈)의 중요성은 이 책에서 다룬 소설들과 애
석하게도 다루지 못한 다른 소설들 속에서도 발견될 수 있는 것이다.
이 책에서 다룬 소설들 중에서 언급하자면, 한유주와 정찬의 소설은
그러한 주제들을 매우 은밀하게 표현하고 있었으며 배수아, 조하형,
이승우, 이평재, 박형서의 소설은 그것을 매우 대담하게 표현하고 있
었다. 그런데 이 이야기가 이인성과 윤후명의 소설을 특별히 인용하
는 이유는 그 소설들이 이 책에 '달팽이 사냥'이라는 '이름'을 주었기
때문이다.

앞에서 언급했듯이 '달팽이'라는 이름은 이인성의 소설에 관한 해
석에서 나온 것이다. 물론 그 해석은 달팽이라는 얼핏 보잘것없어 보
이는 작은 생명체가 감추면서 드러내고 있는 보편적 상징-의미와 무
관하게 나온 것이 아니다. 달팽이가 껍질 속에 몸을 숨기듯이, 소설
은 자신의 허구적 이야기 속에 무언가를 감추고 있다. 하지만 껍질
혹은 허구적 이야기는 무언가를 감추고 있음에도 바로 그 무언가를

바로 그 껍질과 허구적 이야기를 통하여 드러내고 있다. 그것들이 무언가를 숨기고, 은폐하고, 위장하고 있는 한에서, 즉 그것들이 자신을 자신이 아닌 것 혹은 자신과 다른 것으로 내보여주고 있는 한에서, 그것들은 거짓 혹은 '비-진리'의 성격을 갖는다. 그러나 껍질과 허구적 이야기의 비-진리적 성격은 모호하고도 애매하고도 역설적인 방식이지만 그럼에도 어쨌든 강렬하게 자신을 내보여주고 있다는 측면에서 '진리'의 성격을 함축적으로 표현하고 있다. 소설의 비-진리에는 진리 또한 있다. 비-진리는 진리와 상관없는 아무것도 아닌 것이 아니다. 그것은 오히려 진리와 밀접하게 관련되어 있다. 심오한 비-진리는 진리에의 유혹을 포함하고 있으며, 비-진리는 어떤 의미에서 진리다. 비-진리의 껍질-허구는 진리의 알레고리다. 껍질-허구의 '형상'은 그것의 '형성 과정으로서의 운동'을 표현하고 있다. 달팽이의 '나선형 껍질'의 형상은 보편적으로 나타나는 생명의 성장을 표현하고 있는 대표적인 예다. 그러한 나선형의 형상은 허구의 형상에 '상응'하며, '유추'를 통하여 소설의 서사운동이 발생하는 양태에 '유비'적으로 적용될 수 있다. 달팽이 상징의 의미에 관한 세부적인 해석은 이 책 끝의 『한없이 낮은 숨결』에 관한 탐구에서 제시된 대립의 사각형, 상승과 하강의 삼각형과 역삼각형, 양상 대립의 사각형, 우리-각자-자신의 원, 달팽이 그림으로 이어지는 논의를 참조할 수 있을 것이다. 이제, 달팽이의 비밀에서 사냥의 비밀로 넘어가도록 하자.

‘사냥’이라는 이름에는 부정적인 이미지가 있다. ‘마녀 사냥’ 같은 이름을 생각하면 더욱 그렇다. 이 이야기에서 평론이 사냥이라면, 그때의 사냥은 ‘마녀 사냥’에서의 ‘사냥’과 동일한 의미인가? 다른 의미인가? 즉 ‘달팽이 사냥’과 ‘마녀 사냥’에서 각각 나타난 두 ‘사냥’은 ‘일의적 의미’를 가지는가, ‘다의적 의미’를 가지는가? 우리의 대답은 애매하다. 그 두 사냥은 같지도 않고 다르지도 않은 의미, 혹은 일의적이지도 않고 다의적이지도 않은 의미를 갖는다는 것이다. 대략 아리스토텔레스로부터 전해오는 이론에 의하면, 그러한 제3의 의미는 ‘유비적 의미’다. 이 사냥과 저 사냥은 아무튼 둘 다 사냥이다. 그래서 다 같은 사냥인데, 그럼에도 어딘가 다른 데가 있다. 다른 한편으로, 이 사냥과 저 사냥은 분명 다른데, 그럼에도 어딘가 같은 데가 있다. 여기에는 문제가 좀 있다. 사냥의 유비적 의미는 문제적 의미다. 문제는 의미인데, 의미 또한 문제다. 윤후명의 「여우 사냥」에서 발견되는 ‘사냥’(‘여우’는 놔두고라도)의 의미 또한 그렇게 문제적이다. 달팽이 사냥은 마녀 사냥과 분명 거리가 멀어 보인다. 오히려 어떤 특정한 얼음과자의 이름이기도 한 ‘더위 사냥’이 마녀 사냥에 더 가까운 것 같다. 그 두 경우에 사냥은 과도하거나 해롭다고 파악되는 어떤 것을 사라지게 하거나 죽이는 행위를 의미한다. 이 이야기 속의 사냥이 그런 사냥이라면 달팽이 사냥은 달팽이를 죽이는 사냥, 즉 소설을 죽이는 평론일 것이다. 물론 여기서의 해석은 조금 성급했을 수도 있다. 사냥은 어떤 것을 사라지게 하거나 죽이기 이전에 먼저 그것을 사로잡거나 마음대로 처분할 수 있도록 말하자면 손아귀에 움켜쥐어 확보하는 행위를 포함하기 때문이다. 그렇다면 소설평론을 도망가는 소설 혹은 숨어 있는 소설을 마음대로 처분할 수 있기 위하여 움켜쥐는 행위라고 규정해도 될 것인가? 그러나 사냥의 의미는 그렇게 단순하지 않다.

'생존'을 위해서, 인류는 농사를 짓기 전에 사냥을 했다(농사 또한 벌레 사냥이나 새 사냥을 필요로 한다). 그런데 사냥의 목적은 생존뿐만 아니라 사냥의 행위에서 발생하는 고유한 쾌감과 지배와 소유의 욕망 충족을 포함하며, 현대에 사는 우리 모두 또한 의식적, 무의식적으로 갖가지 양태의 사냥을 하고 있다. 어떤 종류의 물리적이거나 정신적인 '도구'를 사용하든 간에, 가령 덫을 놓고 기다리건, 함정을 파서 유인하건, 그물을 던져 무력화시키건, 멀리서 총을 쏘건, 가까이서 칼을 휘두르거나 맨손 혹은 맨몸으로 육탄전을 펼치건, 지능적으로 계략을 써서 속여 붙잡건, 미끼가 달려 있는 낚시 바늘로 낚아채건, 기회를 놓치지 않고 간접적이지만 안전하게 돈을 주고 확보하건, 혹은 미묘하게 유혹하여 제 발로 걸어오게 만들건 사냥의 행위는 어떤 본능적 욕망에 기초하고 있다. 사냥의 본능은 사냥하는 자에게 '결여'되어 있는 무언가를 '소유'하고자 하는 욕망과 어떤 식으로든 연관되어 있다. 어떤 것을 파괴하고 죽이고 괴롭히고 회피하는 행위 또한 자신의 소유 욕망의 성취에 직접적으로 기여하는 행위이거나, 그러한 성취에 방해가 되는 것을 무력화시키거나, 장애물로부터 도망가는 행위다. 인간을 포함한 모든 동물은 사냥을 하지 않고서 살아갈 수 없는 존재처럼 보이며, 자신이 의식하지도 않는 순간에 이미 사냥 중인 자신을 발견하는 것이다. 윤후명 소설의 주인공이 의식적 의지와는 무관하게 불안 속에서 이념적 투쟁의 장소 중 한 곳이었던 러시아를 여행하는 중에 여우 사냥에 참여하게 되었듯이(그런데 윤후명의 소설이 말하는 사냥은 결국 존재론적인 사냥으로 드러날 것이다).

사유는 본능과 무관하지 않으며, 사유도 이미 일종의 사냥이다. 사유는 자신의 대상을 움켜쥐려고 한다. 그것은 그것을 '파악'하려고 하며, 그것이 마음대로 되지 않고 오히려 역으로 대상이 자신을 위협하며 덮쳐올 때는 자포자기 상태가 되어 포기하거나 도망가기도 한다. 하지만 그렇게 실패한 경우조차 사냥 본능에 있어 핵심 요소인 '결여'는 자신의 욕망을 계속 견지하고 있는 것 같다. 그래서 여러 기괴한 양태로 그 충족되지 못한 욕망을 만족시키기 위해 발악하거나 다양한 층위에서 심각하게 노력한다. 그런데 여기서 중요한 점은 앞에서 말했듯이, 결여가 단지 부정적이기만 한 비-존재가 아니라는 것이다. 결여는 단순한 '없음'이 아니다. 결여로서의 비-존재 안에는 어떤 의지 혹은 지향성의 양태로 자신에게 결여되어 있는 바로 그것이 어떤 의미에서 이미 잠재적으로 존재하고 있다. 따라서 결여의 양태를 결정짓는 것은 결여되어 있는 '바로 그것'이다. 사냥의 양태를 결정짓는 것은 사냥의 행위가 겨냥하고 있는 정확한 목표물, 즉 사냥의 대상이다. 마찬가지로 사유의 양태, 사유의 본질적인 성격을 규정하는 것은 사유의 객체다. 그 객체가 아무리 모호하고 애매하고 아득하고 비가시적일지라도. 그런데 사유-사냥의 '현실태' 속에서 사유의 객체는 이미 어떤 사유의 주체로 변환되어가고 있는 중이며, 주객의 구분이 무의미하거나 불가능할 정도로 융합하는 과정 속에 있다. 거기서는 인식 주체나 인식 대상의 구분은 성립하지 않으며, 그때의 '사유-사냥의 사태 자체'는 이러저러한 의지적 행위의 활동성으로 충만한 '관계적 존재 자체'다. 사냥-사유는 공허하고 맹목적이고 추상적인 행위가 아니라 관계 안에서 발생하는 '파토스'로 충만한 구체적인 행위다.

이 이야기가 말하고자 하는 사냥은 상징의 미로, 의미의 숲, 알레고리의 집에서 길을 잃고 절망하는 경험을 포함하며, 어디에 숨어 있는지도 모르고 어떻게 찾아야 할지도 모르는 사냥의 대상, 심지어 너무 아득하여 존재하기는 하는지조차 확신할 수 없는 사유의 객체를 주의 집중된 이완 속에서 꿈꾸는 작업을 포함하며, 어떤 불가능성과 마주쳐서 두려움과 불안에 떨면서도 어둠 속에서 빛나고 있는 이상을 향해 도약해야 한다는 요구와 그 도약을 위해서라도 참을성 있는 용기를 가지고 불가능성과 가능성의 대립을 견뎌내야 한다는 요청을 포함한다. 사냥의 본능, 결여로서의 비–존재 안에는 그저 생존하기 위한 욕구, 혹은 지배와 피지배의 관계만을 보기 원하는 욕구, 혹은 억압과 해방의 도식에서만 맴돌고 있는 욕구, 혹은 무조건적인 맹종과 무조건적인 안티의 욕구를 넘어선 충만한 관계성을 품고 있는 이상, 미래의 새로운 의미를 담지하고 있는 꿈의 씨앗이 숨겨져 있을 수 있다. 윤후명의 소설이 말하는 "여우 사냥 그 자체"(「여우 사냥」, 『여우 사냥』, p. 242)도 그것을 의미하고 있다. 여기서 잠시, 그 소설 속에서 낯선 이방인들과 친구와 그 사이에 놓여 있는 주인공(어떤 의미에서 그 역시 이방인이다)이 함께 참여하고 있는 사냥의 의미가 점진적으로 드러나는 초기의 과정을 대충이라도 인용할 필요가 있다.

다시 말하거니와 그 여행은 너무나 무모한 것이었다. 앞으로 나아갈수록 그 생각은 차츰 공포로 변해 다가왔다. 좀 전의 행복감은 금방 어디로 사라지고 피곤이 밀려오며 숲 속으로는 이탄(泥炭) 냄새처럼 어둠이 내려덮이고 있었다. 저쪽 러시아 동토지대의 이탄 속에 죽어 묻혀 있는 아득한 세월 속의 매머드가 어디선가 다시 살아나 움직인다는 생각도 들었다.

〔……〕

여우를 얼마나 잡으려고 이렇게 먼 길을 가는가 짜증이 난 것은 오래전부터였다. 하지만 그 짜증이 곧 어떤 의혹으로 바뀌곤 하는 것은 견디기 힘든 일이었다. 이들의 목적이 어디 있는가, 새삼스럽게 솟는 의구심을 잠재우는 데는 상당한 인내가 요구되었다.

〔……〕

그러고 보니 내가 그 북쪽 통나무집을 향해 오는 동안 은연중에 가지고 있었던 의구심의 바탕에는 그 이념의 세계라는 것도 자리잡고 있었음이 유추된다.

〔……〕

사회주의나 공산주의는 이상에 불과하다는 내 말에 그는 이상을 꿈꾸는 자만이 세상을 자기 것으로 할 수 있다고 말하면서 내게 얼마나 희떠운 경멸의 눈길을 보냈는지 모른다. 그래, 그 이상이 겨우 농노의 통나무집에 갇힌 신세가 되는 것이었더냐고 나는 하마터면 버럭 소리를 지를 뻔하였다. 빌어먹을 놈의 여우 사냥, 아니, 그러고 보니 여우란 바로 우리를 가리키는 것이었다. (pp. 252~64)

인용문의 마지막 문장은 분명 의미심장하다. 여우 사냥의 주체가 바로 여우 사냥의 객체일 수도 있는 것이다. 사냥당하는 자도 여우이며, 사냥하는 자도 여우이다. 달팽이 사냥의 경우 역시 그럴 수 있다. 그렇다면 달팽이 사냥에 연루된 모든 자들은 어떤 의미에서 다 달팽이들이며 그들은 모두 사냥 행위에 동참하고 있다. 달팽이들 전부는 사냥하고 동시에 사냥당한다. 마치 『한 여름밤의 꿈』에서처럼, 그 달팽이를 사냥하는 저 달팽이를 사냥하는 이 달팽이를 사냥하는 이러저러그러한 달팽이 식으로 꼬리에 꼬리를 무는 추격이라도 하듯이. 그런데 여기서의 물음은 이렇다. 애당초 자신이 여우였기에, 그는 여우를 사냥하게 된 것인가, 아니면 여우를 사냥하게 되면서 그는 여우가 되어간 것인가? 그것도 아니면, 이 여우와 저 여우는 서로 완전히 다르며 아무 상관없는 것인가, 아니면 여우들은 또한 모호하고도 애매하게 동일성과 차이의 관계적 역설을 함축하는 유비적인 의미를 갖는 무엇인가? 윤후명의 소설이 말하듯이, 여우는 교활함과 간사함을 상징하지만, 그럼에도 여우의 상징 – 의미 속에는 단순히 부정적인 것으로만 파악될 수 없는 어떤 변신의 능력과 유혹의 능력이 발견된다(모종의 죽음의 위험이 도사리고 있는 유혹과 변신의 능력). 소설이 사냥에 참여하고 있는 "우리"가 "여전히 '갱생회' 회원이 되어 있다"(p. 271)고 말하는 것을 고려할 때, 여우 사냥 안에는 한편으로는 어떤 여우를 죽이고 다른 한편으로는 어떤 여우가 되어가는 죽기와 되기의 변신 과정이 포함되어 있는 듯하다. 더구나 이 여우와 저 여우 사이에는 "아무르, 사랑"(p. 269)이라는 이름을 가진 사냥개의 매개가 있으며, 또한 "여우 사냥에는 사냥개의 역할이 무엇보다 크다"(p. 278). 그렇다면 사냥하는 자와 사냥당하는 자 사이에 있는 "아무르"는 그들의 '관계적 왕복운동 자체'를 결정적으로 규정하고 있는 어떤 것이며, "아무르"는 사냥을 진정한 사냥이게 해주는 본질적 능력이다.

그런데 개, 여우 혹은 늑대는 닮았고 또한 안 닮았다. 그들은 어떤 지향성과 주위의 조건에 따라서 길들여졌고 또한 길들여지지 않았으며, 순응하고 또한 순응하지 않으며, 싸우고 또한 안 싸우고, 위협하며 덤벼들고 또한 덤벼들지 않고, 도망가거나 숨고 또한 도망도 안 가고 숨지도 않는다. 그러나 아무튼 그들은 모두 사냥꾼들이며 그들은 사냥의 본능에 내재되어 있는 결코 잠들지 않는 기민함, 정체를 알 수 없는 현기증을 일으키는 교묘함, 언제 덮쳐올지 모를 예측 불가능한 음험함 같은 것을 내보여준다. 그런데 때로는(가끔) 긍정적으로, 때로는(빈번하게) 부정적으로 나타나는 그러한 사냥-본능의 놀라운 특이성들이 모두 어떤 객체와의 만남, 도래할 마주침에 대한 기다림 혹은 관심 혹은 예감 속에 뿌리박고 있다는 사태가 주목되어야 한다. 어떤 객체와의 만남을 지향하고 있는 그러한 기다림, 관심, 예감이 어떤 양태로 나타나든, 즉 윤후명의 소설이 말하듯이 "현실"을 지향하는 양태로 나타나든 "이상"을 지향하는 양태로 나타나든, 그것들은 공통적으로 "아무르"(잠, 망각, 죽음보다 강한 "아무르")와의 연관성을 갖고 있지 않은가?

하나의 생각, 그것이 비록 미숙한 것일지라도 나는 믿을 수밖에 없는 것이다. 그 러시아 숲 속에 가서 사냥꾼이 되기까지의 역정, 우리의 역정에 별다른 것이 있었던 것은 아니다.

〔……〕

그리고 나는 생각했던 것이다. 그와 내가 어떠한 경로를 밟아 무엇을 찾아 헤매어가든, **찾아 헤매는 그 몸부림만은 서로 닮아 있다는 것이**었다. 이것을 우스꽝스러운 타협이라고 매도하지는 말기 바란다. 즉 그가 이상을 찾기 위해 허우적거리는 것이나 내가 현실에 발 붙이기 위해 허우적거리는 것이나 결국은 삶의 유예를 담보로 하지 않았으면 성립될 수 없었다는 것, 그것이었다. 그것은 엄청난 담보였다. 그리하여 우리는 **우리 스스로의 사랑의 얼굴**을 보고자 한 것이었다. 그리하여 나에게와 마찬가지로 그에게도 떠남은 그 마무리 확인을 의미하는 것이었다. 틀림없었다. 그리하여 **결코 지워져버리지 않는 그 어떤 얼굴**을 보고자 한 것이었다. (p. 285, 강조는 인용자)

윤후명의 소설과 함께한 사냥 이야기를 통해 이제 남겨진 반성적 물음은 이렇다. 사냥 중의 사냥, 사냥 그 자체, 이를테면 결코 지워져버리지 않는 사랑의 얼굴을 지향하고 있는 사냥이란 어떤 사냥이며 어떤 사냥이 되어야 하는가? 달팽이 사냥은 어떤 사냥이 되어야 하며, 그 사냥의 비밀은 어떻게 찾을 수 있는가? 즉 사냥 중인 어떤 달팽이를 사냥하는 또 다른 달팽이의 사냥은 어떤 의미를 가지는가? 소설의 현실과 이상은 평론의 현실과 이상과 얼마나 같고, 또한 얼마나 다르며, 혹은 얼마나 같아야 하며, 얼마나 달라야 하는가?

우리의 이야기에 따르면, 소설 행위와 평론 행위는 둘 다 사냥-본능에 기초한 활동이며, 소설이 달팽이라면, 평론도 달팽이며, 혹은 소설이 골뱅이라면 평론도 골뱅이며, 여우면 여우고, 늑대면 늑대고, 개면 개다. 물론 일의적이지도 다의적이도 않은 유비적인 의미에서 그렇다는 이야기다.

그렇다……

나는 유비 혹은 역설 혹은 아이러니가 주는 충격으로 아직도 어리둥절한 상태에 있는 것이다. 그럼에도 나의 물음과 답은 동문서답에 그치는 어떤 것은 아니고자 했다. 나는 차선의 방식으로 묻고(즉 구하고), 인용하고(즉 대화하고), 대답했다. 그렇지만 달팽이 사냥의 비밀이 만족할 만큼 드러나지 않았다면, 그것은 전적으로 나의 노력이 부족했기 때문이며, 따라서 내 탓이다. 덕 혹은 탁월함arete을 사냥하라는 요구는 달팽이 사냥의 비밀에 관한 이야기 속에서 애석하게도 실현되지 못했다.

훗날을 기약하자.

모호한 꿈

윤후명의 고전적 아포리아
― 윤후명 소설이 던지는 물음에 관하여

1. 길―없음 혹은 길―아님

'이 작가' 윤후명은 고전적 '작가'다. 그의 첫 소설집인 『돈황의 사
랑』(문학과지성사, 1983)부터 최근작 『새의 말을 듣다』(문학과지성
사, 2007)를 관통하는 그의 작품 세계를 적절하게 정의하기 위하여
불러내진 이 '고전적'이라는 말은, 그의 소설들이 시대에 뒤떨어진 빛
바랜 주제를 다루고 있다거나, 그가 자신이 좋아하는 『삼국유사』 『장
자』 『반야심경』 같은 옛날의 책들을 대단히 자주 자신의 소설에 등장
시킨다는 사실을 지시하기 위하여 현현한 말이 아니다. 물론 윤후명
은 자신의 소설들 속에서 고전(古典, 古傳)에 대한 애정을 드러내고
있으며, 모범적으로 균형 잡힌 태도를 견지한 채 고전과 비―고전 사
이에서 자신과의 고전(苦戰)을 치르고 있었던 것처럼 보인다. 그러
나 윤후명이 고전적인 이유는 무엇보다 그의 문제의식이 고전적이기
때문이다.

　고전적 문제의식이라는 것은 풀기 힘든 '고전적 문제'에 대한 의식
이다. 그런데 윤후명의 이 '고전적 문제'는 '영원적 문제'이기도 한 듯
하다. 여기서, '영원적'이라는 말을 '고전적'이라는 말에 대응시키면
서 은연중에 어떤 영원성의 이미지가 '고전적'이라는 말이 가진 과거
성의 이미지와 결합한다. 영원적 과거 혹은 과거적 영원. 지나가버린
시간을 가리키는 '과거'라는 말을 — 이제는 미심쩍음을 넘어서 공허
함까지 느끼게 만드는 시간을 초월한다는 — '영원'이라는 말과 결합
시켜 '고전의 이미지'를 만들 수 있다는 것은 비합리적 몽상이면서도
불가사의한 사태인 듯하다. 시간은 지나가버리지만 영원은 지나가버
리지 않는다,라고 말했던 사람들이 있었다. 과거가 영원하다면, 그
과거는 지나가버리지 않은 지나가버림이며, 바로 그 역설을 구체적으
로 예증하고 있는 고전은 그래서 '끔찍하게(!) 좋은 것'인가? 윤후명
의 고전적 문제는 어떻게 과거의 문제를 넘어서 영원적 문제가 되는
가? 그리고 어떻게 현재의 문제가 될 수 있는가?

　윤후명의 소설 속에 나타나는 '영원적 문제'는 '영원한 문제'이기도
하고 '영원에 관한 문제'이기도 하다. 우선, 이 문제를 '영원한 문제'
로 규정한다면, 분명 거기에는 어떤 독단적 믿음이 개입되어 있다.
그 문제가 아직까지 풀리지 않았으며 언제까지나 확실하게 풀리지 않
고 남아 있으리라는 의심스러운 믿음이 거기 있기 때문에. 다음으로,
그 문제를 '영원에 관한 문제'로 규정한다면, 역시 거기에도 어떤 독
단적 믿음이 개입되어 있다. '영원'이라는 말로 '언제나 그대로 그렇
게 있음'을 의미하는 한에서. '불생불멸(不生不滅), 불구부정(不垢不
淨), 부증불감(不增不減)하는 존재 자체' 혹은 '영원한 존재' 같은 어
떤 것이 없다면, 그에 관한 문제는 무의미한 문제가 될 것이기에.

여기에서 분명해지는 것은 이 문제가 '있음'의 문제와 긴밀한 연관을 맺고 있다는 것이다. 도대체 존재한다는 것이 의미하는 바는 무엇인가? 이런 물음을 과감하게 던지고 탐구에 착수했던 하이데거는, 그런데 『존재와 시간』을 미완성으로 남겨두고 어디로, 어떻게인지는 모르지만 떠나가버렸다. 지나가버렸다. 다른 한편으로, '존재'를 '실재'와 같은 어떤 것으로 전제하고, 그 실재를 실체론적인 관점에서가 아니라 관계론적 관점에서, 주체적으로 생성하고 소멸하지만 객체적으로 불멸하는 자기초월체로서의 미시적 존재인 '현실적 존재' 혹은 '현실적 계기'들의 '과정'으로 파악했던 화이트헤드는 『과정과 실재』에서 자신의 시험적 정식화로서의 우주론이 언젠가 부적절한 것으로 판명나면 그 학설을 폐기처분하라고 말했다. 그렇게 '영원에 관한 영원한 영원적 문제'는 위대한 과거의 철학자들이 행한 영웅적 노력을 넘어서 여전히 유효한 문제로 남아 있다. 그들이 영원 혹은 영원한 존재를 부정했건 긍정했건 간에. 그리고 그들의 부정과 긍정의 양태가 어떠했든 간에.

적어도 윤후명의 소설 속에서 이 문제는 유효한 문제로서 문제가 되고 있다. 그렇다면 이 문제는 도대체 어떤 문제인가? 사실 이 문제는 어떤 문제인지조차 불확실한 듯하다. 그래서 그 문제는 문제가 아닐 수도 있다. 그러나 무지 때문이든 신념 때문이든 아니면 사태 자체의 강요 때문이든, 그것이 문제가 되는 사람들에게는 그것이 문제가 될 수밖에 없다. 풀릴 길 없는 물음, 당혹스러움, 아포리아. 이 아포리아와 씨름하고 있는 자는 길이 없어서 길을 만들고자 하는 자인가? 방황할 길조차 막혀버렸기 때문에? 아니면, 길이 아니라서 다른 길을 찾는 자인가?

윤후명의 문제는 그의 소설 여러 곳에서 등장하는 선사들의 선문답과도 별 관련이 없어 보인다. 소설가의 길은 '불립문자'의 길이 아니며, 예를 들어 「돈황의 사랑」에서 언급되는 "달마가 서쪽에서 왜 왔느냐는 물음"에 소설가로서의 윤후명이 소설 속의 '그녀'가 선사들을 모방했듯이 "뜰 앞의 잣나무"라고 대답할 수는 없기 때문이다(p. 84). 그렇다고 해서, 소설가는 저 물음을 운동의 관점에서 설명하려고 하지도 않을 것이다. 달마대사에게는 마음대로 걸을 수 있는 두 다리가 달려 있었고 그는 서쪽에서 동쪽으로 가기 위하여…… 운운하면 곤란하다. 차라리, 서쪽에서 동쪽으로 길을 만들어야 했기 때문에, 혹은 가만히 있는 것이 불가능했기 때문에…… 같은 대답이 소설가에게 더 어울리는 답이 될 것이다. 아니면…… 바람은 제가 불고 싶은 대로 분다, 너는 그 소리를 듣고도 어디서 불어와서 어디로 가는지를 모른다……라는 대답을 시인으로서의 윤후명은 좋아할까. 폐쇄공포증이 있고 마음 가는 곳으로 새로움을 찾아 어디론가 떠나고 싶어 하는 윤후명의 '나'들에게는 아마도 그런 대답들이 어울릴 것이라고 짐작되지만, 윤후명의 고전적 아포리아에 대한 그러한 대답은 동문서답에 가까운 것일지도 모른다.

　　바람 소리에 스치는 순간이
　　영원을 깁고 있다?[1]

---

1) 윤후명, 「순간과 영원」, 『홀로 등불을 상처 위에 켜다』, 민음사, 1992.

2. 플라톤과 아리스토텔레스의 차이

윤후명의 고전적 아포리아가 무엇인지에 대한 단서를, 그의 두번째 소설집에서 발견된 다음 인용문에서 찾아보자.

우리가 삶의 목표인 사랑을 완성시키는 데 플라톤과 아리스토텔레스의 차이점을 구분할 필요가 있다면 홍어와 가오리의 차이점을 구별할 필요도 있는 것이겠다. (「누란의 사랑」, 『부활하는 새』, 문학과지성사, 1985, p. 18)

'삶의 목표인 사랑의 완성' '플라톤과 아리스토텔레스의 차이' '홍어와 가오리의 차이'가 모종의 연관성을 지니고 언급되고 있다. 먼저 주목해야 할 점은 플라톤과 아리스토텔레스의 차이가 무엇이냐는 것이다. 문제가 심각하다. 그 둘의 차이에 대해서 역사적으로 수많은 갑론을박이 있었지만, 아직까지도 만족할 만한 합의에 도달하지 못한 것 같기 때문이다. 심지어 둘 사이에는 본질적으로 차이가 없다는 학설도 몇몇 신플라톤주의자들과 스콜라 철학자들에 의해서 주장되곤 했다고 역사는 말하고 있다. 그럼에도 일반적으로 그 둘의 차이가 분명히 있다고 믿어진다. 가령, 라파엘이 그린 「아테네 학당」에서는 플라톤이 손가락으로 위쪽을 가리키고 있고 아리스토텔레스는 아래쪽을 가리키고 있다. 그렇다면 둘의 차이는 '위'와 '아래'의 차이인가? '저쪽'과 '이쪽'의 차이인가? 이상주의자와 현실주의자의 차이인가? 초월을 꿈꾸는 자와 그렇지 않은 자의 차이인가? 그래서 "이데올로

기의 비극"과 "현실과 이상의 괴리"를 사유하면서 "모두가 하나됨을 노래하는 세계"에 대하여 이야기하는 윤후명에게는 플라톤과 아리스토텔레스의 차이에 관한 문제가 중요성을 띠고 나타났던 것인가?(「여우 사냥」, pp. 261~62, p. 277, p. 288) 하지만 이때 '위-아래' '저쪽-이쪽' '이상-현실'이라는 대립쌍처럼 보이는 말들이 의미하는 것은 무엇인가?

둘의 차이에 관한 위와 같은 이해는 피상적인 것일 수 있다. 윤후명을 이해하기 위하여, 좀더 심층적인 이해가 필요하다. 이런 목적에 부합하는 제목을 가진 『헬라스 사상의 심층』이라는 책에서, 박종현은 둘의 차이를 "초월적 형상설"과 "내재적 형상설"의 차이에서 찾고 있다.[2] 어쩌면 그 둘은 '초월적'과 '내재적'의 차이에도 불구하고 '형상의 친구들'(플라톤, 『소피스테스』)이라는 점에서는 일치할 수도 있겠지만, 아무튼 그 차이가 아리스토텔레스 자신에 의해 『형이상학』에서 가장 난해한 문제로 제시되고 있는 것은 분명한 사실이다. 그리고 그 '수수께끼'가 플라톤과 아리스토텔레스의 형이상학을 근본적으로 분할하는 지점이 된다는 것은 고전적으로 받아들여진 견해이다.[3] 대략적으로 여기서의 문제와 연관된 물음을 '일반적'으로 나열하자면 이렇다. 형상(이데아), 유(類), 종(種) 같은 말로 표현되는 어떤 것들이 존재하는가? 존재한다면, 그것은 어떻게 존재하며, 그때 '존재' 혹은 '존재한다'는 말이 의미하는 바는 무엇인가? '존재하는 것'으로서의 이데아들이 있다면, 그것은 '개별적 실체'들과 '분리'되어서 존

---

2) 박종현, 「아리스토텔레스의 플라톤 비판」, 『헬라스 사상의 심층』, 서광사, 2001, p. 329 참조.

3) J. Barnes, *Porphyry: Introduction*, Oxford, 2003, pp. 46~47 참조.

재하고 있는가? 분리 가능하다면, 그것들은 어디(!)에 혹은 어떤 차원에서 어느 정도의 '실재성'을 가지고 존재하는가? 아니면, 그것들은 개별적인 것들과 분리될 수 없는가, 즉 내재하는가? '존재' '실재' '본질' '실체' 등과 같은 말이 왜 그렇게 서로 복잡하게 얽혀 있는가? 이런 물음들이 윤후명의 소설 속에서 어떻게 아포리아로서, 말하자면 '길-없음의 있음'으로서 작동하고 있는지 다음 인용문에서 찾아보자.

화가가 의자를 그릴 때, 그는 머릿속에 의자의 원형이 있어서 그걸 본떠 그리는가, 아니면 하나하나의 의자를 그리는가. 대충 그런 뜻으로 기억되었다. 어려운 말이었다. 물론 내가 기억해낸 문장이 정확한 것인지도 의문이었다. 그 말과 더불어 화가가 아름다운 여자를 그릴 때…… 하는 구절도 있었던 것 같았다. 화가가 세상에서 가장 아름다운 여자를 그릴 때, 그는 머릿속에 떠올리고 있는 아름다운 여자를 그리는가, 아니면 각각 아름다운 눈, 아름다운 코, 아름다운 입, 아름다운 귀 등등을 끌어 모아서 한 사람의 아름다운 여자를 그리는가. 역시 어려운 말이었다.

아내를 그린다는 게 의자가 되어버린 화가의 문제도 결국 그 문제였다고 나는 그제야 깨달아졌다. 〔……〕 그는 아내의 의미를 그리려고 한 것이 분명했다. 아니다. 쉽게 단정해서는 안 된다. 플라톤의 책에 나오는 말대로 그는 아내의 이데아가 머릿속에 들어 있었던 것일까. 그렇다고 해서 그것이 어떻게 의자의 모습인 것일까. 혼란스러웠다. 나는 그가 완성한 그림을 이해할 수 있다고, 모를 일이 아니라 충분히 납득할 수 있다고 여긴 것도 없었던 일 같았다. 정말 모를 일이었다.

(「의자에 관한 사랑 철학」, 『새의 말을 듣다』, pp. 132~33)

“정말 모를 일”이다. 이데아란 어떤 가지적 본질(무엇임) 혹은 “원형”인가? “의자의 원형” “아내의 이데아”는 개별적 의자, 개별적 아내와 분리되어 ‘초월적 보편자’로서 ‘존재’하는가? 아니면, 그것은 ‘의자다움’ 혹은 ‘아내다움’ 같은 ‘가치 평가’의 ‘기능’을 하는 “의미”인가? 그것은 그저 개별자로서의 주어에 서술되는 유나 종의 개념이거나 오직 개별적 실체에만 속하는 ‘무엇’으로서의 속성인가? 화가의 관념 속에 들어 있는 아내의 이데아는 개념인가 이미지인가? 개념이나 이미지가 관념 속에 ‘존재’한다고 말하는 것은 무엇을 의미하는가? 이데아가 ‘보편자’로서 ‘존재’한다면, 그것은 살아 있는 것인가 아니면 시체(이를테면 「누란의 사랑」의 “미이라”)와 같은 것인가?

‘현대적’(?)으로 묻자면, 이데아란 개념이 아니라 객체(?)와 주체(?)와의 관계성을 전제로 하여 어떤 힘(질료적 힘)을 지닌 흐름 속에서 전이된 상징적 이미지와 같은 것이냐고 물을 수도 있을 것이다. 윤후명의 소설에 등장하는 화가의 그림에서 “그의 아내는 살가운 여자의 모습에서 해골, 고사목으로 바뀌었다가 아예 사라지고 그녀가 앉았던 의자의 모습으로만 남아 있”(pp. 130~31)게 된다. 여기서 ‘의자’는 형상 혹은 이미지가 생겨나기 이전과 소멸한 이후의 어떤 ‘떠받치는’ 기체(基體) 혹은 질료적 힘을 가진 공간의 상징으로 표현되고 있다. 그리고 ‘나’의 친구는 “의자를 통해서만 나와의 관계를 인식”하며, ‘나’는 몽롱함 속에서 “왜 의자가 있음으로써 있음과 없음이 드러나는가”(p. 129, p. 139)라는 물음을 던지고 있다. 여기서 의자는 ‘관계’의 ‘인식’을 매개하는 어떤 ‘자리[場]’의 상징으로 해석될 여지가 있다. 그렇다면, 플라톤과 아리스토텔레스가 형상을 필요로 했던 중요한 이유 중의 하나인 '인식'을 위해서, 그리고 아는 자와 알려지는 자와의 관계가 가능하기 위해서, 서로 공유하고 있는 질료적 공간이 있어야 한다는 것을 소설가는 말하고 있는 것인가? 여기서 왜 보편적 이데아가 보편적 질료 혹은 공간과 뒤섞여 나타나게 되는가?

위의 인용문과 거의 동일한 문제의식과 문장이 거의 20년 전에 나온 윤후명의 다른 소설(「처용나무를 향하여」, 『원숭이는 없다』, 민음사, 1989, pp. 211~22) 속에서도 발견된다는 것은 무엇을 의미하는가? 저 문제들이 윤후명을 끈질기게 붙잡고 놓아주지 않았다는 것을 의미하는 것이 아닌가? 저 물음들은 도대체 어디에서 피어오르고 있는 것인가? 존재로부터? 비존재로부터? 시공연속체로부터? 생성과 소멸로부터? 생성과 소멸은 '존재냐 비존재냐, 그것이 문제'인가?

3. 개별자의 문제—실체

"다시 말하거니와, 의자를 탐낸 게 아니라 '그' 의자를 탐냈다"(p. 118)라고 '나'는 말한다. 이 말은 아마도 보편적 '의자'가 아니라 개별적 '이 의자'를 탐냈다는 말일 것이다. '나'는 그냥 '의자'가 아니라 '이 의자'를 '사랑'한다. 그런데 윤후명은 플라톤과 아리스토텔레스의 차이를 "사랑의 완성"을 위하여 필요한 것으로 언급했다. 여기서, 설득적 물음을 던져보자. '우리'(?)는 '사람'을 사랑하는가, 아니면 '이 사람'을 사랑하거나 '저 사람'을 미워하는가? 아무도 미워하지 않는다고 하더라도, 우리는 '이 사람' 혹은 '저 사람'을 사랑하지 그냥

'사람'을 사랑하지는 않을 것이다. 우리는 '구체적인 존재'를 사랑하지 추상적인 원리, 원인, 법칙, 이념 혹은 '보편자'를 '사랑'할 수 없다! 윤후명이 철학자들의 차이와 함께 "홍어와 가오리의 차이"를 말하고 있는 것은 구체적인 존재의 중요성을 말하고 있는 것이다. 물론 그것이 "자연 교육이 자연을 배우지 않고 교실을 배우는, 책을 배우는 것만은 지양되어야 한다"(「섬」, 『부활하는 새』, p. 74)라는 맥락에서 나온 말일 수도 있다. 하지만 그때에도 "이름과 그 실체를 처음 일치시켜 보게 된 경험"(p. 75)이라는 표현에서 볼 수 있듯이 '보편적 이름'이나 '보편적 관념'과 구분되는 '개별적 실체'들에 대한 사랑이 표현되고 있다. 그의 소설들 전체에 걸쳐서 개별적 사물들, 사건들, 동식물들에 대한 높은 관심을 표현하면서 최근의 소설 속에서도 식물학자가 되지 못한 것을 아쉬워하는 윤후명의 '나'들에게서, 생물학이나 귀납적 학문들 전반에 걸쳐서 탁월한 업적을 남겼던 아리스토텔레스의 '실체'에 대한 관념이 발견되는 것은 이상한 일이 아닐 것이다. '실체'란 아리스토텔레스가 구체적인 경험적 존재를 표현하기 위해서 사용한 말이다. 실체는 개별적으로 분리된 '그 자체'로서의 존재이며 '하나의 전체'로서의 '이것' 혹은 각각의 '이것'의 그것이 무엇인 바로서의 '이것(본질)'이다.

일차적으로 실체는 개별자 혹은 개별자에 내재한 본질이다. 실체로서의 본질은 플라톤의 형상처럼 개별자에 대해 초월적으로 존재하지 않는다(플라톤에게는 오히려 형상이 개별자인 듯하다). '본질적 존재'는 각각의 실체마다 서로 다른 개별적인 것이다.[4] 논란이 있을 수 있

---

4) 조대호 역해, 『아리스토텔레스의 형이상학』, 문예출판사, 2004, pp. 114~17 각주 참조.

겠지만, 여기서 실체의 개념은 '분리성' '각자성' '자족성' 같은 의미를 내포한다. 이러한 실체의 개념은 비록 그 양태는 조금씩 다를지라도 중세를 거쳐 근대에 이르기까지 지속된 것이다. 데카르트는 연장적 실체와 사유적 실체의 두 실체(혹은 '신'을 포함하여 세 실체)가 존재한다고 했고, 이에 반발하여 스피노자는 실체가 둘 혹은 여럿일 수 없다는 것을 주장하면서 사유와 연장은 유일한 자기원인으로서의 신 즉 자연인 무한 실체의 두 속성이라고 했다. 라이프니츠는 데카르트의 연장과 사유의 두 실체 개념을 거부한 면에서 스피노자와 유사하지만, 신에 의하여 예정 조화적으로 프로그램되어 단번에 창조된 다양하게 많은 실체(모나드)들을 주장한 면에서는 스피노자와 많이 다르다. 다음으로 데카르트의 '사유하는 나', 즉 그 자체로 '존재'하는 사유하는 사물, 즉 정신적 실체가 칸트나 헤겔에 와서 '주체' 혹은 '자기의식'(의 확실성)이 된 듯하다('실체는 주체다'라고 헤겔은 말했던가?). 말하자면 실체는 객체에서 주체가 된다. 의식 독립적 사태인 실체에 관한 아리스토텔레스의 '실재론'은 주관적/선험적/절대적 '관념론'이 된다. 여기에 하나의 대립이 있다. 자의적 요약— '사람'은 개별적 '이 사람'들로부터 '추상'된 관념(개념)인가, 아니면 '이 사람'들은 '사람'이라는 관념이 '구체화'된 것인가? 실재론과 관념론의 대립.

여기는 '실체'의 역사를 개관하는 자리가 아니다. 그러나 윤후명을 이해하기 위해서, 저 다양한 차이에도 불구하고 유지되는 실체의 관념을 거칠게라도 살펴볼 필요가 있다. 즉, 다른 건 그렇다고 치더라도, '실체'라는 말에 끈질기게 붙어 다니는 관념이 '자족성' 혹은 '자체성'이라는 것은 말해야 한다. 실체는, 그것이 형상이건 질료이건 형상과 질료의 복합체이건 (절대)정신이건 육체이건 혹은 그렇게 이원적으로 구분되지 않는 그야말로 단일한 실체이건, 다른 것과 상관없이 그 자체로 독립적인 '존재'였다. 물론 여기에는 어떤 전제가 필요했다. 즉 스피노자의 경우는 실체가 유일한 자기원인으로서의 신이었으므로 예외일 수 있겠지만, 대부분의 경우에 있어서, 그것이 부동의 원동자이건 제1원인이건 궁극적 원리이건 창조자로서의 모나드이건 초월적 일자이건, 실체의 관념을 옹호하기 위해서 다른 모든 실체들의 근거, 원리, 원인, 목적으로서의 '영원한 신'을 끌어들여야 했던 것이다. 그런데 '신은 죽었다'라고 누군가가 말했고, '인간은 죽었다'라고 누군가도 말했다. '영원한 존재'와 같은 말은 공허한 메아리에 지나지 않게 된 것이다. 그렇다면 이제 '우리'(?)에게 남은 것은 무엇인가? 동일자의 영원회귀와 운명애와 초인? 생성과 소멸? 사건? 실존과 허무? '존재'는 생기하는 무규정적인 힘일 뿐인가? 더 나아가 '존재'는 '무엇'이 아니라 '무'인가?

각각의 실체들은 서로에 대해서는 상관없이 독립적으로 존재한다. 바로 여기가 윤후명의 주인공들이 회의하고 방황하고 사색하고 주저하는 지점이다. 여기서는 실체의 범주와 관계의 범주가 양립 불가능하게 된 것이다. 라이프니츠의 모나드가 대표적 사례라고 할 수 있다. 잘 알려졌듯이, 각각의 모나드는 창이 없다. 그것들은 하나의 '독립된 세계'(즉 '대우주'를 구성하는 '소우주')로서 개별성을 확보했지만 관계성은 상실했다. 윤후명의 '실체'들은 일면 그런 라이프니츠의 모나드들을 닮은 것 같기도 하다. 모든 실체들은, 즉 "모든 별들은 음악 소리를 낸다." 하지만 혼자 놀고 있다, 외롭다, 고독하다. 실체가 '자기충족적' 존재라면 왜 고독해야 하는가? 왜 "사랑의 완성"이 요구되는가? 윤후명을 실체론자 혹은 단자론자로 지칭하는 것은 다소 성급한 판단일 수 있다. 이른바 "자멸파"로 스스로를 부르기도 하고, 항상 새로운 '만남'과 '헤어짐'의 중요성, 사라져가는 것들에 대한 그리움을 말하는 주인공들에게서 섣불리 모나드 혹은 그 어떤 실체를 추출해내서는 안 된다. 더구나 윤후명이 전제하고 있거나 혹은 찾고자 하는 것은 '진정한 나'가 아닌가? 모나드는 '이 사람' 혹은 '나'가 아니다. 단자론에 의하면, '이 사람' 혹은 '나'는 아리스토텔레스적인 '개별자'가 아니라 수많은 모나드들로 구성된 '결합체'이다. '개인'이 아니라 '사회'이다. 윤후명의 '나' 혹은 '우리'는 말한다.

1) 나는 항상 개인이 함몰되는 사회에 견디기 힘든 공포감과 저항감을 가지고 있었다. 나는 조립 기계에서 하나의 나사가 아니라 그 기계 전체여야 했다. 이런 뜻에서 보면 나라는 인간은 사회구성원으로서는 완전한 실격자였다. (「여우 사냥」, p. 277)

2) 우리는 이 세상의 실체를 영원히 알지 못한 채 명목으로 살고 있는 것이다. 광대무변한 우주의 실체는 하나하나의 별에 의해서 규명되기보다는 그 실체를 알 수 없는 뻥 뚫린 무시무시한 구멍, 이른바 블랙홀에 의해 규명되어야 한다. 별들도 그 무한차원의 구멍 앞에서 얇고 힘없는 지느러미를 하느적거리고 있는 새끼 고기와 같은 존재일 뿐이다. (『별까지 우리가』, 둥지, 1990, p. 88)

관념론적 유아론(唯我論)과 실존주의적 허무주의 사이에서, 전부와 전무 사이에서 주저하고 있는 '나'의 문제는 실체와 관계의 대립, 실존과 본질의 대립 속에서 피어오르고 있다. 이 대립을, 이 문제를 윤후명은 자신의 소설들 속에서 어떻게 풀어 나가고 있는가? 그는 "무엇이냐고 묻는 마음"에도 불구하고 실체나 본질의 관념을 무의미한 것으로 포기하는가? 혹은 "자멸파"로서 비존재의 어둠 속으로 소멸하는 것을 '영웅적'으로 감내하는가? 아니면, 그가 좋아하는 "티끌 하나도 온 세상을 품는다(一微塵中含十方)"라는 의상대사의 말에 만족하는가?(『삼국유사 읽는 호텔』, 랜덤하우스코리아, 2005, p. 176) 화이트헤드식으로 말하자면, 인연 따라 생멸한 온 우주를 머금은 미시적 존재로서의 창조적 생성을 긍정하고 만족으로서의 소멸을 향유하는가? 아니면, 감각적 실체만이 '존재'라고 이야기하는가? "육체를 정신의 하수인으로 보게 했던 자들에게 화 있을진저." "우리의 감각으로 직접 확인할 수 없는 것의 존재를 믿을 수 있을까?"(『협궤열차』, 창, 1994, p. 160, p. 165). 여기서, "우리"는 누구인가? "우리들. 어루만질 수 있는 몸뚱이를 가진 한계 안에서만 '사랑'이라고 말할 수 있는 인간이라는 어릿광대들. 오로지 이기주의라는 열쇠로만 해독될 뿐인 자기만의 암호로 맹목의 그 '사랑'을 무장하려는 인간이라는 어릿광대들. 실제로는 먹기 위해 살아가고 있는 아귀(餓鬼)들"(『협궤열차』, p. 161). 이 말들은 자신과 타인들에 대한 지하생활자적 독설일 뿐인가? 아니면, "인간"이라는 어떤 초감각적 '보편자'에 관하여 "우리"에게 반어적으로 호소하고 있는 것인가?

4. 보편자의 문제―생명나무

윤후명을 이해하기 위해서, "인간"을 윤후명이 매우 좋아하는 '나무'로 변신시키자. 「돈황의 사랑」에도 등장하는 오비디우스의 『변신』에 근거해서. 즉 자신을 붙잡으려고 쫓아오는 아폴론을 피해 도망가다가 월계수로 변해버린 강의 요정 다프네에 근거해서. 이 신화를 베르그송적으로 해석하면 이렇게 말할 수 있다. 즉 이 신화는 지속하는 시간을 단절시켜 공간화하고 약동하는 생명력을 사물화하는 인간지성(아폴론)이 자신이 그렇게도 사랑했던 존재의 본질(다프네, "영혼")을 놓쳐버린다는 이야기라고. 그러나 저 약동하는 창조적 흐름인 비합리적 생명력을 사랑하면서도 그 어떤 합리성, 질서, 조화를 꿈꾸는 윤후명에게 '나무'는 단순히 아폴론에 대한 다프네의 승리를 상징하지 않는다("다푸네"라는 술집 이름은 디오니소스를 의도한 것인가?). 이 여성적 나무는 "하늘과 땅의 조화를 꿈꾸는 나무" "계절에 의해 변하는 나무가 아니라 계절을 그 속에 품고 있는 나무"로 표현되는, 작가가 "처용(處容)"과 연관시키고 있는 남성적 나무이기도 하다(「처용나무를 향하여」, p. 215, 『협궤열차』, pp. 138~39). 이 두 나무에서 발견되는 관념은 생성하는 것은 생성하지 않는 것에 참여하고, 영원한 것이 변화하는 것을 자신 안에 품고 있다는 관념이다. 플라톤적으로 말하자면, '생성'하는 세계("땅")는 '존재'하는 세계, 즉 '영원'한 세계("하늘")에 관여함으로써 생성하고 있다는 관념이다. 그리고 그 유비적인 두 세계의 관계를 가능하게 하는 매개자로서 윤후명의 소설 속에 반복적으로 등장하는 주제가 바로 "생명나무"다. 생명나무는, 말하자면, '나무'이면서 '이 나무'이다.

생명나무 혹은 우주나무. 나는 오래전부터 **이 나무**의 존재에 깊은 미더움을 느끼고 있었다. 그것은 옛사람들의 신앙의 중심에 있는, 사상의 중심에 있는 **나무**였다. 땅에 사는 우리들 사람의 기도를 하늘로 전해주고, 하늘의 뜻을 땅에 전해주는 신성한 나무였다. 땅과 하늘, 사람과 하늘을 이어주는 영매였다. 〔……〕

 분명 **뜻으로서의 나무**인데, **살아 있는 나무**였다. (『삼국유사 읽는 호텔』, pp. 91~92, 강조는 인용자)

 윤후명의 '생명나무'를 이해하기 위해서, 이제 또 하나의 신화(!)가 필요하다. 니체가 '죽었다'고 말한 '신'을 철학자들의 신이 아니라 이를테면 '예수'로 가정하자. 즉 가톨릭의 교설을 여기서의 목적에 맞게 표현하자면, '신'이자 '인자(人子)'인 예수는 '인류'를 위해 '보편적 개별자'로 '죽었다'지만 '개별적 보편자'로 부활한 '영원한 살아 있음'이다. 여기서 예수는 '사람'과 '이 사람'이 융합한 존재다. 그래서 각각의 '이 사람'은 '사람이자 이 사람'에 참여함으로써 '영원한 사람'이 된다(이 '참여'의 양태는 무수하게 다를 것이다). 윤후명의 소설 속에서 이 기묘한 예수의 위상에 비견될 수 있는 상징으로 도처에서 등장하는 주제가 바로 '생명나무'다(이 나무는 에덴동산의 생명나무이기도 하다). 윤후명의 장편소설『별까지 우리가』는 바로 저 불가해한 생명나무에 도달하기 위한 사랑과 희생의 문제를 형상화한 이야기이며, 『협궤열차』에서는 저 생명나무에 대한 입장을 명시적으로 밝히고 있다. 윤후명이『삼국유사』의 '단군신화'를 중요하게 여기는 것도 그런 맥락(동물에서 사람이 된 웅녀와 신에서 사람이 된 신인〔神人〕의 결혼에서 홍익인간의 이념, 즉 '좋음'의 이념을 가진 아이가 태어난다는 맥락)이다. 윤후명은 이 기묘한 나무를 자신의 고전적 아포리아를 헤쳐 나가기 위한 하나의 '요청'(?)으로 꿈(!)꾸고 있다! 다음 인용문을 보자.

‘나무’라는 말이 갑자기 엄청난 추상명사처럼 다가왔다. 물론 밤나무. 대추나무. 모과나무 등 종류마다의 나무는 구체적으로 알 수 있어도 **나무 일반**은 우리가 **알 수 있는 게 아니다.** 더 나아가 밤나무도 어느 하나의 특정한 밤나무는 우리가 알 수 있어도 밤나무 일반을 알 수 있는 것은 아니다. 이렇게 말하는 것이 지나치게 사변적이라 할지 모르므로 이것은 어디선가 인용한 것임을 밝혀두기로 한다. (「별을 사랑하는 마음으로」, p. 83, 강조는 인용자)

“나무 일반”에 대해서 이야기하면서 윤후명은 여기서 이른바 ‘보편자의 문제’를 제기하고 있다. 이 문제는 ‘플라톤과 아리스토텔레스의 차이’에 관한 해결되지 않은 문제와 깊은 관계가 있다. 윤후명의 고전적 아포리아는 여전히 작동하고 있는 것이다. 신플라톤주의자들의 스승이라 할 수 있는 플로티노스의 제자였던 포르퓌리오스가 남긴, 일반적으로 아리스토텔레스의 『범주론』에 관한 입문으로 알려진 글(『이사고게』)에 관한 보에티우스의 라틴어 번역과 주석을 통해서 촉발된 중세의 ‘보편자 논쟁’은 천 년이 넘도록 무수한 갑론을박이 행해졌지만 여전히 모호한 미해결로 남겨진 유명한 문제에 관한 것이었다. 거칠게 요약한다. 대립이 있다. ‘나무’라는 말이 가리키는 대상이 ‘실재’하는가, 아니면 ‘이 나무’들만 실재할 뿐 ‘나무’는 그냥 바람 소리에 불과한 ‘이름’일 뿐인가(유명론자들은 ‘바람 소리’를 무시하고 있다!)? 실재론과 유명론의 대립.

앞의 비유에서도 암시했듯이, 윤후명이 지금 이 문제를 언어철학적 관점에서 제기하고 있는 것은 아니다. 윤후명에게 ‘이름’의 문제는

'존재'의 문제와 관련해서 중요한 것이다. 그는 김춘수의 「꽃」을 자주 인용하고, '언어는 존재의 집'이라는 하이데거의 말을 자주 인용한다. 물론, 여기서의 '존재'는 하이데거의 '존재'와 많이 다를 수도 있다. 어쨌거나 윤후명의 '나'는 여기서 "나무 일반"에 대한 어떤 입장을 표명하고 있다. 그는 "나무 일반"에 관하여 '없다'고 말하지 않고 "알 수 있는 게 아니다"라고만 말하고 있다. 이 말은 "존재는 알려져야만 존재"라는 작가가 애호하는 관념론적 명제에 비추어 보면 진의를 확인하기가 어려운 말이기는 하다(「외뿔 짐승」, 『가장 멀리 있는 나』, 문학과지성사, 2001, p. 118). 그러나 그 말이 '보편자' 혹은 '존재'가 '없다'는 말인가? '없다'라는 말은 무엇을 의미하는가? 윤후명이 좋아하는 상상의 동물들, 이를테면 "유니콘" "기린" "그리핀" "봉황" 등은 있는가 없는가? 그것들은 이른바 '둥근 사각형'처럼 모순이 아니므로 '가능태'로 존재할 수는 있는가? 그것은 실현을 기다리고 있는 "사물"의 "꿈"인가? 그런데, 꿈꾼다는 것은 가능태가 아니라 이미 어떤 '현실태'가 아닌가?

1) 모든 사물에는 그 나름의 꿈이 있다는 사실을 나는 느꼈고, 그 지붕은 그때 호수를 꿈꾸고 있다는 생각이 들었다. (「외뿔짐승」, p. 118)

2) 그러나 언제부터인가 나는 꿈을 믿기 시작한 내 얼굴을 보았다. 꿈은 어떤 형태로든 이루어지게 되어 있다는 믿음이 그것이었다. 그러므로 함부로 꿈꾸어서는 안 되는 것이었다. (「가장 멀리 있는 나」, pp. 266~67)

어려운 문제다. 이 문제를 위해 윤후명의 박진감 넘치는 존재론적 소설인 「원숭이는 없다」를 살펴보자. 이 소설은 제목부터 수상한 분위기를 자아내고 있다. 왜 원숭이가 '없다'고 말하는가? 오히려 상상의 동물인 봉황이나 유니콘이 '없다'고 말해야 하는 것이 아닌가? 혹시 여기서의 '원숭이'는 '이 원숭이'와 구별되는 종으로서의 보편자를 지시하는 말인가? 그렇다면, 윤후명은 저 제목을 통해서 개별자만 있고 보편자는 없다는 의미를 주고자 하는 것인가? 아니다. 윤후명은 이 소설 속에서 존재와 비존재의 변증법을 펼치기라도 하려는 듯 '있다'와 '없다' 사이를 분주하게 오가고 있다. 그래서 소설이 진행되는 과정에서 "원숭이는 없다"라는 문장의 '없다'는 어떤 의미에서 '있다'를 의미하게 된다. 어떤 의미에서? '없다'가 '있다'와 결합한다는 의미에서. 과거 혹은 영원 속에 존재하는 '이 원숭이' 혹은 '원숭이'의 관념을 품고 미지의 '이 원숭이'를 찾아가는 과정의 두 '이 인간'이 '원숭이'가 '되어간다'는 의미에서. 그런데 진화인지 역진화인지 모를 이 사태를 이야기하고 있는 소설은 "만약에 우리가 원숭이가 되어야 했던 까닭을 알 수 있는 자가 있다면 그것은 저, 쾌를 타고 앉아 광활한 우주 공간을 응시하는 거대한 원숭이뿐일 것이라고 여겨졌다" (p. 151)라고 말하고 있다. 분명한 것은 소설 속에서 저 '거대한 원숭이'가 "작은 원숭이"와 "삼장법사"와 "손오공"과 "부처의 얼굴"과 겹쳐진 "상징"으로 나타나고 있다는 것이다. 저 "50만 년 전"의 "거대한 원숭이"는 보편자인가 개별자인가? '부처'는 보편자인가 개별자인가? '누구나 깨달으면 부처'라고 한다면, 그때 그 '부처'는 '하나'인가 '여럿'인가?

'보편자의 문제'는 '기원의 문제'와 연결된다. 그 어떤 것에 대해서든 그것의 기원을 알고자 할 때 마주치는 것은 아포리아 혹은 이니그마이다. 존재의 기원, 생명의 기원, 우주의 기원, 인류의 기원, 언어의 기원, 악의 기원 등. 심지어 이 기원들 중에서 어떤 기원이 더 앞서는가에 대한 문제를 생각할 때도 아포리아에 봉착한다(가령, '고전적'으로 묻자면, '일자'가 먼저 있는가, '존재'가 먼저 있는가, '생명'이 먼저 있는가?). 그래서 생성, 진화를 말하고 미래로의 진보를 말하는 사람들은 과거로 거슬러 올라가지 말 것을 권한다. 뒤돌아보지 마라! 오르페우스의 실수를 반복하지 마라! 미래로 향하면서 지금 이 순간을 살아라! 현재에 참여하라! 기원을 묻는 것은 어리석은 짓이다! 그 문제는 사이비 문제다! 그러나 윤후명에게 '기원의 문제'는 대단히 중요한 문제가 되고 있다.

"그러나 모든 전말의 알맹이는 보다 더 원천적인 어떤 것 속에 숨어 있으리라는 게 내 생각이었다. 아무도 그 생명의 비밀을 알 수 없는 한 '왜?'라는 의문은 헛된 것일지도 몰랐다. 어쩌면 그 비밀을 알기 위해서는 개개인 사람들의 유전자 속에 들어 있는 인자, 그 아버지의 아버지의 아버지의 아버지의 아버지…… 그리하여 저 태초의 생명까지 거슬러 올라가지 않으면 안 된다고 나는 막막히 괴로워하기도 했다. 그리하여 나는 생명이란…… 비밀이다…… 하고 깨달음 아닌 깨달음에 공연히 소스라쳐 놀라곤 했던 것이다." (「별을 사랑하는 마음으로」, p. 93)

'나'는 '기원'을 물으면서 '나'를 찾아가고 있다. 그리고 구체적 뿌리와 보편적 뿌리가 만나는 지점인 '기원의 신화' 속에는 여명인지 황혼인지 모를 어슴푸레한 빛만이 '나'의 상상력을 자극하고 있다(윤후명은 블랑쇼가 말하듯이 '바깥'에 매혹된 것일까?). '나'의 '나임[我性]'은 어디에 있는가? 개별자의 개별자성을 어떻게 정의할 것인지는 어려운 고전적인 문제였다. 그저 '이것임[thisness]'이었다. 개별자를 분석해 들어가면 전부 보편자로 환원될 뿐이었다(질료 또한 보편자다). 보편자들이 하나로 모인 전체, 그것이 개별자라고 생각되었다. 개별자들은 수적으로 구별될 수 있고 서로 다른 시공간을 점유하고 있다는 사실로부터 구분될 수 있지만, 바로 그 사실들이 개별자의 개별자성을 설명해주지는 못했다. 수학적으로 추상된 좌표와 같은 텅 빈 시공간을 떠돌아다니면서 사유하고 있는 실체로서의 '나'는 진정 유령에 불과한 것인가? 그러나……

1) 나는 물이란 생명을 낳은 근원이라는 어떤 학설을 어렴풋이 떠올리며 우리 모두가 바다의 울렁거림에 **존재 자체의 흔들림**을 가슴 깊이 느끼고 있었음을 깨달았다. (『별까지 우리가』, p. 150, 강조는 인용자)

2) 새는 인간의 영혼을 표징하고, 그렇다면 **그녀는 어쩌면 내 영혼의 어느 한 면**일지도 모른다고 나는 주술에 걸린 것처럼 느꼈다. (『별까지 우리가』, p. 128, 강조는 인용자)

3) 그녀의 온몸의 부드러움이 하나의 질서로 분출되고 있었다. 손과 발과 상체와 하체의 놀림이 흩어졌다가 모아짐을 반복하는 그 원심력과 구심력의 사이에서 **그녀의 모습은 새로운 탄생을 거듭하고 있는 것**

같았다. (『별까지 우리가』, p. 214, 강조는 인용자)

4) 나는 남모르게 언제나 **그녀와 함께 우주나무, 세계나무, 생명나무로 표상되는 저 세계로 날아가는 꿈**을 꾸어왔던 것이다. (『협궤열차』, p. 245, 강조는 인용자)

여기서, 마지막으로 남은 물음과 답변은 이것이다.

문: 윤후명이 말하는 '나무'는 '존재'하는가?

답: 잃어버린 낙원에 대한 기억을 '우리'가 망각하지 않았다면.

문: 그 기억이 이른바 '조작된 기억'이라면?

답: 그럼, 윤후명이 말하는 "우리 모두의 아이, 내 아이"는 어디에도 없었다는 말인가? '지금-여기'에는 '어른'만 있었고, 있고, 있을 것인가?

윤후명의 문학에는 여기서 다루지 못한 다양한 예술적 신념이 있고 철학적 관념이 있고 종교적 믿음이 있다. 그리고 작가 자신이 반복해서 강조하고 있듯이 그의 문학의 핵심에는 다음과 같은 물음이 있다. '사랑의 완성'은 언제 이루어지는가? 윤후명의 소설로부터 이끌어낸 여기서의 대답은 이렇다. 그의 '단군신화'에 입각해서, 모든 웅녀가 신인과 결혼할 때까지. 모든 '이 사람'이 '사람이자 이 사람'이 될 때까지. 모든 '이 사람'이 생명나무에 도달할 때까지. 그 언젠가의 그때까지 얼마나 지난한 인내와 고통이 필요하며, 얼마나 많은 희극과 비극의 드라마가 만들어져야 하는 것일까. 그것은 무한의 길이거나 "불가능성의 가능성"(죽음-하이데거)이거나 '둥근 사각형' 같은 것은 아닐는지. 하지만, "골짜기"가 있고 "바다"가 있고 "호수"가 있고 "강"
이 있다. 작가가 암시하듯이, 만물을 끊임없이 낳고 기르는 어떤 여
성이 있다. 그리고 작가가 소중하게 여기는 "나무, 새, 별, 우주, 사
랑"이 있다(『협궤열차』, p. 244). 이상(별)을 꿈꾸며 굽이쳐 흐르는
생명력(물) 속에 끓어오르는 열정(불)에 날개(공기)를 달아 존재(대
지)에 뿌리(나무)를 박고 미지의 세계(우주나무)로 날아오르려는 시
인(새)의 사랑(에로스적 상상력)이 있다. 과거, 현재, 미래의 모든
'이 사람'의 삶은 '시(詩)'로 승화되어야 한다고 윤후명의 소설들은
말하고 있다. "써서 돈이 되지도 않지만 또한 쓰는 데 돈이 거의 들
지도 않는 이상한 형태의 예술"인 그 '시' 말이다(「수마노탑」, 『부활하
는 새』, p. 116).

돈키호테-햄릿-둘시네아-오필리어-되기
— 이인성의 『낯선 시간 속으로』[1]

　이인성의 『낯선 시간 속으로』는 교양소설의 성격을 갖는다. 이인성은 이 소설 속에서 한 대학생이 '회의'와 '방황' 속에서 자신을 형성해가는 과정을 그려내고 있으며, 그 과정의 '무의식적' 목적은 자신을 만들어간다는 것 외에 다른 어떤 것도 아니다. 또한, 그렇게 자신을 형성해가는 데 있어서, 어떤 확실한 '방법'에 의존하는 것도 아니다. 그럼에도 주인공이 소설의 끝에서 어떤 '고유한 개성'에 이른다는 점에서, 이 소설을 교양소설이라고 부를 수 있다. 그런데 이인성의 소설에 그러한 '고전적'이고 '전형적'인 명칭을 부여하는 것은 그의 소설이 갖는 '새로움'을 무시하는 것으로 보일 수 있다. 하지만 문제는 새로움이 어떻게 가능하냐는 것이다. 차이를 가진 개성의 출현은 '무'에서 나올 수 없다. 언제나 '주어진 것'이 있기 때문이다. 이미 존재하고 있는 과거로부터의 무한정적인 '소여'에 차이를 가진 개성의 실현

---

1) 이인성, 『낯선 시간 속으로』, 문학과지성사, 1997.

을 위한 목적에 적절한 한정의 '형식'을 결합함으로써 새로움이 생겨나게 된다고 한다면, 새로움을 향한 창조적 충동은 저 소여로부터 자유로울 수 없으며, 거기에서 시작할 수밖에 없다. 그렇다면 이인성이 지금까지 보여주고 있는 새로운 소설을 향한 '(형식)실험' 역시 그럴 수밖에 없을 것이다.

소설 전체를 통해 주인공을 사로잡고 있는 본질적 문제는 저 '주어진 것'이 무엇이며, 어떻게 그것과 화해하고, 또한 어떤 방식으로 그것을 넘어서 자신의 개성을 형성할 수 있을지에 대한 것이다. 주인공에게 '주어진 것'은 자신이 그 안에 속해 있는 세계 전체다. 그가 자신이 속해 있는 세계에 함께 속해 있는 존재들과의 끊을 수 없는 연관을 의식했을 때, 더 나아가 그 연관들을 부정하면 자신의 존재마저도 부정될 수밖에 없다는 것을 의식했을 때, 그에게 저 '주어진 것'은 받아들일 수밖에 없는 엄연한 사실로 존재한다. 하지만 그에게 '저 받아들일 수밖에 없는 엄연한 사실'은 받아들이기 싫은 고통스럽고 억압적인 현실이기에, 그는 저 '주어진 것'을 넘어설 수 있는 다른 새로운 가능성을 찾고 있는 것이다. 그가 찾는 새로운 가능성은 그의 꿈이며 이상이다. 그는 고통의 현실에 맞서 꿈꿀 권리를 가지며, 그 꿈을 펼칠 수 있는 고유한 '힘'을 소유한다. 그런데 그가 소유하고 있는 '힘'은 현실에 뿌리박고 있는 힘이기 때문에, 꿈은 현실에 의해서 강력하게 제약된다. 다른 한편으로 현실 또한 꿈에 의해서 거꾸로 제약되는데, 왜냐하면 그가 가진 힘은 그것만을 따로 놓고 본다면 무규정적인 것으로서 그의 꿈에 의해 적절한 규정성을 부여받지 않을 경우, 형태를 가진 어떤 것도 현실화할 수 없을 것이기 때문이다. 따라서 그가 속해 있는 현실은 그와 그가 속한 세계를 구성하고 있는 존재들에게 이미 '주어진 것'과 그들의 '꿈'이라는 가능태가 그것들의 힘을 통해 결합하여 실현된 것이라고 말할 수 있을 것이다.

'주어진 것'은 자신의 꿈을 펼칠 수 있는 고유한 '힘'을 지닌 존재를 통해서 하나의 '전형'적 형상으로 현실 속에 그 모습을 드러낸다. 이 소설 속에서도 그러한 전형들을 발견할 수 있으며, 이인성 소설의 새로움은 그런 전형들이 어떤 양태로 표현되고 또 어떻게 서로 결합하여 새로운 전형을 만들어냈는지에 대한 숙고에서 찾아질 수 있을 것이다. 그러자면, 무엇보다 이 소설 속의 주인공이 보여주는 전형적 측면들을 부각시켜야 한다. 그것은 일종의 문학적 '원형'을 발견하는 일이다.

이인성의 주인공은 '1974년의 한국'이라는 특수한 시공간을 떠나서도 그 의미를 잃지 않을 보편성을 가진 원형적 인물이다. 이 인물이 보여주는 보편성은 공허한 보편성이 아니다. 이인성은 이 원형적 인물의 보편성을 그만의 독특한 서사 방식과 유기적인 작품 구조 속에서 구체성과 결합시켜놓았다. 이인성이 만들어낸 이 구체적 보편성을 획득하고 있는 인물은 햄릿이다. 그런데 이 햄릿은 셰익스피어의 햄릿과는 다르다. 원형으로서의 햄릿은 셰익스피어 이전에도 존재하고, 그 이후에도 존재한다. 이인성의 햄릿은 덴마크의 왕자-햄릿이 아니라 한국 학생-햄릿이다. 이 두 햄릿은 "가혹한 운명의 화살을 맞아" 회의하는 인물이라는 공통성을 갖는다. 그런데 그가 '학생'인 이유는 소설 속에서 그가 학생의 '신분'으로 등장할 뿐만 아니라 그 소설의 삶 속에서 배움을 얻고 자신을 형성하며 성숙해가는 인물이기 때문이다. 다른 한편으로, 그는 햄릿이면서 또한 돈키호테이기도 하다(물론, 이 돈키호테도 세르반테스의 돈키호테와는 다르다). 스페인 기사-

돈키호테와 한국 학생-돈키호테가 가지는 공통점은 이 두 돈키호테가 꿈꾸는 자이면서 그 꿈을 현실로 살아내려고 하는 인물이라는 점이다.

"나는 내 꿈을 보여주려 했을 뿐이야. 꿈꾼다는 것이 죄인가? 너희들은 꿈도 꾸지 않나? 밤마다 꿈도 안 꾸면서 잔단 말이냐?"(p. 145)라고 말하는 학생-돈키호테와 회의하는 자로서의 학생-햄릿이 한 몸 안에 결합되어 있는 이 소설의 주인공은 인간 실존의 근본 조건으로서의 갈림길에서 결단하지 않고 계속 망설이며 '회의'하는 자이다. 그 회의는 데카르트가 행했던 '방법적 회의'와 같은 것이 아니다. 방법적으로 회의하는 자는 회의 속에 있는 자가 아니다. 사유의 회의가 아니라 실존의 회의 속에 있는 자는 절망 앞에 서 있는 자이며, 세계 속에서 자신을 한정해주던 어떤 한정성을 잃어버렸기 때문에 무한정적 존재 상태에서 유령처럼 떠돌고 있는 자이다. 머무름이 회의하는 자를 규정한다. 머무름 속에서 회의하는 자는 자신이 살아 있거나 존재한다고 확신할 수 없다. 그는 자신이 "떠나간 제 몸의 그림자에 불과한 것이 아닐까?"(p. 18)라고 의심한다. 이 '의심'이 생기 혹은 흐름을 되찾고자 하는 시도를 방해하며, 그의 결단을 유예시키고 있다.

이것이냐 저것이냐?—이것이 첫번째 소설인 「길, 한 이십 년」에 등장하는 학생-햄릿의 의식을 지배하고 있는 물음이다. 저 물음은 소설 속에서 학생-햄릿이 상기하는 왕자-햄릿의 유명한 독백을 일반화한 것이다. 저 물음이 그의 의식 속에 생겨난 것은 그가 자신의 '외부'로부터 폭력적으로 겪은 예상할 수 없었던 운명적인 사건 때문이다. 애인과의 이별과 아버지의 죽음. 이 사건이 그를 자신의 존재에 대한 회의로 몰아간다. 그의 회의는 어떤 확실성에 도달하기 위해 방법적으로 행한 사유의 회의가 아니라, 그가 믿고 있던 확실성이 무너져 내려 강압적으로 생겨난 실존의 회의다. 그가 자신의 실존에 대해 회의하게 될 때, 그에게는 실존의 본질인 이렇게 또는 저렇게 존재할 수 있는 가능성이 비로소 '문제'로서 생겨난다. 그리고 진정한 결단을 요구하는 저 문제 앞에서 그의 의식은 고립된다. 다른 누구도 아닌 바로 그 자신만이 행할 수 있는 저 결단의 가능성은 그가 자유롭다는 것을 의식하게 하면서도, 다른 한편으로는 그를 막막한 고뇌 속에 빠뜨리는 무거운 책임을 느끼게 한다. 그는 '막막함'을 느낀다. 그에게는 결단의 준거가 될 만한 확실성이 결여되어 있기 때문이다. 회의하는 자에게 확실성은 없다. 의식 속에 홀로 고립되어 회의하고 있는 학생-햄릿은 모든 것을 의심한다. 의식 안에 갇혀서, 의식 밖을 알 수 없기에, 그는 자기의식에 대해 독립적인 실재가 있다고 확신할 수 없다. 그에게는 실재와 가상, 사실과 허구, 존재와 비존재를 구분할 수 있는 어떠한 척도도 없는 것이다. 다른 한편으로, 회의에서 비롯되는 이러한 상황은 의식에서 일어나는 모든 것을 '실재'로 여길 수 있게도 만들 수 있다. 그에게는 모든 가상과 환상과 몽상이 전부 '사실'일 수 있는 것이다. 가상임에도 사실로서 의식을 규정하는 실재적 가상 혹은 가상적 실재.

그러나 사실이 사실로 있을 때, 몽상 또한 몽상으로 함께 있었다. 그것이 다리라는 사실은 그것이 사다리라는 몽상을 지우지 못했다. 그때 그것은 단연코 사다리였다. 그것이 없다는 것을 알면서도 그 '없음'의 '있음'에 빠져들 수밖에 없는 어떤 상태를, 그는 헤매고 있었다. 껍질을 깨고 나올 때, 껍질의 안과 밖을 선명히 구분해볼 때, 그러나 그

곳이 그 껍질을 둘러싸는 더 큰 껍질의 안쪽일 때, 그럴 때… (p. 29)

　이렇게 끝없이 겹으로 싸여 의식 안에 고립되어 있는 학생-햄릿의 있음은 "진정한 있음"(p. 17)이 아니다. 거기서는, 그 자신의 있음까지도 확실한 것이 아니기 때문이다. 그래서 그는 자신의 실존에 대한 회의 속에서 스스로에게 "그러므로 그는 존재하지 않는다?"(p. 18)라고 묻고 있는 것이다. 회의하고 있는 그는 존재도 비존재도 아니다. 그는 '그림자'이다. 이인성이 이 소설 속에서 현실과 꿈, 사실과 환상, 착각 혹은 환영을 뒤섞는 서사 방식을 쓰고, 왕자-햄릿이 선왕인 아버지의 유령을 만나듯이 학생-햄릿이 돌아가신 크리스천 할아버지와 역사학자 아버지를 만나서 마치 현실처럼 대화를 나누도록 만든 것은 있음과 없음의 구분이 모호해져버린 회의하는 자의 상황을 효과적으로 보여주고 있다. 그렇게 지금 학생-햄릿이 처해 있는 상황은 그가 '상처받기 이전'(회의하기 이전)에 확실하게 느꼈던 생의 현실감을 박탈한다. 회의 속에서 어떤 식으로든 빠져나오지 않는 한, 그의 의심은 계속될 수밖에 없다.

　사실… 사실은 현실인가? (p. 58)

　이 결정적인 의심에서 그의 회의가 발생한 뿌리를 짐작해볼 수 있다. 그의 의심의 이유는, 그가 냉혹한 운명의 상처를 받고 '현실'로부터 고립되었을 때, 소설의 후반부에서 말하듯이, 저 "엄연히 우리 앞에 놓인 이 확실한 현실"(p. 304)로부터 의식의 추상이 발생되었기 때문일 것이다. 현실로부터 추상된 그의 의식은 거의 모든 규정이 사라져버린 무한하게 펼쳐진 황무지와 같은 질료의 영역에서 그림자-존재가 되어 배회한다. 이 영역은 활동의 영역이 아니다. 이 무규정적인 수동성의 영역에서 그가 활동성의 영역으로 나아가기 위해서는 그를 규정해줄 규정자가 필요하며, 그의 그림자(학생-햄릿)는 죽어야 한다. 학생-햄릿은 '햄릿-되기' 이전에는 학생-돈키호테였다. 그는 정의와 이념에 몸을 바친 투사였으며, 자신이 사랑한 여성('너')에 대해서 "아름다움 자체 속에 있는 그것 자체"(p. 42)라는 플라톤적 형상에 대한 표현으로 해석될 수 있을 의미까지 부여할 정도의 이상주의자였다. 그가 사랑한 '너'는 학생-돈키호테의 삶을 규정해주는 이상적인 한정자로서의 '둘시네아'였다고 할 수 있다. 그런데 '너'가 그를 떠남으로써 그를 현실과 결합시켜주었던 끈이 끊어지며, 그는 삶을 밀고 나갈 추동력을 잃고 학생-햄릿이 된 것이다. 또한 그와 더불어 그의 '너', 즉 둘시네아 역시 이상적 한정자의 성격을 잃어버리고 하강하여 그의 무의식 속에 빠져 죽는 '오필리어'가 된다. 이 고통스러운 분리의 경험, 그리고 그 분리의 경험을 '의식'하는 경험은 그의 성숙을 위해서 필수적인 것이었다. 학생-돈키호테 안의 학생-햄릿, 학생-햄릿 안의 학생-돈키호테를 발견하기 위해서. 여기서 이미 학생-돈키호테의 첫번째 '죽기'가 있었다. 그리고, 이제 학생-햄릿의 두번째 '죽기'가 있다. 그 두 '죽기'는 '무'에로의 소멸이 아니라, 다음 생성을 위한 가능태의 역할을 하는 질료로서 그에게 주어지기 위한 준비이다. '죽기'는 '되기'의 준비다. 거기서 지양되는 것은 생성의 직접성일 뿐이며, 그 존재는 보존된다. 따라서, 학생-햄릿은 잠재적으로는 학생-돈키호테였다. 왜냐하면 그는 상상을 현실로 밀고 나가고 싶어 하는 꿈을 가진 자였기 때문이다.

　그러나, 그러나, 상상력은 거기 멈추어서는 안 되는 게 아닐까? 상상력이 거기 멈추면 현실도 거기 멈출 테니까? 그러면? 그 너머로 가야 하겠지. (p. 41)

　그가 상상을 현실로 밀고 나가는 방법은 연극을 만드는 것이다. 그것은 그의 꿈이다. 그 꿈은 그가 학생-햄릿으로 존재할 때는 불가능해 보이던 꿈이다. 이 불가능해 보이는 "감당하기 벅찬 꿈"(p. 31)을 실현하기 위해 그가 선택한 방식은 자신의 막막함을 막막함 그 자체로 밀고 나가는 방식이다. 이 방법 아닌 방법으로서의 '밀고 나가기'를 실현하기 위해서 학생-햄릿에게 요구되는 것은 '돈키호테-되기'이다. 그런데 이 전환은 어떻게 가능하며, 이 전환이 발생할 때 어떤 일이 일어났는가? 전환을 가능하게 한 것은 역설적이게도 '의심'하는 자로서 그가 가졌던 '믿음'이었다. 그는 자신의 "할아버지와 같은 믿음을 꿈꾸고"(p. 112) 있었던 것이다. 하지만 그 믿음은 할아버지의 종교에 대한 믿음이 아니라, 상상을 현실로 밀고 나가는 연극에 대한 믿음이며, 제의와 축제가 동시에 행해지는 "하늘의 넋을 받는 제단인 '우리'의 무대"(p. 93)의 가능성에 대한 믿음이다. 「그 세월의 무덤」에 나타난 그의 '죽기'의 과정은 믿음에 의한 죽음, 즉 순교의 이미지로 그려지고 있다. "내 믿음을 살아가지 못했다는 데 대해, 그러고도 내가 살아 있다는 데 대해, 나 자신을 용납할 수가 없어"(p. 113)서 그는 '죽기'를 행한다. 과거로서의 '그'는 순교하고, 현재로서의 '나'는 회의에 머무르지 않고 회의를 밀고 나간다. 동일한 믿음에 의하여, 햄릿-죽기와 돈키호테-되기가 이루어지는 것이다. 그렇지만, 학생-햄릿이 학생-돈키호테가 되었다고 해서 회의를 극복하고 어떤 확실성에 도달한 것은 아니다. 학생-돈키호테, 즉 현재의 '나'는 단지 자신의 존재를 자신의 힘으로 펼칠 수 있는 고유한 힘, 말하자면 '엔텔레케이아entelecheia'를 자신의 믿음과 함께 밀고 나갈 뿐이다. '그'가 학생-햄릿이었을 때(어떤 의미에서 여전히 학생-햄릿이지만), 그의 내면에 있던 잠재적인 학생-돈키호테는 "체험되지 않고 주입된 현실감"(p. 56)에 대한 강한 거부감을 가지고 있었다. 자신의 고유한 실존을 망각하게 하는 익명적인 "저들"에 의하여 주입된, 아무런 확실성이 없음에도 불구하고 마치 그것이 확실한 현실인 것처럼 보이게 만드는 현실은 단지 이름만 현실일 뿐인 현실이다. 궁극적 확실성에 도달하는 것이 불가능하다면, 그런 공허한 현실보다는 자신에게 절실한 '가상'(!)을 현실로 믿고, 그 가상을 실재적 가상으로 체험하며 밀고 나가는 것이 구체적인 현실에 더 가깝다는 것, 그리고 그렇게 밀고 나가는 과정에서 "저들"의 풍차와 싸워 자신의 고유한 가능성에 기초한 개성화를 실현할 수 있다는 것, 바로 그것이 학생-돈키호테의 믿음이다. 현실이 진정한 자신의 현실이 아니라면, 그것을 넘어서서 자신의 현실을 새롭게 만들어낸다는 것이다. 그런데, 그것은 '주어진 것으로 주어진 것을 벗어나기'를 통해 가능하다.

주어진 것으로 주어진 것을 벗어나야 하는 끊임없는 어려움을 겪지 않을 수는 없을까? 아마도 그럴 수 없겠지. (p. 161)

'나'에게 '주어진 것'은 무엇인가? 그것은 돌이킬 수 없게 남아서 현재에 영향을 미치고 있는 '나'의 과거 전체다. 그것은 항상 '소여'로 존재하는 것이다. 일종의 질료인 그것은 '그'이다. 하지만 '그'는 죽지 않았는가? 그렇다. '그'는 죽었다. 그래서 이제 '그'의 있음은 '없음의 있음'이 되었다. '나'의 소여로서의 '그'의 '없음의 있음'은 '되기'를 위한 "밭"이다. 이 질료로서의 밭에서 '그'는 '나'와 함께 형상을 입고 되살아날 수 있다. 그 재생은 '그'의 연극에 대한 꿈이라는 형상을 입고 실현된다. '그'는 연극 텍스트가 되고, '나'는 그것을 공연으로 있게 한다. '그'와 '나'는 '연극-되기'를 통해서 서로 마주선다. 「지금 그가 내 앞에서」에서 소설은 연극이 되고 연극은 소설이 되며, 모험은 제의가 되고 제의는 모험이 된다. 이 희비극적 소설 속에서 관객이 된 학생-돈키호테는 연극이 된 학생-햄릿과 함께 반성적 모험을 밀고 나간다. '그'는 '나'의 반성을 위한 텍스트가 되었다. '나'는 같은 연극 공동체인 '우리'와 함께 연극 텍스트로서의 '그'를 무대 위에 펼친다. 여기서 관객으로서의 '나'는 '그'가 지금의 '그'로서 있게 된 생성의 과정을 반성하면서 무엇인가를 확인하려고 한다. 이 소설에 나오는 이 연극은 『햄릿』 3막에 나오는 '극중극'과 유사한 역할을 하는 것 같다. 거기서 왕자-햄릿은 삼촌 클로디어스가 아버지를 죽였다는 유령의 말이 '사실'인지 아닌지 '확인'하기 위하여 자신이 직접 참여한 연극을 공연했다. 일종의 확인으로서의 극중극이라는 면에서, 두 연극의 의도는 유사하다. 하지만 여기서는 확인해야 할 존재가 타인이 아니라 학생-햄릿 '그' 자신이다. 그리고 '그'는 학생-돈키호테의 무의식이다. 이 연극은 무의식에 대한 의식의 탐색으로 해석될 수 있다. 그런데 여기서 무의식은 '존재'의 차원에 있다. 연극을 통해서, '나'는 더 이상 '나'가 아닌, '나의 의식'에 대해 독립적으로 '존재'하는 '그'를 관찰한다.

연극이 시작되기 전에 막을 미리 거두어놓은 것은, 일체의 장치가 배제된 그 무대가 그야말로 아무것도 없는 텅 빈 공간임을 분명히 하는 데 목적이 있었다. 내가 그를 텅 빈 '없음'으로부터 다시 있게 하고, 또 다시 없게 하리라는 것을 확인하기 위하여. 나에 의해 확인된 그에 의해, 내가 다시 확인되기 위하여. 그런데, 그가 먼저 그곳에 **'없음'** 혹은 **'비어-있음'** 그 자체로 있었다. 내가 그를 의도하는 순간, 또는 내 의도의 이전부터, 어쩌면 내 의도와는 무관하게, '그'로서의 그가 거기에 저 홀로 있었던 것이다. 저 홀로, 그러므로 그는 나를 확인시켜주지 않는다. 그에 의해 확인되지 않는 나에 의해, 그 역시 끝끝내 확인되지 않는다. 그는 그 자신으로서의 그이되, 나에 의해 그 자신이 되는 것은 아니다. (p. 149)

어떤 "확인"을 의도했던 이 연극은 결국 아무것도 확인하지 않은 것인가? 그렇다. 무엇을 확인하려는 의도는 '사유와 존재의 일치'라는 고전적 진리론에 입각한 성급한 확실성에 대한 욕망이다. 여기서는 무엇인가가 확인되는 것이 아니라 '이해'되고 있다. '그'의 "없음으로 있음"은 '무의식으로 있음'이다. 이제 '그'의 존재는 단순히 '과거의 나' 이상의 그 무엇임이 드러난다. 연극이 진행되면서 '그'가 스스로 드러내는 그의 존재를 통해서 의식으로서의 '나'는 그의 존재를 '이해'하고 '해석'한다. 그 과정에서 의식과 무의식의 점진적인 통합이라고 할 만한 사건이 발생한다. 그 사건은 아마도 무의식과 맞닿아 있는 의식이라는 의미에서의 '나'의 "끝의식"(p. 121), 즉 "의식의 척후병"(p. 133)이 '나'에게서 떨어져 나와 연극이 시작되기 전에 '그'

의 존재의 자리였던 무대가 된 뒤에, "전혀 새로운, 갓 태어난 어떤 의식—아니, 단순한 마음—의 투명한 아잇"(p. 150)가 자신 안에서 태어났다는 '나'의 진술에서 읽어낼 수 있다. 연극이 계속되는 중에 계속 성장하는 저 아이는 연극이 끝날 무렵, 연극이 시작되기 전에 '그'가 앉아 있었던 자리에 가서 앉는다. 이 아이에게 '나'는 말한다.

거기서 더 자라겠느냐, 그의 **'비어–있음으로–있음'**이 너의 밭이 될 때까지? (p. 177)

연극이 진행되는 중에 '나'는 어떤 변화를 경험했다. '나'와 '그'가 함께 참여한 연극–되기를 통해서 태어난 이 아이는 '돈키호테–햄릿'이다. 그리고 이러한 새로운 생성을 실현했다는 측면에서 볼 때, 하나의 예술 작품으로서의 이 연극은 허구나 가상이 아니었다. 그것은 어떤 예기치 못한 새로움을 향한 모험이었으며, 관객과 배우를 포함한 모두가 함께 의미 있게 경험한 구체적인 현실이었다. 이 하나의 현실로서의 연극–되기를 통해서 학생–햄릿과 학생–돈키호테라는 두 대립자는 결합하여 공존하게 된다. 그런데 이러한 '되기'의 과정은 지양하며 동시에 보존하면서 종합하는 일종의 생의 변증법처럼 보인다. 하지만 이 과정은 종말이나 완성을 전제하지 않으며, 또한 '주인과 노예의 변증법' 같은 것도 아닌 것 같다. 학생–햄릿은 '죽기'가 두려워 생명을 담보로 학생–돈키호테의 노예가 되는 것이 아니라 자발적으로 '죽기'를 행하며, 또한 둘은 '인정 투쟁'을 하고 있는 것이 아니라 서로를 이해하고 있는 것이다. 따라서 여기서 일어나고 있는 운동은 '그'(과거)와 '나'(현재)의 이해의 지평이 만나 새로운 이해를 낳

는 끝없이 계속되어야 할 순환적인 해석학적 지평 융합의 운동이라고
하는 것이 더 적절할 것 같다.

　'방법'이 아닌 '방황'을 통해서 주인공이 수행하고 있는 의식과 무
의식의 점진적인 통합 운동이라고 할 수 있을 저 이해의 순환적 운동
은 마지막 작품인 「낯선 시간 속으로」의 배경이 되는 1974년 겨울의
미구시의 바닷가에서 한 주기의 끝에 도달한다. 그리고 이 주기의 끝
에서 완성되는 순환은 원의 형태로 닫히지 않고 나선형으로 개방된
다. 주인공은 기사-돈키호테처럼 변하지 않은 자기 자신으로서의 동
일자로 돌아오는 것이 아니라 더디게 돌고 돌아온 출발점에서 한 걸
음을 내디뎌 다른 자가 되는 것이다. 소설의 마지막 부분에서, 계속
제자리를 맴돌기만 하는 느낌을 주던 서사는 꿈, 환상, 몽상적 분위
기로부터 벗어나 단번에 현실로 솟아오르는 급작스런 도약을 이루는
데, 바로 여기서 주인공의 전체적 인격의 변환을 읽어낼 수 있다.

　　내가 이곳에서 기다리던 어느 순간? 이제, 그것은 지나간 매순간이
　　었으며 다가올 매순간이다. 이제, 모든 일이 일어날 수 있다. 나는 그
　　모든 일을 받아내겠다. (p. 313)

　상처를 '받기'에서 꿈을 '밀고 나가기'까지의 과정을 지나온 주인공
은 이제 "그 모든 일을 받아내겠다"라고 말하고 있다. 여기서 저 '받
아내기'는 분명 그저 '받기'와는 다르다. '받아내기'라는 활동 양태는
'받기'라는 수동적 활동과 '밀고 나가기'라는 능동적 활동이 융합한
것이다. 이 '능동적 수동성'은 무엇을 의미하는가? 인격적 측면에서
보자면, 능동성과 수동성은 전통적으로 각각 남성성과 여성성에 대응

된다. 능동적 수동성은 '남성적 여성성'으로 해석될 수 있다. 그리고 주인공이 '받아내기'에 이르기까지 미구에 와서 겪는 사건들은 자신 안의 여성성과의 관계 정립을 하는 무의식적 사건들로 읽어낼 수 있다. 미구의 바다는 무의식의 바다이기도 한 것이다. 여기서는 사실과 환상, 꿈과 현실을 구분할 필요 없이 모든 것이 진실이 된다. 주인공이 사랑한 여성인 '너'는 현실적 여성이면서 또한 그의 무의식 속의 여성이기도 하다. 모든 것을 받아들이는 존재로서의 바다(받아?)의 이미지가 그의 무의식 속의 여성의 이미지와 겹쳐지며, 이전에는 이상적 한정자로서의 둘시네아였지만 이제는 오필리어가 되어버린 자신 안의 여성과 화해하여 어떻게든 다시 관계 맺으려는 그의 충동이 그를 무의식의 바다로 이끌고 있는 것이다. 그리고 이 충동은 그가 돈키호테-햄릿의 결합을 실현하기 이전, 즉 회의에 머물러 있을 때부터 이미 존재하던 것이다. 「그 세월의 무덤」과 「낯선 시간 속으로」에서 각각 나타나는 다음의 두 서술은 그의 충동이 움직이는 무의식적 과정을 아름답게 드러내고 있다.

1) 그는 다가서서 너의 눈을 들여다보았다. 너의 눈에는 언제나 일렁거리는 게 있었다, 물결처럼… 그것을 확인하게 되자, 불현듯, 그는 기억나지 않던 아침의 꿈의 한 장면이 떠오르는 듯싶었다. 그래, 노을진 바다… 그는 붉은 해를 등지고 긴 그림자를 앞으로 밀면서 바닷속으로 들어가고 있었다… (p. 81)

2) 텅 빈 몸, 이것은 말하자면 의식의 막다른 곳이다. 나는 절망한 사람처럼 머리를 거세게 흔든다. 머릿속에서 바다가 모습 없이 출렁거

린다. 바다, 바다— 하고, 나는 혼잣속으로 중얼거린다. 그러자 바다가 하나의 영상으로 가득 살아난다. 이어서 너의 영상이… 네가 바닷속으로 걸어들어가고 있다. 너는 나에게 등을 준 모습으로 점점 물결에 휩싸이기 시작한다. 나는 갑자기 너의 얼굴이 보고 싶어진다. 지금 너의 얼굴이 무엇을 표현하고 있는지 분명히 알고 싶다. 그 바람에 간절해져, 나는 너를 좇아 바다로 뛰어든다. (p. 241)

이 소설의 주인공이 그의 전체적 인격을 형성하고 자신의 개성에 이르기 위해서는 "그의 옛사랑의 그림자"(p. 80)이며 "젖가슴을 졸라 수없이 죽이고 싶은 강한 연극적 충동"(p. 177)을 느끼게 하는 '너'와 (무의식 속에서) 화해해야 한다. 그러자면, 그가 돈키호테-햄릿의 결합을 실현했듯이, 그의 무의식 안에서 그를 죽음에 대한 충동으로 이끌고 있는 무한정적 존재인 오필리어가 둘시네아의 성격을 되찾아야 한다. 이 되찾기가 가능한 이유는 학생-햄릿이 잠재적으로 학생-돈키호테였던 것과 마찬가지로 오필리어로서의 '너' 또한 잠재적으로 둘시네아이기 때문이다. 오필리어는 둘시네아의 그림자-존재이다. 소설 속에서 '너'가 죽이는 여성은 그녀 자신, 즉 "내 그림자, 내 유령"(p. 301)이다. 주인공의 꿈 혹은 현실 속에서 떠났던 '너'가 다시 돌아왔을 때 거의 동시적으로 발생하는 것이 바로 저 오필리어의 '둘시네아-되기'이다. 그리고 이렇게 다시 돌아온 주인공 안의 여성은 더 이상 이전의 이상적 한정자 혹은 순수한 한정자가 아니라 '무한정적 한정자'이다. 주인공 안의 '너'는 '둘시네아-오필리어'가 된 것이다. 이 둘시네아-오필리어로서의 '너'는 질료와 생명력을 가지고 '나'에게 "형상"을 부여한다.

너는 공기를 조각하여 내 몸의 형상을 만든다 내가 사라진 곳에 내가 없음의 있음으로 부활한다 네 손길은 내 한 점의 세포에도 무심치 않는다 너는 내 형상에 숨을 부어넣는다 내 허공의 살이 숨쉬기 시작한다 너의 오색 머릿결이 내 살을 안는다 너는 주문을 외운다 바닥에서 바다가 스며 나온다 바다가 발목을 적신다 바다가 허리를 가슴을 목을 적신다 바다가 머리카락을 풀어헤친다 우리는 바닷속에 몸을 뻗는다 우리는 바닷속을 움직여본다 물결이 우리를 자유롭게 한다 무용하듯 발끝으로 솟아오르고 무릎을 굽히고 허리를 돌리고 물의 하늘로 뛰어오르고 마침내 우리는 물고기처럼 몸을 펴며 출발한다…

오 오 오오오오오오오오오… (pp. 295~96)

여기서 발생하고 있는 사건은 주인공의 남성성 안에서 억압되던 여성성의 해방이다. 그가 '받아내기'에 이를 수 있는 것은 저 남성 안의 여성 존재와의 결합을 통해서다. 융C. G. Jung이 말하듯이, 인격의 전체성은 '양성 인간'에서 찾아질 수 있다. 주인공은 일련의 무의식적 과정을 통하여 자신의 인격의 전체성을 향해가고 있다. 그가 작품의 끝에서 도달하는 '받아내기'는 '돈키호테-햄릿-둘시네아-오필리어-되기'이다. 그리고 저 '받아내기'는 소설 속에서 서술자가 굵은 글씨로 강조하고 있는 '그'의 존재를 강력하게 암시한다. 왜냐하면 어떤 초월성의 의미까지 부여하면서 서술자가 묘사하고 있는 "이 현실 저 너머의 '그'"(p. 214)는 "모든 것을 수락"하는 존재이기 때문이다.

　1) 예감을 넘어, 나는,

    모든 것을 수락한다, 그는. 순간(!), 마침내 기다림은 채워진다.
  (p. 181)

  2)그리고, 그렇게 허물어지는 의식의 뒤켠에서, 마침내, 너는,
  모든 것을 수락하리라, 그는. (p. 275)

  '나'와 '너'는 '수락하기'를 통해 '그'가 된다. 아니, '수락하기'의 존재가 곧 '그'이다. '수락하기'는 '받아내기'에 앞선다. 주인공이 '받아내기'에 이를 수 있는 이유는 '나'(돈키호테-햄릿)와 '너'(둘시네아-오필리어)가 '수락하기'의 존재인 '그'를 매개로 결합했기 때문이다. '그'는 '나'와 '너'의 관계를 매개하는 매개자이다. 그런데, 이렇게 '그'에 의해 매개되는 '나'와 '너'의 관계는 그럼에도 불구하고 간접적인 것이 아니다. '나'와 '너'가 관계할 때 둘은 동시에 '그'에 함께 참여하고 있기 때문이다. '그'의 본질은 "수락"이다. '수락'은 '다른 것으로부터 오는 것을 받아들여 인정함'이다. 그것은 자신 안의 타자이든 자기 밖의 타자이든 '타자에게로 개방됨'을 함축한다. 그렇다면, '그'는 관계성 자체에 대한 표현일지도 모른다. 이런 추정은 소설 속에서 '그'에게 어떤 '초월'의 의미가 부여된다는 점에서 더욱 그럼직하다. 관계는 '나'를 넘어서는 것이기 때문이다. 그것은 존재에서 생성으로, '~임'에서 '~됨'으로 나아가는 것이리라.
  이 소설의 제목이 말하고 있는 "낯선 시간"은 바로 그러한 '되기'의 과정에서 '발생'하는 시간이다. '받아내기'의 시간, 즉 '돈키호테-햄릿-둘시네아-오필리어-되기'의 시간은 미래로 향하며 과거를 거쳐 현재로 되돌아오는 소용돌이의 운동을 일으키면서 생성하는 시간이

며, 그러한 시간의 생성은 '예감과 기대 속에서(미래성, 꿈)-수락하
며(과거성, 주어진 것)-충족됨(현재성, 실현)'이라는 '그'의 시간성에
기초한 것이다. 이인성의 이 소설에서 진행되고 있는, '고유한 자기'
의 형성을 목적으로 하는 이 주인공의 이 '교양 과정'은, 저 생성의
소용돌이 속에서 빚어지는 불확정적인 삶의 온갖 희극과 비극을, 다
른 누구도 아닌 자기 자신'으로서' 받아내겠다는 결단의 의지에 도달
하는 데서 끝이 아닌 끝을 맺고 있다. 그렇게 결단하는 자의 현실은
그가 새롭게 만들어내는 자신의 고유한 현실일 것이며, 거기에는 '새
로움'이 생겨날 것이다. 그는 자신을 형성하고 있는 중이다. 그것은
새로움을 창조하는 것이고, 이인성의 소설 실험 또한 그러할 것이다.

현전하지 않는 사냥의 객체

어느 소설가에 관한 에세이

―배수아의 『에세이스트의 책상』에서 『북쪽 거실』까지[1]

1. 소설 안에 있는 소설가

배수아가 누구인지 아무도 몰랐고, 모르고, 모를 것이다. 설령 누군가 '안다'고 말할 수 있다고 하더라도, 그 '안다'라는 말의 궁극적인 의미에서, 여전히 그 누군가는 배수아가 누구인지 알 수 없을 것이다. 중세철학 식으로, 배수아를 배수아이게 하는 배수아의 배수아임, 배수아의 정수, 배수아의 실체적 본질이 무엇인지 물을 필요는 없다. '그런 게 어디 있어!'라는 손쉬운 반박과 '바로 거기 있어!'라는 당혹스러운 응대에 휘말려 들어가는 것과 별개로, 도대체 어디까지가 배수아이고 어디서부터 배수아가 아닌지, 말하자면 '비(非)-배수아'를 결정하는 것부터가 쉬운 일이 아니기 때문이다. 그래서 다소 공허하

---

1) 이 글에서 다루는 배수아의 작품은 『에세이스트의 책상』(문학동네, 2003), 『독학자』(열림원, 2004), 『당나귀들』(이룸, 2005), 『홀』(문학동네, 2006), 『북쪽 거실』(문학과지성사, 2009)이다.

지만 결여적인 방식으로, 배수아는 우주에서 비-배수아가 아닌 유일한 누구라고 말할 수 있겠지만, 그렇게 대립각을 날카롭게 세우는 형식적 말함은 긍정적으로 말해주는 바가 별로 없다. 더구나 '비-배수아'라니! 마치 '비-자아로서의 세계'가 따로 존재하고 그 세계가 송두리째 사라져도 존립할 수 있는 어떤 존재자가 있기라도 하다는 듯이!(물론, 여기서 저 '아님'이 어떤 독특한 관계성을 함축할 수 있는 가능성을 논외로 한다면.)

배수아가 누구인지 단적으로, 무조건적으로 물어서는 안 된다. 여기서의 관심은 소설가인 한에서 배수아다. 단적인 배수아는 알 수 없지만, 소설가'로서'의 배수아를 알 수 있는 가능성은 열려 있다. 다름 아닌 이 소설가의 소설들을 통해서. 하지만 여기에도 난관이 없지는 않다. 어떤 금지의 명령이 있다. '소설 안'의 세계에서 소설가를 찾지 말 것이며, 또한 '소설 밖'에 있는 소설가에게 소설 안의 세계를 덧씌우지도 말라는 것이다. 이 위반될 수밖에 없는 명령, 혹은 이미 알게 모르게 숱하게 위반되어왔던 명령의 정당성을 받아들일 수밖에 없다면, 그렇다면 도대체 배수아라는 소설가가 누구인지 어떻게 알 수 있다는 말인가? 그를 어디서 찾을 수 있으며, 심지어 그가 존재하기는 하는가? 소설가가 소설가로서 존재할 수 있게 된 것은 그의 소설과의 관계를 통해서이며, 소설이 소설로서 존재할 수 있게 된 것은 그것과 소설가와의 관계를 통해서다(독자, 평론가와의 관계를 논외로 한다면). 소설은 소설가의 소설이고, 소설가는 소설의 소설가다. 그 둘은 내적 관계의 범주에 드는 존재들이며, 그 둘은 동일한 것도 아니고 전적으로 다른 것도 아니다. 그 둘 사이에는 상호 함축의 영역이 있다. 그래서 어떤 의미에서, 소설가는 '소설-안'에 있고, 소설은 '소설가-

안'에 있다.

소설가의 소설 안에 있음, 이것이 이 '어느 소설가에 관한 에세이'의 존재 가능성을 확보해주는 가정이다. 그 미지의 상호 함축의 영역은 소설의 본질적 영역이라고 할 수 있을 것이다. 그 정수 속으로 들어갈 수 있는 '독자의 침투 가능성'은 이 에세이의 두번째 가정이며, 거기서 다시 빠져나올 수 있는 '평론가의 회귀 가능성'은 세번째 가정이다. 공감과 이해를 가지고 독자로서 소설 속에 들어가서, 해석을 가지고 평론가로서 소설 밖으로 나오기를 반복하는 것이 이 에세이를 성립하게 하는 과정이다. 그래서 이 과정의 핵심에는 소설가, 소설, 독자, 평론가가 분리 불가능할 정도로 융합하는 측면들이 있게 될 것이다. 평론가의 해석이 충분하고 적합하게 설득력이 있어야 한다는 조건하에서. 막연한 기대로서의 조건. 그러자면 적어도, 이 소설가의 조언을 받아들여서, "첫 장을 펼치기도 전에 베어 물듯이 신랄해질 모든 준비를 완료한, 독자이기 이전에 선입견을 가진 비판적 평자의 태도를 버릴 용의"(『에세이스트의 책상』, p. 92)가 분명 전적으로는 아니지만(왜냐하면, '선입견'이란 '해석의 조건'이므로) 필요할 것이다.

글을 쓰는 사람들은 왜 문장의 어느 특정 모퉁이를 돌면서부터는 문득, 비밀스러우면서도 동시에 도저히 숨길 수 없는 엄청난 분출력을 가지고 자신의 이야기를 쓰기 시작하는 것일까. (『북쪽 거실』, p. 83)

2. 에세이스트로서의 소설가

배수아가 자신의 소설들에서 언급하고 있는 '에세이'는 모든 글쓰기가 공유하는 운명이라고 할 수 있다. 글쓰기가 가지는 '시론(試論)'적 성격에 강조점을 부과한다면, 문학이나 철학이나 과학이나 심지어 역사에 속하는 모든 글쓰기는 어떤 '시도'이며 '추구'이다. 따라서 에세이다. 이 소설가가 말하는 '에세이스트'란, 그러므로 시도하는 자, 추구하는 자 이외의 다른 누군가를 의미하지 않을 것이다.『독학자』의 주인공이 P교수에게 느꼈던 매혹을 그에게 적용하자면, 에세이스트란 "어떤 세계를 묘사하려 하는 시도와 과정 자체, 보이지 않는 세계, 존재하지 않는 세계를 향해서 오직 자신의 언어로써 개척하며 나"(p. 49)아가는 사람을 말한다. 그래서 에세이스트로서의, 소설가로서의 배수아는 "끝없이 추구하나 결코 이루지 않겠다는 신념"(『당나귀들』, p. 233)을 가진 자이기도 하다.

소설가의 그러한 신념이 모순적으로 느껴질 수도 있다. '완성'이나 '성취'를 부정하는 추구를 추구라 할 수 있는가? 가령, 그가 완성을 욕망하지 않는 이유는 "'완성'이란 단어가 완성시켜버리는 모종의 보수성 때문"(『북쪽 거실』, p. 181)인가? 그렇지 않다. 이 소설가가 말하는 '추구'의 의미를 때로는 맹목적인 비난의 대상이 되는 '보수성'에 대한 무조건적 부정에서 찾아서는 안 될 것이다. 즉 완성에 대한 부정이 보수성에 대한 부정에서 자라 나오는 것은 아니다. 보수성이란 마치 이미 모든 것이 더할 나위 없이 적절하게 시도되었고 사람이 할 일은 이미 존재하는 것만을 그대로 시체처럼 보존하기만 해도 된다는 것을 의미하며, 점진적으로 새로움을 끌어들여 항상 더욱 생생하게 살아 있게 만들려는 노력이 아니기라도 하다는 듯이! 오히려 '미완의 추구'라는 의지는 '에세이스트'라는 정체성 자체에서 찾아져야 한다. 배수아에게 에세이로서의 소설이란 평균적 일상에 관한 잡담이 아니다. 시도의 과정으로서의 소설, 거기서 문제가 되는 것은 오류, 실패, 혼란의 위험을 감내하면서 대담하고도 섬세한 사유의 언어를 통해 나아가는 것이며, 거기서 완성이란 어떤 양태나 방식으로 되어가는 온 존재로 더듬기의 과정 속에 있는 것이지 획득된 결과물로서 주어지는 것이 아니다. 이 소설가의 직설적인 고백은 이렇다.

나는 그런 글이 싫었다. 정말 싫었다. 나는 단지 오류와 혼란을 피해 가기 위해서 쉽게 씌어지고 쉽게 읽히는 글을 좋아하지 않았다. 내가 쓴 것이라도 경멸할 수밖에 없었다. 그런 글을 쓴다는 것은 그 자체가 상처받는 일이었다. (『에세이스트의 책상』, p. 107)

사실은 나는 오래전부터 글을 이루는 것은 문체나 수사가 아니라 근본적으로는 사상 혹은 철학이라는 데 결단코 찬성하는 편이었다. 처음에 글을 쓰기 시작할 때는 분명히 그랬다. 그리고 고백하자면 지금도 상당 부분 그렇다. 두려움 없는 사상의 장대함에 사로잡힌 자가 미문의 통속을 어찌 사랑할 수 있을까. 그러나 글을 계속해서 쓰게 되면서, 고대 로마인이 생각했던 것처럼 사상을 포착한다고 해서 그다음에 언어가 저절로 따라오리라고 생각할 정도는 벗어나게 되었다. (『당나귀들』, p. 174)

　이런 맥락에서, 이 소설가가 말하는 "에세이의 바다"(『당나귀들』, p. 241)라는 표현은 의미심장하다. "에세이의 바다 속에서 자유롭게 헤엄"친다는 말에서 '자유롭게'라는 말은 당연히 '제멋대로' 혹은 '무제약적으로'를 의미할 수 없다. 배수아의 여러 소설들 속에서 사유되는 자유는 오히려 혹독한 시련이자 어떻게 제약되느냐에 관련된 방식을 뜻하며, 특히 『북쪽 거실』에서 탁월하게 표현되어 있듯이 어떤 자발적 감금을 전제하고 있는 무엇이다. 그리고 '바다'는, 여러 다른 의미가 있을 수 있겠지만, 우선은 인간 존재의 유한성을 의식하고 있는 에세이스트로서의 소설가가 통과해야 할, 받아내야 할 시련의 장을 의미한다(그런 의미에서 '바다'라는 말은 '당하다' 같은 수동의 의미이든 '부딪치다' 같은 능동의 의미이든 '받다'라는 말과 분명 관련이 있다). 그렇다면 '에세이의 바다'로 나아가는 것은 마치 플라톤의 『파이돈』에서 독약을 마시고 죽기 전의 소크라테스가 모든 불확실성에도 불구하고 영혼의 불멸을 증명하려는 자신의 시도를 정당화하면서 말했던 '차선의 항해 방법'을 실천하는 것과 유사하다. 말[logos]을 통하여 존재의 진리[aletheia]를 찾아 나서는 모험. 아마도 여기서 '에세이'라는 말의 본래적 의미가 발견될 수 있을 것이다. 말의 가능성을 통하여 어둠 속에 감춰진 비가시적인 미지의 존재의 빛을 발견하려는 시도. 배수아가 어디서도 명시적으로 밝히지 않은 것 같지만, 그가 말하는 에세이로서의 소설이 위와 같은 관점에서 이해되어야 한다는 것은 그의 소설들 자체가 말해주고 있다. 이런 방식의 소설에서 무엇보다 중요한 것은 『독학자』의 주인공이 토로하듯이 "의지로서의 언어"다.

즉 내가 진실로 말할 수 있는 모든 것은, 내가 그것을 말하기 때문에 비로소 새롭게 존재하게 된 그런 종류의 언어에 의해서이지 단순히 그것을 가리키기 위해 이미 유통되는 언어에 의해서는 아닌 것이다. 전체로서의 (아리스토텔레스의) 세계는 이미 공간에 자리한 것이 아닌 것처럼, 의지로서의 언어는 이미 육체 안에 머물지 않는다. (『독학자』, p. 91)

"의지로서의 언어"라는 말로 이 소설가가 무엇을 의미하려고 했는가를 이제 읽어내야만 한다. 배수아가 그의 소설들 속에서 특별히 열정적으로 중요성을 부과하는 말들 중에는 "절대" "정신" "영혼" "아름다움" "지식" "이성" 같은 말들이 있다. 물론, 그렇다고 해서 배수아가 "몸" "상상" "이미지" 같은 말에 중요성을 덜 부과하는 것은 아니다. 그렇다면 "의지"나 "언어"는 저 매우 이질적으로 보이는 두 부류의 말들과 어떤 관계를 맺고 있는 것인가? 분명 의지로서의 언어는 매우 자주 대립자로 여겨졌던 '정신'과 '몸'의 어느 한쪽과만 관계를 맺고 있는 무엇이 아닐 것이다. 왜냐하면, 위의 인용문에서 드러나듯이, 그것은 "전체로서의 세계"와 유비적인 관계에 있는 무엇이기 때문이다. 말하자면, 몸의 언어를 배제하는 자들, 혹은 역으로 정신의 언어를 배제하는 자들은 '전체'를 배제하는 자들이다.

3. 의지로서의 언어에 귀 기울이는 소설가

이 소설가에게 언어와 의지는 동근원적인 것처럼 나타난다. 그것들의 의미를 이해하기 위해서, 『독학자』의 해설을 쓴 평론가가 "언어의

세례 광경"이라고 적절하게 표현한 부분을 다소 무모하게 보일지라도
과감하게 해석하고자 하는 시도가 필요하다.

> 나는 한동안 하늘을 향하고 누운 채 얼굴에 비가 떨어지는 것을 개
> 의치 않으며, 그 소리를 귀 기울여 듣고 있었다. 비는 그들만의 언어
> 를 가지고 있어서, 내가 목말라하는 바로 그것에 대해서 속삭이고 있
> 었기 때문이다. 내가 그것을 이해하기만 한다면, 내 마음, 내 갈증은
> 모든 것을 다 보게 되리라. 너 불타는 심장이여, 불타는 심장이여.
> (p. 78)

여기서 "언어"는 "하늘"에서 내려오는 "비"의 "소리"다. 비는 '위'
에서 '아래'로 하강하는 물이다. 그 물의 소리는 무의미한 소음이 아
니라 청취와 "이해"의 객체로서의 무엇으로 나타나고 있다. 그래서
그 소리는 "속삭이"는 '음성'이다. 이 물의 음성은, 그것이 음성인 한
에서, 숨이다. 숨이기 때문에 그것은 공기이며, 그것이 '나'의 내부로
침투해오는 유동하는 공기이기 때문에 그것은 바람이다. 그러므로 그
것은 어떤 목소리일 수 있다(배수아의 최근 소설인 『북쪽 거실』에서
"목소리"가 주제적으로 중요하게 다루어지고 있는 것은 그래서 우연이
아니다). 요약하자면, 여기서 언어는 물이고 숨이고 공기이고 바람인
유의미한 음성인 목소리로 해석될 수 있다. 이때 언어는 먼저 "이해"
의 대상, 즉 이성의 대상인 것처럼 보인다. 하지만 좀더 깊이 살펴보
면, 언어는 일차적으로 지능으로서의 이성과 관련된 것이 아니다. 왜
냐하면 위의 인용문은 그 소리에 대한 이해를 머리(뇌)에 호소하지
않고 "불타는 심장"에 호소하고 있기 때문이다. 불타는 심장, 그것은

생명의 박동이며, 그것 자체가 이미 규칙적으로 분절되는 소리이다. 따라서 '내'가 귀 기울였던 소리는 비의 소리, 즉 물의 소리일 뿐만 아니라 심장의 박동 소리, 즉 불의 소리이기도 하다. 무엇인가 연소되는 소리, 뜨거운 소리, 생명의 열망, 거기서부터 발원하는 소리가 여기서 이해되어야 할 음성으로서의 언어이다. 그것이 "불"이므로 음성은 열과 빛으로서의 어떤 에너지다. 그래서 음성으로서의 언어는 운동이고 생명이다. 잠시, 『훌』에서 언급되는 생명에 관한 어떤 의견을 들어보자.

> 생명이라는 것은 분명히 어떤 종류의 에너지의 상태를 가리키는 것이다. 전파나 속도나 온도, 진동이나 빛 같은 것으로 나타나고 측정되는 기운 말이다. (「시취」, 『훌』, p. 238)

지금 여기서 열역학이나 양자역학이나 혹은 생명 이론에 관련된 이러저러한 가설들을 언급할 필요는 없을 것이다. 조심스럽게 말할 수 있는 것은 지금까지의 지식인들의 노력에도 불구하고 생명이나 불 혹은 열(뜨거움)과 빛(밝음)의 본질에 대해서 물리적이고 정신적인 전체의 측면에서 확실하게 결정된 것은 그다지 많지 않으리라는 것이다(그것들의 반대 개념인 '차가움'과 '어두움'도 마찬가지일 것이다). 어쨌든 간에, 배수아가 이해하는 '언어'는 결국 어떤 "사랑"과 연관된다. 이 소설가의 표현에 의하면 "사랑은 예술가의 심장에서 울리는 노래이자 의지의 빛"(『독학자』, p. 139)이다. 그러므로 사랑은 불타는 심장의 노래, 즉 언어―음악이다. "언어의 기원이 되는 원천으로서의 음악"(『당나귀들』, p. 52)이라는 표현이 나올 수 있는 것은 그래서다.

음악(노래)이란 분절된 음들의 흐름, 즉 불연속적으로 연속적인 소리들의 지향성(의지)을 가진 정서적 흐름이 아니면 무엇이란 말인가. 그리고 그것이 어떤 음성이고 목소리가 아니면 무엇이란 말인가(그래서 역으로 '음악의 기원이 되는 원천으로서의 언어'라는 표현도 가능할 것이다). 더구나 그 모든 것들이 심장으로 상징되는 생명의 의지, 생명의 리듬, 생명의 고동치는 박동이 아니면 무엇이란 말인가. 그것은 또한 이 소설가의 표현에 의하면 "의지의 빛"이다. 이 표현을 지금까지 해석된 음성으로서의 언어, 사랑으로서의 언어와 관련시켜서 규정하자면, "의지"란 고유한 지향의 형식을 의미할 수 있으며, 그리고 "빛"이란, 입자이면서 파동이라는 의견과 무슨 관계가 있는지는 모르겠지만, 불연속적이면서 연속적인 생명의 흐름을 의미할 수 있다.

지금까지의 다소 강압적인 해석을 통해서, 이 소설가에게 "의지로서의 언어"가 무엇을 의미하는지를 이제 불충분하게나마 말할 수 있게 되었다. 그것은 고유한 지향의 형식을 가진 사랑의 목소리의 불연속적이면서 연속적인 생명의 흐름으로 해석될 수 있다. 이때 사랑이란, 소설이 "사랑은 욕망이나, 그것은 욕망에서 벗어나고자 하는 욕망"(『독학자』, p. 139)이라고 말하는 것에서 알 수 있듯이, 고전적인 '에로스'의 의미이다. 즉 에로스로서의 사랑이란 자기초월적 욕망이다. 그런데 이때, 자기를 부단히 초월하고자 하는 이 흐름이 지향하는 무엇은 어떤 '전체'였다. "내 마음, 내 갈증은 모든 것을 다 보게 되리라"라는 말이나 "전체로서의 (아리스토텔레스의) 세계"라는 말에서, 이 소설가는 "모든 것" "전체"에 대한 욕망을 어떤 궁극적 욕망으로 제시하고 있다.

전체!? 그것이 무엇이든, 그것에 도달하지 못하는 한에서, 욕망은

'끝(완성)'에 이르지 못한 것이다. 그래서 전체는 어떤 끝이며 극단인 한계, 혹은 경계일 수 있다. 『독학자』의 주인공이 공부하기도 했던 아리스토텔레스의 『자연학』에 기대서 말하자면, '전체가 아닌 것(비-전체)'은 '다른 어떤 것 안에 있음'의 성격을 갖는다. 그리고 '안에 있음'은 일차적으로 '장소[topos] 안에 있음'을 의미하며 또한 '시간[chronos] 안에 있음'을 의미한다. 즉 어떤 경계, 한계들로 둘러싸여 있음, 제한되어 있음을 의미한다. 그래서 장소 자체만이 장소 안에 있지 않고, 시간 자체만이 시간 안에 있지 않다. 장소 자체, 시간 자체가 무엇을 의미하는지를 논외로 한다면, 전체를 지향하는 의지로서의 언어에 귀 기울이는 이 소설가가 날카롭게 의식하게 되는 것은 결국 존재자들을 제한하는 조건들, 즉 '자유' 혹은 '부자유'의 조건들일 거라고 추측할 수 있을 것이다.

4. 자유에 관한 성찰자로서의 소설가

이 소설가가 누구인지 추적하는 이 에세이의 과정은 '에세이스트'에서 시작해서 '의지로서의 언어'를 거쳐 이제 '자유'에 이르렀다. 지금부터는 논의를 『북쪽 거실』에만 한정한다. 배수아의 다른 소설들에서도 자유에 관한 성찰은 지속적으로 등장하지만, '그녀'가 자유에 관한 성찰의 자유로운 형상화를 시도하는 데 있어서 『북쪽 거실』만큼 탁월한 종합의 의지를 보여주는 작품은 없었던 듯하다. 이 소설 속의 다음 대화를 들어보자.

네가 감금당하고, 묶여 있다는 사실을 진심으로 믿을게.

중요한 건 부자유가 자유라고·불리는 것의 본질이라는 건데요.

그것도 믿을게.

글을 쓰기 전에는 몰랐던 일이에요. (『북쪽 거실』, p. 66)

소설 속의 극작가 지망생 린이 남자 친구 희태에게 토로하는 '자유의 본질은 부자유'라는 말은 이 소설가 자신의 자유에 관한 규정일지도 모른다. 설령 그렇다고 하더라도, 그 말이 자유란 없다거나 자유란 불가능하다는 의미는 아닐 것이다. 의지로서의 언어를 중시하는 소설가가 어떻게 자유가 없다고 말할 수 있는가? 의지는 자유를 전제하고, 자유는 의지를 전제한다. 그래서 사람들은 일반적으로 그 두 단어를 결합시켜서 말해왔다. '자유 의지'라고. 물론 여기서 중요한 것은 '자유'라는 말로 무엇이 의미되고 있느냐는 것이다. 가령, 여주인공 수니와 함께 살았던 희태가 자신의 유언장에서 말하듯이 "자유란 무한의 선택"(p. 34)인가? 결코 아니다! 그런 의미에서의 자유라면, 자유란 없다. 특히, 여기서 '무한'이 어떤 '한계'도 없는 '무제한'이나 '무한정'을 의미한다면 더욱 그렇다. 왜냐하면, '선택'이란 어떤 방식으로든 '아직 한정되지 않은 것'을 '한정'하는 활동이거나 '아직 결정되지 않은 것'을 '결정'하는 활동인데, '무한정의 한정'이나 '미결정의 결정'은 모순적인 사태이며 사실상 '선택'이라고 할 수 없기 때문이다. 그래서 만일 '무한의 선택'을 행하는 어떤 존재자가 있을 수 있다면, 그 존재자의 삶은 자유로도 부자유로도 규정될 수 없을 것이다. 그런데 소설 속의 여성은 이러한 방식으로 이해된 자유, 이를테면 '무조건적인 자유'와 같은 개념을 '오류'라고 말한다.

무엇으로부터의 자유인지 조건을 규정하지 않으면 자유라는 단어는 공허할 수밖에 없는데, 그 조건은 본질상 끝이 없으므로, 왜냐하면 인간은 끊임없이 자유의 제약 조건들을 생성해내고 발견하고 창조하고 낳고 있으므로, 유한하고 폐쇄적인 이 세상의 언어 차원에서 본다면 자유라는 개념은 자체 오류예요. (pp. 68~69)

그렇다면 '무한의 선택'이라는 희태의 말은 결국 자유의 문제가 선택의 문제와 관련이 없다는 의미를 함축하고 있는 것인가? 그것도 결코 아니다! 오히려 여기서 중요한 것은 선택의 주체가 누구냐는 것이다. 선택이 활동이고, 활동이 살아 움직이고 있음을 의미한다면, 희태가 말하듯이 "먼저 산다는 것의 주체가 누구인지 명확히 할 필요가 있다"(p. 47). 삶의 주체, 활동의 주체, 선택의 주체는 누구인가? '무한'의 주체! '무한의 선택'이라는 말을 어떤 의식적 존재자가 무한하게 선택한다는 의미가 아니라, 어떤 '무한자'가 있어서 그 자신이 선택한다는 의미로 받아들인다면, 그 선택의 주체는 '무한자'이다. 그리고 희태의 말을 이렇게 이해하면, '무한정의 한정'은 모순적인 사태가 아니다. 즉 자유란 무한정한 어떤 것이 바로 자기 자신을 한정하는 방식을 의미할 수 있다. 그런데 이때 무한자란 단적인, 절대적인 무한자가 아니다. 특정한 장소, 특정한 시간 '안'으로 진입한 무한자이며, 과거의 환경이 그에게 넘겨준 존재 조건의 인과적 영향력으로부터 자유로울 수 없는 무한자이다. 그 특정한 무한자가 상상적 존재자이건 꿈속의 존재자이건 무의식적 존재자이건 간에, 그것이 어떤 특정한 주체라면, 그는 부자유와 자유를 함께 가지고 있다. 그래서 위의 대화가 보여주듯이 자유의 본질에는 부자유가 속한다. 부자유가 있어서 그것을 벗어난 후에 자유가 있게 되는 것이 아니라, 부자유와 더불어 그것과 동시에 그 안에 자유가 함께 있다. 의지로서의 언어 안에 긍정과 부정의 계기가 함께 속해 있는 것과 같다. 즉 아무도 긍정만 하거나 혹은 부정만 할 수 없는 것과 같다. 다시 말하자면 긍정 속에 이미 긍정의 조건으로서의 부정이 내포되어 있고, 그 역도 마찬가지인 것과 같다.

배수아의 주인공들은 자신들의 부자유의 원인을 너무나 과도하게 정치적, 사회적, 문화적 환경의 천박함이나 척박함에서 찾는 경향이 강했다. 그 원인에 대한 비판의 강도는 매우 강렬한 것이어서, 마치 그 환경이란 것이 자신들의 외부에 따로 존재하고, 자신들은 그 환경과 아무런 내적인 관계없이 자족적으로 삶을 영위해왔으며 영위해갈 수 있는 것처럼 말했다. 마치 우리는 너희들로부터 배운 것이 아무것도 없고 우리는 너희와 아무 상관도 없다고 말하려는 듯이. 하지만, '고독'은 고립이 아니며, 고립은 독립이 아니다. 어떤 의미에서 모두가 독학자이며, 또한 다른 의미에서 아무도 독학자가 아니다(배수아가 두 권의 소설에서 언급했던 성 안토니우스도 아마 그렇게 생각할 것이다). 독학자라고 해서 자유로운 것도 아니고, 독학자가 아니라고 해서 자유롭지 못한 것도 아니다. 사회 속에 있다고 해서 은둔하지 않은 것도 아니고, 은둔 속에 있다고 해서 사회 속에 있지 않은 것도 아니다. 그럼에도 불구하고, 배수아의 소설들 속에는 항상 배타적 고립감과 그렇게 날카롭게 대립각을 세우는 공격적인 구도의 불편함이 내재되어 있었다. 그런데 이 소설가의 그런 불편한 측면들이 이번의 『북쪽 거실』에서는 상당히 완화되고 승화되었으며, 그 이유를 추측하

자면, 그것은 아마도 이 소설가의 자유에 대한 갈망이 외적 투쟁의
형태에서 내적 투쟁을 거쳐 어떤 내면의 어둠에 관한 성찰 속으로 침
잠했기 때문인 듯하다. 그래서 여기서 배수아는 자신의 상상력과 의
지와 감성과 이성을 총동원하여 자유와 부자유의 내부로 침투해 들어
가고 있다. 이 과정에서 이 소설의 핵심적인 테마로 떠오르는 것은
어떤 불가해한 "수용소"이다.

　　나를 대신해서 나를 선택하는 것은 시간이다. 시간을 형성하는 무색
　　의 빛이다. 그 빛이 우리가 어디에 있게 되는지를 결정하는 것이니까.
　　미래의 탑 혹은 수용소로. 그 빛에 의하면, 미래의 탑은 하염없이 높
　　은 계단으로 이루어졌는데 이미 태초부터 모든 것이 결정되어 있는 반
　　면, 어쩌면 지나온 다음에도 우리가 영영 모르게 될 유일한 장소는 노
　　란 담장으로 둘러싸인 수용소뿐일 것이다. (p. 35)

"시간" "빛" "장소" 즉 "노란 담장으로 둘러싸인 수용소." 무색의
빛이 시간을 형성하고, 그 시간이 존재자의 장소를 결정하며, 그 장
소는 어떤 미지의 수용소다. 앞에서 이 소설가가 말하는 의지의 언어
에 관하여 고찰하는 부분에서 언급했듯이, '우리'(?)는 빛이 무엇을
의미하는지 잘 모르며, 시간이나 장소가 무엇을 의미하는지도 잘 모
른다. 어떤 철학자는 공간은 결국 시간이라고 말했으며, 다른 철학자
는 시간은 결국 공간이라고 말하면서 그런 공간으로서의 시간을 진정
한 시간인 지속과 대립시키기도 했다. 또 다른 철학자는 시간과 공간
은 '연장적 연속체'로부터 어떤 궁극자인 창조력에 의하여 생성하는
것이라고도 말했다. 여기에는 분명 파악하기 어려운 어떤 아포리아가

있다. 여하튼 이 소설가가 묘사하는 수용소로서의 장소는 텅 빈 균질적인 공허한 형식으로서의 공간과 같은 것이 아니다. 그 수용소는 오히려 빛, 시간, 색, 소리 같은 어떤 것이 그 안에서 상상적 이미지의 몸을 형성하는 어둠의 심연과 같은 것으로 나타난다. "어둠 자체가 최대치의 질량으로 다가오는 심연"이며 "빛 없는 원초의 자연"(p. 177)인 어둠의 바다. 그 어둠의 바다 속에서 빛으로서의 시간이 "연장"된다. 이 '안'에 "우리의 존재"가 있다!

우리가 살고 있는 시간은 성분을 알 수 없는 형이상학적 물질이 기묘한 형태의 차원으로 연장(延長)된 것이며, 우리의 존재는 그 속을 헤엄치는 물고기, 혹은 물고기처럼 보이는, 물고기의 길이고, 물고기의 꿈이며, 그것의 연장이 만들어내는 무수한 방사형의 음파들 중의 하나인 것일까. (pp. 106~7)

형이상학적 물질! 기묘한 형태의 차원으로 연장된 것! 빛과 시간! 어둠과 장소! 이들 모두가 "노란 담장으로 둘러싸인 수용소"를 구성한다. 이 수용소 안에서, 소설 속 인물들의 모든 꿈, 상상, 환각의 이미지들과 목소리들이 발생한다. "자발적인 수용자"(p. 141)들이 스스로를 감금시킨 이 수용소가 상징하는 것은 분명 소설의 표면적 서사가 묘사하는 일상적 건물이 아니다. 어떤 의미에서 수용소 안에 있는 자는 여주인공 수니만이 아니라 소설 속의 모든 인물들이다. 이 수용소란 무엇인가? 육신, 육체, 즉 어떤 몸이다. 고대부터 육체는 어떤 '감옥'이고 '무덤'인 무엇으로 사유되었다. 죽음의 수용소. 북쪽 거실. "그곳은 한 여죄수가 서 있는 잊혀진 노인 병동이며, 그곳은 꿈의 거울 속이자 수용소"(p. 258)이다. 그러므로 수용소 안의 삶은 죽음(병) 안의 삶이다. 삶(건강)은 죽음(병) 안에 있다. 꿈이 잠 안에 있듯이. 기억이 망각 안에 있듯이. 그런데 이 두 계열, 즉 죽음, 잠, 망각의 계열과 삶, 꿈, 기억의 계열은 서로 대립적으로 끊어진 것들이 아니라 서로를 반영하는 "거울" 같은 것이다. 그것들은 모두 "어쩌면 지나온 다음에도 우리가 영영 모르게 될 유일한 장소"인 '몸'과 연관되어 있다. "성분을 알 수 없는 형이상학적 물질"로 이루어진 몸! 부자유이면서도 그 안에서 자유의 가능성이 발견되는 몸! 그래서 다음과 같은 표현, 즉 "오직 영혼만으로 이루어진 불멸의 몸"(p. 263)이란 표현이 가능했을 것이다. 또한 그래서 "수니의 육신은 그 자체가 수니의 삶이자 이데올로기"(p. 210)라는 표현도 가능했을 것이다. 이 소설이 자유와 관계의 가능성으로 제시하고 있는 '꿈'조차도 역설적 몸이다. "꿈 자체의 육신은 어둡고 투명해요"(p. 239).

자유에 관한 성찰자로서의 이 소설가가 결국 도달한 곳은 알 수 없는 미지의 몸인 것 같다. 그러나 배수아가 '몸'을 강조한다고 해서, 이 소설가를 이를테면 데모크리토스나 에피쿠로스 혹은 그 뒤를 잇는 근현대의 여러 사람들과 같은 원자론자(혹은 유물론자)라고 섣불리 단정해서는 안 된다. 이 소설가는 몸, 정신, 영혼, 의지, 상상력의 어딘가에서 고뇌하며 치열하게 사유(상상)하고 있는 자다. 이 소설가는 '무표정한 자'가 아니며, 또한 '웃는 자'이기보다는 '우는 자'에 가깝다. 에세이스트, 즉 시도하는 자는 자신이 감내해야 하는 시련 '안'에 있기 때문일 것이다. 언제든 실패의 가능성을 받아들여야만 하는 운명 안에. 그리고 그것은 '우리'(?) 모두의 운명이 아닌가? 그런 면에서, 이 '어느 소설가에 관한 에세이'도 지금 실패할 운명에 처해 있는

것이 틀림없다. 왜냐하면, 그토록 장황하게 이 소설가의 정체를 추적
해왔음에도 불구하고 이 소설가가 누구인지 아직도 잘 밝혀지지 않은
것 같기 때문이다. "누군가를 '알고 있다'는 생각이 그토록 우스꽝스
러운 것일 줄이야"(『북쪽 거실』, p. 125).

내가 바로 소설이다
—조하형의 『조립식 보리수나무』[1]

1. 소설은 어떻게 오는가

소설이란 무엇인가?—조하형은 이런 물음을 묻지 않는다. 전작
『키메라의 아침』[2]이 아침은 무엇이냐고 묻는 것이 아니라 "아침은 어
떻게 오는가"라는 질문에서 시작하는 것처럼, 질문의 핵심은 '무엇'에
있지 않고 '어떻게'에 있다. 조하형의 소설 속에서 고정되어 있는 것
은 아무것도 없듯이, 그렇게 '전체'가 활동 중이고, 그래서 모든 언어
가 그 밑바탕에서 동사라면, 중요한 것은 그 동사들의 양태, 즉 부사
다. 그러므로 조하형의 소설을 움직이는 질문을 단적으로 요약하자면
이렇다—전체가 어떻게 되어가고 있는가?

『키메라의 아침』의 처음에 제기되었던 질문은 그 소설의 마지막 문
장에서 "내가 바로 아침이다"라는 문제적 대답이 된다. 그 대답이 단

---

1) 조하형, 『조립식 보리수나무』, 문학과지성사, 2008.
2) 조하형, 『키메라의 아침』, 열림원, 2004.

적인 대답이 아니라 문제적 대답인 이유는 이 대답이 다시 문제이고 질문이기 때문이다. 어떻게 내가 바로 아침인가? 이 질문에 대한 답변은 질문에서 문제적 대답에 도달하는 과정, 즉 소설 전체를 통해서 대답될 수 있을 뿐이다. 한 질문에 대한 답변은 상호 침투하는 세계 전체의 역동적 과정을 요구한다. 혹은 『조립식 보리수나무』가 말하듯이 "그 질문에 답할 수 있는 지평으로 가는 게 아니라, 그 질문이 해소되는 지평으로 가는"(p. 264) 변화의 노력을 요구한다는 것이다. 이 소설가의 세계 속에서 하나의 낱말, 하나의 정의, 하나의 명제로 표현될 수 있는 답변은 존재하지 않는다. 아마도 소설가는 이렇게 반문할 것이다. 그럴 수 있다면, 왜 소설을 쓰게 되었겠는가?

조하형의 『조립식 보리수나무』는 분명 보기 드문 소설이다. 그토록 치밀한 구성("완전하게 불완전한" 구성)과 폭넓은 사상적 깊이와 섬세한 표현의 구체성을 가진 소설을 만나는 일은 드문 일이다. 무엇보다도, 화두와 같은 질문을 던지고 그 질문의 함의를 '소설적'으로 끝까지 표현해내는 이 소설가의 성실성과 열정은 감탄할 만한 데가 있다. 아니, 이 소설가의 표현을 빌리자면, 그는 질문을 던지는 것이 아니라 질문이 되어 던져진다. 질문자 따로, 질문 따로, 답 따로, 답변자 따로 있지 않다. 그래서 소설가와 소설은 둘이되 둘이 아닌 것이다. 다시 말해서, 소설 속에 표현되어 있는 한 논리로 말하자면, 소설가와 소설은 둘이 아니고 둘이 아닌 것도 아닌 것이다. 기괴한 전체!

『조립식 보리수나무』라는 괴기스럽기까지 한 복잡한 소설을 이해하고자 하는 출발점에서 '소설은 어떻게 오는가'라는 질문을 던지고 '내가 바로 소설이다'라는 답변을 미리 제목으로 내어놓는 이유는 이 소설에 어떻게 접근할 것인가를 미리 표현해야 했기 때문이다. 다양한 방식으로 해석될 수 있는 이 소설은 과학적이고 형이상학적이고 구도적(?)인 성격과 동시에 '메타-소설'적 성격을 은밀하게 갖는다. 그렇게 우리는 믿는다. 그래서 이 소설을 '해독'하는 과정은 '내가 바로 소설이다'라는 답변이 되는 과정일 거라고 우리는 미리 전제한다. 여기서 '나'는 소설 속 등장인물 김희영-김영희-박인호-이철민 등과 더불어 소설 속에 등장하지는 않는 소설가-조하형까지 포함할지도 모른다. 아무튼 이 소설의 '논리'를 따르자면 그렇다. 이때의 '나'는 소설이 되고 있는 어떤 '익명의 전체'다.

2. 파괴와 구축이 둘이 아니게

이 소설이 조금의 망설임도 없이 보여주듯이, 구축은 파괴에서 시작된다. 구축은 파괴의 한복판에서 파괴와 둘이 아닌 방식으로 실행된다. 그때마다 다르게 반복되는 이 파괴와 구축의 순환을 계속하는 '세계의 밖'은 없다. 여기는 "재난"이 "일상"인 세계다. 끊임없이 해체되고 있는 세계, 끊임없이 다르게 "복원"되어야만 하는 세계, 그리고 그때 복원은 이미 다른 "시공간"에서의 "변신"인 세계가 이 소설이 놀라운 집중력으로 표현하는 세계다. 이러한 헤라클레이토스적인 테마는 이 소설의 목차를 구성하는 방식에서부터 드러난다. 소설은 두 부분으로 나뉘어져 있는데, 둘 다 '1부'이다. 앞의 1부는 2에서 20까지의 짝수 계열로 이루어진 장들이고, 뒤의 1부는 1에서 19까지의 홀수 계열로 이루어진 장들이다. 이러한 구성의 형식은 소설의 내용과 일체를 이룬다. 파괴의 장을 형성하는 "짝수 장들"이 먼저 나오고, 구축의 장을 형성하는 "홀수 장들"이 나중에 나오며, 파괴와 구축은 별개의 둘이 아니기에 둘이 함께 1부이다. 그리고 여기서 '먼저'와 '나중'은 교환 가능하며 서로 뒤섞여 있다. 따라서 이 소설은 형식과 내용이 일체를 이루는, 비대칭적이며 "비선형적인 구축"(p. 269)물이며, "기우뚱한 균형을 유지하는 건축물"이며, "완전하게 불완전한 건축물"(p. 315)이다.

이 짝수와 홀수의 구성을 옛 피타고라스학파의 학설과 연관시킬 수도 있다. 그들에 따르면, 짝수와 홀수는 각각 무한정자와 한정자, 여럿과 하나에 관련된다. 그리고 전자에 속하는 것들은 나쁜 것이고, 후자에 속하는 것들은 좋은 것이었다. 여기에는 성별도 들어갈 수 있는데, 물론 그때 무한정하고 여럿인 것은 여성이고, 한정적이고 하나인 것은 남성이다. 이 두 계열은 엄격하게 분리되는 것이었다. 하지만 이 소설의 경우에는 어떠한가? 결코 그럴 수 없다. 물론 짝수와 홀수가 상징하는 특성들은 유사하게 구분된다. 하지만 반복하자면, 그 둘은 함께 전체이다. 이러한 함축은 짝수 장들에 등장하여 파괴되는 여성 김희영이 홀수 장들에서 역전된 이름 김영희로서 구축의 변신을 감행하는 모습에서 엿볼 수 있다. 무한정자와 한정자는 둘이 아니다.

이 소설이 이야기하고 있는 사건들의 중심(혹은 주변)에는 낙산사의 소멸과 생성이 있다. 불의 재난, 즉 화재로 온 세상이 불타고 있는 현장에서 문제가 되고 있는 것은 그 사원의 정체성, 소멸, 보존, 복원, 생성의 문제이다. '낙산사'라는 사원은 진정한 의미에서 어떻게 있으며, 어떻게 사라지고, 어떻게 보존되며, 다시 어떻게 구축되는가? 낙산사는 어디에도 없고 어디에나 있는가? 어떻게? '1부들'의 각 마지막 장들에서 특히 잘 드러나 있듯이, 이 낙산사는 3차원적 현실에서 특정 지명 안에 고정되어 있는 실체가 아니다. 화재 또한 가시적 화재만을 의미하지 않는다. 인물들 각자는 내부로부터 불타고 있으며, 이때 낙산사 또한 불타는데, 그때의 낙산사는 일시적으로 특정한 양태에 따라 작동하던 '몸'이었다. "낙산사는 부동의 실체로서 존재하는 게 아니며, 몸과 더불어서 일어나고, 몸과 더불어서 스러질 뿐이었다"(p. 359). 이러한 낙산사-몸의 파괴-구축의 장면을 소설은 다음과 같이 표현하고 있다.

극한의 건축, 불타고 부서지는 낙산사를 생각한다. 신경-몸이 녹고, 도관-몸이 갈라지고, 순환-몸이 파열한다. 골격-몸이 꺾인 채 풍화되고, 근육-몸이 무늬 결을 따라 찢긴 채 날려가고, 피부-몸이 파도치다 떠오른다.
낙산사가 추락한다. (p. 172)

극한의 건축, 완전하게 불완전한 낙산사를 생각한다. 피부-몸이 사방팔방으로 기어가고, 근육-몸이 다른 속도로 퍼지며 형태를 암시하고, 골격-몸이 그 형태를 떠받치며 솟아오른다. 순환-몸이 연결하고, 도관-몸이 구획하고, 신경-몸이 무정 설법의 시공간 전체로 퍼져 나간다.
낙산사가 일어선다. (p. 362)

여성 주인공(들)인 김희영과 김영희는 위에서 표현되는 '낙산사-

몸'의 파괴와 구축의 변신을 '겪고 있는 자(들)'로 등장한다. 소설에서 그녀(들)는 일명 **"마카오여자"**와 연관되는데, 이때 '마카오'가 '카오스'를 의미한다면, 김희영의 파괴는 카오스로 돌아가는 것이며, 김영희의 구축은 카오스로부터 돌아오는 것이다. 이 돌아감과 돌아옴에서 발생하는 고통과 절망의 극한 속에서 "피부-몸"에서 "신경-몸"에 이르는 몸들의 재구축이 실현된다. 그런데 한편으로 **"마카오여자"**에게서 "프로그램들의 조합을 일시적으로 유지하는 소프트웨어 컨테이너(그릇)"(p. 168)에 해당하는 몸의 특성이 작동하고 있다면, 다른 한편으로 마카오(즉 카오스) 안에는 "정보-몸"에 해당하는 몸의 특성이 또한 작동하고 있다. 소설은 이 정보-몸의 해체와 창조가 어떻게 다른 몸들의 파괴-구축과 긴밀하게 연관되어 있는지를 구체적으로 보여주고자 한다.

이 지점은 소설가와 소설이 어떻게 연관되어 있는지를 암시해주는 지점이기도 하다. 소설가는 말하자면 정보-몸의 기억을 재조립하는 자이다. 그는 정보-몸에 관한 '유동적 기억'을 가진 자이면서 그 정보-몸의 기억을 새로운 형태의 전체로서 재조직하는 실험자로서의 "시뮬레이터"이다. 이것은 소설의 여러 주인공 중 두 명인 "보존과학자(컨서베이터conservator)였던 박인호"(p. 26)와 "시뮬레이션 전문가인 이철민"(p. 14)이 함께 대변하고 있는 특성이다. 그런데 여기서 강조되어야 할 점은 정보-몸이 다른 몸들과 고립된 별개의 몸이 아니라는 점이다. 소설은 남성 주인공들이 능동적 작용자이기만 하고 여성 주인공들이 수동적 피작용자이기만 한 것처럼 이야기하지 않는다. 그들은 "상호의존적"으로 결합해 있다. 그래서 몸들의 대변자들인 그들은 김희영-이철민 혹은 김영희-박인호 혹은 이철민-박인호-

김희영-김영희의 쌍(들)으로 등장하고 있다. 이러한 몸들의 파괴-구축을 '메타-소설'적 맥락에서 말하자면, 소설가는 소설의 '밖'에서 단순히 가능적 소설을 '시뮬레이션'하는 자가 아니라는 것이다. 시뮬레이션하는 자는 동시에 시뮬레이션되는 자이다. 정보-몸을 재조립하면서 소설가는 다른 몸들로 재조립된다. 어떤 의미에서 소설이 되는 것은 소설가이다. 이러한 결론은 이 소설이 몸들의 변화 전체에 관하여 전개하는 논리의 필연적 귀결이다. 다음의 인용문들에 주의를 기울이자.

모든 몸들은 시공간〔쏜〕의 응결에 지나지 않는다고, 박인호는 믿고 있었다. 광자와 쿼크는 시공간에 주름이 잡히면서 태어났다. **그러나 모든 몸들이 같으면서도 전부 다른 것은, 피부-몸과 근육-몸, 골격-몸, 순환-몸, 도관-몸, 신경-몸이 조립되는 방식, 상호의존적 발생의 형식, 정보-몸이 다르기 때문이었다.** 광자가 전자기장의 응결이듯, 쿼크가 쿼크장의 응결이듯. 하지만 자석이 변하면 자기장도 변한다. 전자기장이 광자 그 자체의 양태이듯, 쿼크장이 쿼크 그 자체의 양태이듯. **낙산사 정보-몸 역시, 피부-몸과 근육-몸, 골격-몸, 순환-몸, 도관-몸, 신경-몸과 함께 끊임없이 변하는 것이었다. 사실은 그 변화 그 자체였다.** (p. 41, 강조는 인용자)

산줄기는 하나의 흐름으로서, 백두에서 지리까지 이어지고 있었고, 산 이름은 그저, **절단할 수 없는 흐름을 구획하는 언어**에 불과했다. **피부-몸에서 정보-몸에 이르기까지, 하나의 흐름이며 총체인 것을, 언어로 구획하듯이.** (p. 126, 강조는 인용자)

그렇다면 이로부터 다음과 같은 유추가 가능하다. '소설'이라는
"이름"과 '소설가'라는 이름은 "절단할 수 없는 흐름"이며 "총체"인
사태를 "언어로 구획"한 것이라고. 그런데 우리가 지금 그렇게 유추
할 때, 우리는 비유와 비-비유 그리고 허구와 비-허구를 혼동하고
있는 것이 아닌가? 아니면 그 둘 사이의 명확한 경계는 없는 것인가?
또한 "언어"가 어떤 유용성이나 목적을 위한 '방편'이거나 사태에 대
한 비유라면, 그때 언어는 어떤 몸이어야 하는가? 이런 질문을 제쳐
두고, 위의 일반적 유추로부터 지금의 특정한 사례를 규정하자. '조
립식 보리수나무'라는 이름과 '조하형'이라는 이름은 피부-몸에서 정
보-몸에 이르는 하나의 총체적 흐름을 언어로 구획한 것이다.

3. 허구-현실/인공-자연/기계-인간 연속체의 논리

소설은 일상이 곧 재난임을 강조한다. 그리고 그 일상-재난으로서
의 삶은 "몸의 궤적, 움직이는 몸의 다른 이름"(p. 79)이며, 시뮬레
이터인 이철민은 그 재난-일상-삶-몸의 논리학적 메커니즘을 터득
하고자 한다. 또한 그는 '부당'하게 혹은 '비논리적'으로 시뮬레이션
된 재난을 변화시킬 수 있는 "시뮬레이션들의 시뮬레이션"인 "메타-
재난-시뮬레이션"을 얻고자 한다. 거기에는 "형이하와 형이상의 단
절, 평상심과 불심의 단절, 그 꺾여 있는 척추를 봉합하는 논리학"
(p. 58)에 관한 질문이 개입되어 있다.

시뮬레이션들의 시뮬레이션, 메타-시뮬레이션은 삶의 논리 게임, 바로 그것이었다. 그가 복원하려는 논리란, 단절된 명제들, 단절된 서사들을 연결시키는 메커니즘이면서 동시에, 인식을 넘어, **존재를 움직이는 엔진 같은 것**이었다. 따라서 메타-재난-시뮬레이션의 목표는, 생존 이상의 어떤 것이 되어야 했다. (p. 58, 강조는 인용자)

"존재를 움직이는 엔진"이라는 표현에서 볼 수 있듯이, 이 소설이 말하고 있는 "논리"는 추상적인 개념의 운동이 아니다. 그리고 "메타-재난-시뮬레이션"은 소위 '현실이 아닌 허구' 혹은 '실재가 아닌 가상' 같은 것이 아니다. 이 소설이 전제하고 있는 것으로 추측되는 존재론적 명제들에 의하면, 오히려 허구가 현실보다 더 우위에 있는 '현실'인 듯하다. 그 허구가 재난 일반, 존재 전체와 연관되어 있는 "수직적 해체와 재구축"(p. 82)을 시도하는 구체적인 '몸의 논리'를 표현하고 있는 한에서. 달리 말해서, 허구와 현실은 존재론적으로 구분되지 않는다. "시뮬레이션과 실제는 구분되지 않았다"(p. 169). "일상 자체가 이미, 항상, 시뮬레이션된 일상인 것이다"(p. 106). 실체, 물자체, 원형(원본) 등으로 지칭되는 실재를 가정하지 않을 때, 남는 것은 현상이나 가상이나 허상 밖에 없다. 고유한 몸의 논리를 따라 변신하는 허상들. 소설은 "메타-재난-시뮬레이션을 만드는 일은, 사실 하나의 '몸'을 만드는 일이었고, 그것은 또한, 실제적 변신과 다른 것이 아니"(p. 93)라고 말한다. 현상에 선행하는 것은 물자체가 아니라 허상이다. 허상의 형이상학. 키메라-생성론. 허구에 관한 소설-생성-철학.

이 소설이 메타-재난-시뮬레이션에 관한 논리적 난제에 대처해가는 주인공들의 행위를 치열하게 표현하는 과정에서 발생하는 사건은 이분법적으로 나누어진 반대쌍들의 혼합과 관련된 사건이다. 허구와 현실뿐만 아니라 기계와 인간, 인공과 자연이 뒤섞인다. 건축적 '조립'과 유기체적 '성장'이 결합한다(이 소설의 제목에서 "조립식"과 "보리수나무"가 결합되어 있듯이). 인간과 "사이보그"가 뒤섞이고, "실리콘 기반 메타-재난-시뮬레이션"과 "탄소 기반 메타-재난-시뮬레이션"이 뒤섞인다. 이러한 사태를 소설은 김희영의 몸과 이철민의 시뮬레이션이 서로의 안으로 용해되는 과정으로 묘사한다. 마카오, 즉 카오스의 원주민되기(혹은 죽기).

컴퓨터와 더불어 사유하되, 궁극적으로는, 스스로 사유해보는 것이다. 그래서, 그녀는 이철민의 한반도 재난 시뮬레이션 속으로 들어간 자신을 상상해보았다. 재난 시뮬레이션 속의 인간-프로그램. 물론, 여자다: **마카오여자**. (p. 92)

김희영의 여행은, 이철민의 재난 시뮬레이션 속으로 들어가는 일과도 같았다. 그녀는 백두대간과 낙동정맥 도처에서, 먼저 온 시공간, 이미 현실이 되어버린 시뮬레이션의 파편들을 발견할 수 있었다. 양양에서 태백으로, 태백에서 부산으로 이동하는 동안, 그녀는 그 조각들을 짜맞추며 **마카오여자**가 되어갔다. (pp. 100~1)

앞에서 말했듯이, 이철민과 김희영에게 주어진 메타-재난-시뮬레이션을 '만드는 일'은 "실제적 변신"이자 "하나의 '몸'을 만드는 일"과 다른 일이 아니며, 이것은 박인호의 화두인 낙산사-몸의 파괴-(보존)-구축과 다른 일이 아니다. 이것은 또한 조하형이 『조립식 보리수 나무』라는 소설을 만드는 일과 다른 일이 아니다. 그리고 만드는 일은 '형식 논리'의 끝에서 "몸의 논리"를 따르는 것이다. 그것은 "다른 논리의 집-몸을 짓는 것"(p. 317)이다. 그것은 단순히 이전의 논리를 부정하는 것이 아니다. 이 소설이 "논리-폭탄"을 제조한다고 말할 때, 그것은 이미 있는 논리의 끝까지 간 몸이 파괴되어 다른 논리의 몸으로 변신한다는 것을 의미한다. "논리학이 내파되는 첨점; 자살인가, 변신인가?"(p. 150) 그것은 파괴와 구축 사이에서의 도약이다. "도약"은 "오직 논리적으로 사유해간 귀결로서 발생하는 사건"(p. 150)이다. 그래서 김희영이 일명 "서바이벌 매뉴얼"의 "귀납법" "유추법" "변증법" "연역법" "가추법"에 따라 재난을 겪으면서 이해하는 과정에서 "하나의 전환점"(p. 137)이 발생하는 것이다. "메타-재난-시뮬레이션은 자기 머릿속으로 도피하는 일과 어떻게 다른가, 어떻게 달라야만 하는가?"(p. 146)

이 질문에 소설은 다음과 같이 답하고 있는 듯하다. '세계'와 '나'를 하나의 몸인 연속체로 파악하는 메타-재난-시뮬레이션을 '구축하기'와 "자의식"의 "순환 미로"를 의식함 없이 "시뮬레이션 능력이 없는 동물"(p. 139)처럼 이동하는 '걷기'를 동시에 행해야 한다고. 그런데 이것은 모순적인 요구가 아닌가? 어떻게 시뮬레이션을 하지 않으면서 시뮬레이션을 하며, 어떻게 걸으면서 구축하는가? 달리 말해서, 어떻게 정신적 활동과 비정신적 활동이 합치하며, 어떻게 운동(이동)과 정지(고정)가 합치할 수 있는가? 혹, 신체와 정신, 운동과 정지의 대립쌍들은 서로의 극단에서 일치에 이를 수 있다는 말인가? 이러한 의문에 대한 이 소설의 대답은 적어도 그러한 일치가 발생하는 "시공간"이 있다는 것인 듯하다. 박인호에 의하면 "마음의 전혀 다른 지평은, 전혀 다른 시공간을 요청"(p. 270)한다는 것이다. 그리고 이것은 "정보-몸의 구축이란 관점"(p. 270)에서 이철민이 이해하고 있는 것이다. 이 소설이 정보-몸에 관하여 기술할 때, 박인호와 이철민 그리고 김희영(김영희)이 대변하는 특성들은 모두 종합되어 있다.

정보-몸: 무정물(無情物)과 유정물(有情物)을 가로지르는 물질적 마음; **신체와 정신의 단절을 봉합하는 비물질적 몸; 몸들의 건축학적 시공간.**

그것은, 피부-몸과 근육-몸, 골격-몸, 순환-몸, 도관-몸, 신경-몸의 복합체에서 창발하는 공중도시이고, 유동하는 몸들의 복합체와 더불어 해체 · 조립 · 증식되는 가변건축물이며, 기반구조와 사건들의 총체인 몸들의.복합체에 대응하는 거대구조물이기도 했다. 그 **공중-가변-거대구조물의 연쇄, 혹은 서사가** '자아'라는 환상을 구성해간다고, 이철민은 말했다. **메타-재난-시뮬레이션, 재난에 관한 논리-구조물은, 한 번도 얻었던 적이 없는 정보-몸, 한 번도 건축된 적이 없는 공중-가변-거대구조물 같은 것이었다**—피부-몸과 근육-몸, 골격-몸, 순환-몸, 도관-몸, 신경-몸의 배치, 그 자체와 둘이 아닌. (pp. 148~49, 강조는 인용자)

그렇다! 메타-재난-시뮬레이션은 "한 번도 건축된 적이 없는 공중-가변-거대구조물"의 "서사"다! 모순이나 부정이 없는 "비물질적 몸"이며 "유동하는 몸들의 복합체"와 둘이 아닌 방식으로 "창발"하고 "해체 · 조립 · 증식"되는 서사! 그런데 이것은 조하형의 방식으로 이해된 '소설'이 아닌가? 『조립식 보리수나무』는 소설, 즉 '허구적 서사'의 생성론 혹은 허구의 존재론을 말하는 메타-소설이 아닌가? 그리고 조하형은 『조립식 보리수나무』가 되어갔던 것이 아닌가? 아래와 같이 말하고 있는 사람은 누구인가? 이철민인가? 소설가인가? '익명의 전체'인가?

시스템을 붕괴시키려는 시도, 시스템 밖으로 나가려는 시도는 필연적으로 실패한다. 그 대신, 편재하는 '전자기장의 시스템' 속에서 다른 논리의 전각-둥지를 지어야 하는 것이다; 기하학도, 건축공학도 없이, 오직 몸의 논리에 따라, 완전한 시스템 속에서 오히려 불완전한 공중-가변-거대구조물을 지어야 하는 것이다……
그런 게 바로 예술이지, **시뮬레이션-픽션을 창작**하며 예술가 흉내를 내던 자가 중얼거렸다: 부수는 게 아니라 짓는 테러-아트; 세계를 바꾸는 것이 아니다, 나를 바꾸는 것도 아니다, **세계를 바꾸는 것과 나를 바꾸는 것이 일치하는 시공간을 내어놓는 것**이다, 다른 논리의 집-몸을 짓는 것이다…… (pp. 316~17, 강조는 인용자)

4. 내가 바로 소설이다

"세계를 바꾸는 것과 나를 바꾸는 것이 일치하는 시공간을 내어놓는"다는 바로 그 의미에서, 『조립식 보리수나무』라는 '소설'과 이 소설과의 본질적 관계성 속에 있는 조하형이라는 바로 그 '소설가'는 동시에 함께 '내가 바로 소설이다'라고 외칠 수 있다. 이렇게 외칠 수 있는 이유는 이 소설이 함축하는 존재론이 '현전'의 존재론이 아니기 때문이다. 즉 '있다는 것'은 '지금 눈앞에 있다는 것'을 의미하지 않는다. 하이데거의 사상과 그의 사상을 나름대로 해석했던 그 뒤의 여러 사상가들이 반복적으로 말했듯이, 전통적으로(혹은 일반적으로 이해되는 아리스토텔레스적 방식으로) '존재ousia'(실체)는 제작 행위를 통해서 완성된 생산물, 결과물의 존재 방식을 통해서 이해되어왔다. 즉 존재는 잠재적 상태인 생성과 변화의 불완전한 운동 과정을 끝내고 '완전한 현실태로서 독자적으로 눈앞에 서 있음'이라는 의미로 이해되어왔다. 생성과 변화는 자신의 목적인 실체적 존재에 도달하지 못했다는 의미에서 '불완전'하며 아직 존재하지 않는다는 것이며, 그래서 비–존재라는 것이다. 반면에 조하형의 이 소설이 말하고자 하는 것은 그러한 존재론의 역전이다. 즉 실체와 존재에 대한 생성(변화)과 비–존재의 우위이다. 여기서 행위(제작)의 목적은 실체에 도달하려는 것이 아니다. 오히려 생성, 변화, 운동 자체가 목적이다. 더 정확히 말하자면, 아리스토텔레스의 소위 '4원인', 즉 질료인, 형상인, 작용인, 목적인은 오로지 작용인으로 귀결된다. 즉 자기 자신이 목적이고 형상이고 질료인 작용하는 비–존재(空?)인 "역설적인 생명–몸의 논리적 평면"에서는 행위의 주체, 행위, 행위의 대상, 행위의 목적은 오로지 그 "작동"으로부터만 이해 가능한 것이 될 수 있다. 그리고 그렇게 스스로 작동하는 몸의 논리는 동일률, 모순율, 배중률을 전제하는 형식논리와는 다른 논리라는 것이다.

역설적인 생명–몸의 논리적 평면에서는, 주체와 대상이 뒤섞이지.
　　—**자기 자신을 생산하고, 자기 자신으로 조립되는 시스템**에서는, 우

선, 배중률이 붕괴할 수밖에 없어. **'생산 주체냐, 생산 대상이냐'의 평면**에서, **'주체이고, 대상이고'의 평면**으로 가는 것. 아니, '간다'는 표현은 부적절하지. **몸**은 이미, 거기에, 있으니까. 이미, 그렇게 **작동**하고 있으니까. '본래면목(本來面目)'을 본다는 식으로 말하는 게 어쩌면 적절하겠지. 노자나 장자는, 아리스토텔레스가 본 것과는 전혀 다른, 논리–공간을 보고 있었던 거야. (pp. 261~62, 강조는 인용자)

이렇게 작동하는 힘은 '자기원인'의 개념을 함축하지만, 그 자기원인적 우주는 스피노자의 정태적인 우주가 아니라 어떤 결정적 실체의 개념도 거부하며 변화의 운동만을 긍정하는 유동적인 우주이다. 바로 이러한 우주의 개념으로부터 이 소설에서 자주 나타나는 "완전하게 불완전한"이라는 표현을 이해할 수 있다. 즉 '완전성'이란 운동을 끝낸 어떤 '실체'(주어)가 영속적으로 가지는 어떤 '속성'(술어)일 수 없다는 것이다(명사를 수식하는 형용사로서의 속성). 변화의 한 주기에서 일시적으로 가지는 어떤 고정된 경계들에서 파생된 그러한 실체성은 오히려 불완전한 것이다. 완전성은 운동하는 힘(동사)이 작동하는 양태(부사)에서 찾아져야 한다(동사를 수식하는 부사). 소설가와 소설의 관계적 측면에서 말하자면, '내가 바로 소설이다'라고 말하고자 하는 소설은 '완전한 소설 작품의 현전'이 아니라 '소설 작업이 완전하게 됨'을 지향한다. 거기서 소설가(작가)와 소설(작품)은 그 활동에서 일치한다.

익명적 힘("생명–몸")과 구체적인 개념들("정보–몸")의 연속체적인 리듬을 따라 운동하는 이 소설에서 니체적인 테마들이 발견되는 것은 우연이 아닐 것이다. 영원회귀, 즐거운 지식(학문), 운명애, 초

인, 디오니소스적 생의 긍정, 힘에의 의지…… 이러한 테마들은 절
망과 허무를 극복하는 한 방식과 연관되어 있다는 의미에서 베토벤적
인 테마이기도 하다. 병, 상처, 절망으로부터 유서를 쓰고 자살을 결
심하지만, 과감하게 생을 긍정하며 압도적인 긍정의 힘과 자발적 리
듬의 분출을 보여주는 교향곡들을 작곡했던 베토벤처럼 이 소설의 주
인공들 또한 절망의 끝에서 역설적으로 도약하는 자들이다. 이 소설
속에 언급되기도 하는 교향곡 5번(「운명」)이 표현하듯이, 이 소설의
서사는 '절망을 통해서 환희로' 혹은 '어둠을 통해서 빛으로'의 운동
을 표현한다. 암울하고 지하계적인 단조의 3악장에서 C장조의 빛이
쏟아져 내리는 4악장으로의 연속적 이행의 순간을 소설적으로 표현
하면 아마 다음과 같을 것이다.

끝이 온다, 느낄 수 있다.

플라스틱 벽을 따라 쓰러진 이후, 두 번 다시 일어나지 못하고 있다.
이렇게, 좁은 구덩이 바닥에 오그리고 눕기 위해, 그토록 먼 길을 걷
고, 그토록 많이, 먹고, 자고, 싸고, 아파야 했다. 인정할 수 있는가,
이토록 무의미한 삶을.

겨우, 학점 몇 점과 하체 비만과 내일 입을 옷 때문에 고민했던 일,
사소한 말 한마디에 상처받고 불면에 시달렸던 일, 혼자서만 사랑해서
자존심 상했던 일, 가난했던 게 부끄러웠고 그런 자신이 혐오스러웠던
일…… 그 모든 일이 무의미한 것과 마찬가지로, 온 세상이, 온 우주
가, 압도적으로 무의미하다. 완전하게 불완전한 건축물 역시 마찬가지
다, 이제 와서 그런 게 다 무슨 소용인가, 구덩이 속에서 홀로 죽어가
는 자에게, 유효한 일이 있을 수 있는가?

그렇게 물었을 때, 빛의 급습, 구덩이 속에 불이 켜졌다. 사흘 만에 해가 떴다.

태양이 지하로 내려온다, 그 순간.

죽어가던 나무가 초록의 불길로 타오른다, 그 순간.

초록이란 언어 코드가 걸러내는 노이즈 전체를 향해, 붕괴된 몸이 반응했다, 그 순간. 관능적이라고 해도 좋을 전류가, 몸 전체를 관통하며 흐르는 걸 느꼈다.

그녀의 날숨 CO_2이 사이보그 전나무의 들숨이 되고, 사이보그 전나무의 날숨 O_2이 그녀의 들숨이 되는 교환의 리듬이, 절단 불가능한 연속체의 폴리리듬으로 변해간다: 몸의 녹화, 얼굴의 녹화: 초록-사이보그.

탈진한 몸들이, 감각의 과부하 상태에서 경계를 넘어 흐르고, 초록 안에서, 초록이 되어, 초록과 함께 움직일 때, 기묘한 식물성 기쁨이 감전의 느낌으로 밀려왔다. (pp. 336~37)

더 이상 길게 인용할 수 없는 위의 놀라운 표현들로부터 불완전하게나마 이해할 수 있는 사실은, 생의 긍정과 운명애 등의 의미는 놓아두더라도, 이 소설의 제목인 "조립식 보리수나무"와 "완전하게 불완전한 건축물" 사이의 연관성이다. 그 둘은 전체로 하나다. "조립식 보리수나무"란, 특히 소설의 마지막 세 장들에서 알 수 있듯이, 초록-사이보그-나무가 되어가는 김영희와 낙산사를 조립해 나가는 박인호와 메타-재난-시뮬레이션을 구축해 나가는 이철민의 행위들이 각자, 그러나 함께 만들어 나가는 연속체적인 결합체로서 생성, 변신하는 "완전하게 불완전한 건축물"이다. 절망의 끝에서 의지와 이해와 함께 일어나는 그 '나무이자 건축물'은 "논리적 구조물, 윤리적 구조물"(p. 338)이다. "논리적"인 이유는 그 구조물에 모순이 없기 때문일 것이며, "윤리적"인 이유는 그 구조물이 순수한 전체이기 때문일 것이다. 모순이 없는 순수한 전체일 수 있는 이유는 그것이 전체를 긍정하는 하나의 '몸'이기 때문일 것이다.

오직 몸이 있을 뿐. (p. 341)

조하형의 소설이 표현하고 있는 이 우주에 동의하지 않을 수도 있다. 하지만 이 소설이 아무나 쓸 수 있는 소설이 아니라는 사실은 동의되어야 할 것이다. 조하형은 '논리와 윤리가 일치하는 허구를 내어놓는 일'을 시도했다. 그러한 허구를 내어놓는 일은, 이 소설의 표현을 빌려 말하자면, 나무이자 건축물이자 메타-재난-시뮬레이션인 시공을 내어놓는 일이었다. 그것은 살며, 느끼며, 사유하며, 상상하는 존재의 전체를 불연속적으로 연속적인 언어의 흐름 속에 몰입시키는 일이며, 그러한 활동의 독창성은 상호관계성을 망각한 추상적인 독창성이 아니라 구체적으로 관계적인 독창성이다. 그 활동에서 창작의 주체와 창작의 객체는 함께 말한다. 내가 바로 소설이라고. 이렇게 자신의 작업에 헌신하는 자는 또한 다음과 같이 말할 것이다. "더 가 보고 싶습니다"(p. 361).

소설과 잃어버린 본능
─이평재의 경우[1]

1. '그냥'과 '반드시'의 일치와 불일치

이평재의 소설들은 본능적이고 대담하다. 때로는 위협적일 만큼 도전적이며, 때로는 어리둥절해질 정도로 순진하다. 으르렁거리는 온순한 소설이 가능한 이유는 이평재의 소설들이 본능에 '충실'하고 있기 때문이다. 충실함이란 일종의 자발적 헌신이다. 그리고 자발적 헌신의 태도는 오로지 이기적이기만 한 존재에게는 허용되지 않는 태도다. 본능에 헌신하는 소설 혹은 소설에 헌신하는 본능은 그래서 일반적으로 이야기되는 짐승의 본능 혹은 야수의 본능과는 차별되는 본능이다. 물론, 본능이 본능인 한에서, 모든 본능은 공유하는 특성이 있을 것이다. 모든 본능의 뿌리, 순수한 본능 그 자체, 그것은 무엇인가?

인간의 어두운 내면의 욕망을 추적해왔던 이 소설가는 『마녀물고

---

1) 이 글에서 다루는 이평재의 소설은 『마녀물고기』(문학동네, 2001) 『어느 날, 크로마뇽인으로부터』(민음사, 2005) 『눈물의 왕』(열림원, 2010)이다.

기』『어느 날, 크로마뇽인으로부터』를 거치면서 최근작『눈물의 왕』
에 이르기까지 줄곧 의식적이건 무의식적이건, 본능의 문제 주위를
맴돌고 있었다. 이 소설가의 첫번째 장편소설인『눈물의 왕』은 지금
까지의 자신의 탐색을 종합하는 성격을 갖는데, 그에 따르면 이평재
소설의 물음은 다음과 같다. 모든 본능적 활동성 속에 나타나는 '충
동'의 정체는 무엇인가? 그것은 단순한 종족 보존, 개체 보존의 충동
인가? 아니면, 권력의지나 성적 충동인가? 그것도 아니면, 그 충동
은 무정부주의적이거나 무방향적인 순수한 생성과 순수한 소멸의 충
동인가?

　본능, 의지, 욕망, 충동이 이평재 소설의 모든 면모들을 표현해줄
수 있는 말은 물론 아니다. 그러나 이 소설가의 소설들이 본능 혹은
충동으로부터 시작되고 있다는 사실은 부정될 수 없다. 이 사실의 근
거는 이 소설가에게 소설의 안과 밖의 경계가 모호하고 애매하다는
데에 있다. 본능에 충실한 자는 본능 안에 있는 자이며, 본능 안에 있
는 자의 충동은 자신의 본능이 파악하는 모든 것을 결합시키려는 충
동이다. 그런데 결합은 이미 분리를 전제하며(당연히 분리 또한 이미
결합을 전제하고 있는데, 왜냐하면 결합이 이미 분리되어 있는 것을 결
합하듯이 분리는 이미 결합되어 있는 것을 분리하는 것이므로), 분리는
경계를 나누는 것이기에, 결합시키려는 자의 본능에 나타나는 경계는
일단 자신의 본능을 가로막는 장애물이다. 그래서 결합의 본능이 그
장애물과 투쟁해야 하는 한, 본능은 경계들을 증오하며, 결합의 본능
이 그 경계들을 필요로 하는 한(왜냐하면 애당초 경계가 없다면 결합의
본능 또한 존재할 이유가 없으므로), 본능은 그 경계를 사랑한다. 따라
서 소설의 본능이 이 역설적 상황에 직면해 있는 한에서, 소설의 본

능에게는 자신의 안과 밖의 경계가 애매모호해질 수밖에 없다.

그러므로 본능은 자신의 역설적 행위에 대해서 '그냥'이라고 말하며, 그 '그냥'이 자신에게는 어떤 당위와 필연성을 내포하고 있기에, 본능의 행위는 '반드시'이기도 하다. 본능적 활동성 속에서 나타나는 충동에서 '그냥'과 '반드시'는 일치한다. 이러한 사태와의 연관 속에서, 소설가의 말과 소설의 말을 함께 들어보는 일이 요구된다.

나는 무슨 일이든 해야 할 일이 생기면 그냥 한다. 아무것도 따지지 않고 의미를 부여하지도 않는다. 소설도 그냥 썼고, 그림도 그냥 그렸다. 그렇게 그냥 하다 보니 『어느 날, 크로마뇽인으로부터』가 세상에 나오게 됐다. 또한 두번째 소설집이라는 조금 특별한 의미가 절로 생겨났다. (「작가의 말」, 『어느 날, 크로마뇽인으로부터』, p. 243)

그냥, 이라는데 무슨 할말이 있겠는가. 〔……〕 언뜻 섹스란 그냥, 이라고 표현할 수밖에 없는 것이 아닐까, 하는 생각이 뇌리를 스쳐갔다. 그리고 언젠가 나의 질문에 그냥, 이라고 대답해 내 고개를 설레설레 젓게 했던 한 인물을 떠올렸다. 〔……〕

뚜렷한 이유도 없이 그냥 그러고 싶었다는 뜻일까, 알아서 생각하라는 뜻일까. 〔……〕

그처럼 나불대던 사람이 하루 종일 설명해도 이해가 될까 말까 한 일을 단지 그냥, 이라는 말로 대신한 것이 나에게는 예사롭게 느껴지지 않았던 것이다. (「푸른고리문어와의 섹스」, 『마녀물고기』, pp. 98~99, pp. 103~4)

소설이 말하듯이 "하루 종일 설명해도 이해가 될까 말까 한 일"처럼 보이는 '소설 쓰는 일'에 대해서 왜 소설가는 "그냥 썼"다고 말하며, 왜 그렇게 그냥 쓰는 일이 "해야 할 일"이었다는 말인가? '그냥 하는 일'이 '반드시 해야 할 일'과 어떻게 일치할 수 있는가? 어느 선사가 말하듯이, 배고프면 먹고 졸리면 잔다는 말인가? 더 이상 의문문을 나열할 필요는 없겠다. 이 소설가의 '그냥'에는 행위의 우위성이 함축되어 있다. 즉 일차적으로 '하다'가 있다. 그런데 어떻게 하는가? 저절로, 스스로, 자발적으로. '그냥 하다'는 '자발적으로 하다'이다. 여기에는 자연적 본능 혹은 본능적 자연에 관한 암시가 있다. 스스로 그러한 것은 반드시 그러하다. '그냥 하다'와 '반드시 하다'의 일치는 자연적 행위와 필연적 행위의 일치다. 이것이 이 소설가의 '그냥'이다. 하지만 이 소설가의 소설 속의 '그냥'은 그렇게 그냥 문제없이 행복한 자연과 필연의 일치가 아니다. 이평재의 소설들에서 나타나는 자연, 본능, 충동은 인간 각자의 생에서 그렇게 나타나듯이 문제적이고 불행한 불일치의 양태를 보인다.

2. 자연과 운동

여러 맥락에 따라서 다르겠지만, '자연'이라는 말만큼 일반적인 모든 것을 의미하면서 세부적인 아무것도 의미하지 않는 말도 없을 것이다. 그것은 '존재'라는 말의 의미처럼, 어떤 유(類)를 나타내는 말이 아닌 듯하다. 모든 것은 존재하는 것이며, 존재 자체는 그중의 특정한 어떤 것도 아니다. 존재가 곧 자연이라면, 혹은 존재하는 모든 것, 즉 전체가 곧 자연이라면, 자연을 벗어나는 아무것도 없다. 존재의 전체는 자연이다. 욕망, 본능, 충동, 의지, 이성, 육체, 정신, 생명, 영혼 등의 모든 것은 자연이다. 인간, 문명, 기계 또한 자연이다. 이러한 입장에서 도출되는 가장 역설적으로 보이는 명제는 마치 '비존재는 어떤 의미에서 존재이다'라는 명제처럼 '비자연은 어떤 의미에서 자연이다'라는 명제이다. 이 명제에 따르자면, "자연스럽지 못한 것들에 대한 파격을 꿈꾸는 기질적 작업"(「작가의 말」, 『마녀물고기』, p. 311)은 궁극적으로 자연에 속하는 작업인 셈이다.

이렇게 자연을 모든 존재의 '원리'(!)로 보는 일종의 존재론적 자연주의는 '존재'와 '생성'을 대비시켰던 이원론적 입장으로부터 생성의 일원론으로의 전환을 의미한다. 이 전환을 통하여 나타나는 자연은 존재의 세계와 생성하고 소멸하는 세계를 나누었던 경계를 지우며, 또한 자신과 문명의 경계를 지운다. 「마야」에 표현되어 있듯이, 일원론적 자연주의자에게 나타나는 세계는 "시작과 끝이 맞물리고, 창조와 파괴가 맞물리고, 구원과 종말이 하염없이 맞물려 있는"(「마야」, 『마녀물고기』, p. 249) 세계이며, 자연의 운동은 "시작도 끝도 없는 허망한 되풀이, 생성과 소멸의 영원한 맞물림"(「마야」, p. 256)의 운동으로 나타난다.

현재와 과거, 존재하는 것과 사라진 것 사이의 경계가 한없이 모호해져 눈앞이 부옇게 흐려지는 것 같았다. 지금 내가 현실이라고 믿고 있는 햇살 가득한 문명의 세계, 이것도 미래에는 마야 문명처럼 사라질 운명을 지니고 있는 것이 아닌가. (「마야」, p. 226)

　사라진 것과 남겨진 것의 경계가 한없이 흐려지는 모양을 지켜보며 나는 오래오래 칠엽수에 등을 기대고 서서 마야의 집을 바라보았다. 마야의 집이 아니라 문명의 그늘, 문명의 그늘이 아니라 문명의 허울을 바라보았는지도 모를 일이었다. 그러다가 천천히 등을 돌려 빗줄기에 지워져가는 세상을 내려다보았다. 사라져버린 것들과 사라져가는 것들, 그리고 사라져버릴 것들이 한데 뒤섞여 도무지 경계를 가늠할 수가 없었다. (「마야」, p. 257)

　이러한 양태 속에서 나타나는 자연은 스스로 경계를 만들고 스스로 그 경계를 지우는 운동 속에 있는 전체로 파악되기에, 그것은 모든 생성한 경계들의 측면에서 '모든 곳에 있는 것'이며, 그 경계들이 소멸한 측면에서 '아무 데도 없는 것'이다.

모든 곳에 있으나 모든 곳에 없으리
모든 곳에 없으나 모든 곳에 있으리

호수의 영혼
하늘의 영혼
바다의 영혼 (「마야」, p. 258)

　그런데 어디에나 있으면서 어디에도 없는 자연은 어떤 의미를 가지는가? '어떤 자somebody'도 아니면서 '모든 자everybody'이면서 '아무도 아닌 자nobody'인 자연은 누구/무엇인가? 이평재의 소설들은 진정 일원론적 자연주의를 함축하며, 그 소설들의 자연은 진정 위에서 해석했던 자연을 의미하는가? 여기서는 함부로 단정하지 않는 일이 중요하다. 단지 일반적으로 언급할 수 있는 점은 이 소설가 또한 자연에 대한 보편적 이해를 공유하고 있다는 점일 것이다. 그 이해에 따르면, 자연이란 운동 혹은 변화의 원리이며, 이때 원리란 어떤 추상적 법칙을 의미하는 것이 아니라 구체적인 존재를 의미한다. 그렇기에, 자연에 대한 담론 혹은 이야기들에서는 항상 보편적 생명 혹은 개별적 "영혼"과의 연관성이 발견되었던 것이다. 이 연관성이 이평재의 소설들에서 어렵지 않게 발견된다는 것은 분명한 사실이다. 다음의 인용문에서 보듯이 영혼은 자연, 말하자면 "스스로" 운동하고 변화하는 힘과의 연관성 속에서만 "진짜"다.

> "왜 달그림자의 길을 만들어놓고 생령들 스스로 모든 한을 풀라는 거죠? 그냥 바리데기님이 한 번에 해주면 되잖아요?"
> "스스로 풀 경우엔 영혼의 레벨이 한층 높아지거든. 다음 생에는 더욱 고양된 삶을 살 수 있도록 영혼의 레벨을 높이는 기회를 주는 거지. 뭐든 스스로 해야 진짜가 아니겠니?"(『눈물의 왕』, pp. 193~94)

자연의 운동은 넓은 의미의 변화, 즉 생성과 소멸, 질적이고 양적인 변화(성장, 쇠락, 변성, 변질)들을 포괄하는 운동이다. 그러나 자연 자체가 곧 운동은 아니다. 오히려 자연은 운동을 가능하게 해주는 순수한 힘이다. 그 힘이 어떻게 차별화되며 어떻게 변질되며 어떤 양태로 나타나든지 자연은 그 본성적 측면에서 순수한 힘이다. 신 즉 자연을 말했던 스피노자 이전의 중세철학의 구분에 의하면, '생산하는 자연natura naturans'과 '생산된 자연natura naturata'은 다르다.

그래서 가령 다음의 인용문 속에 나타나는 "자연"에 대비되는 "인간"
은 '생산된 자연'으로 이해되어야 한다.

> 자연사를 하는 것이 얼마나 어려운 일인지를 새삼 느낄 수 있었다.
> 인간의 법칙보다는 자연의 법칙에 몸과 마음을 맡기고 순리대로 살아
> 야 가능한 일이었다. (『눈물의 왕』, p. 203)

이제 이평재의 소설들이 표현하는 문제에 더 가깝게 다가갈 수 있
다. 생산하는 자연과 생산된 자연을 가르는 차이는 어디서 연유하는
것인가? 즉 『눈물의 왕』에서 볼 수 있듯이, 이상을 꿈꾸는 상상력을
통해서 파악된 신성한 나무들과 신성한 동물들이 대변하는 자연의 순
수한 힘으로부터 어떻게 불순하고 폭력적인 힘(비-힘)들이 생산되었
는가? 「마야」에서 말하는 것처럼 "소녀가 임신한다는 것은 세상 사
람들이 아무리 본질을 외면하고 산다고 해도, 다시 말해 세상이 온통
더러운 오물로 뒤덮여도 그 본질은 변하지 않는다는 것을 표현"
(p. 204) 한다면, 그때 그 "더러운 오물"이 무엇이건, 자연적 "본질"
에 반하는 그것은 어떻게, 왜, 어디서 생겨난 것인가? 자연을 강조하
는 이평재의 소설들은 그 이면에 자연과는 다른 히브리스hybris로부
터 시작된 타락의 드라마 혹은 삼독(三毒)으로부터 시작된 윤회의 드
라마를 함축하고 있는 것이 아닌가? '자연'이라는 말이 오만과 원한
(지배와 피지배의 관계로부터 생겨나는 파토스) 그리고 욕망(획득과 제
거의 충동)의 악순환을 의미하는 것이 아니라면.

3. 욕망의 전체와 부분

욕망은 어떤 양태로 나타나건 관계성 속에서 일어나는 힘의 활동이다. 모든 힘들의 전체성 속에서 파악되는 힘 자체가 아니라 다양한 방식으로 차이를 지니며 대립하고 투쟁하며 때때로 균형을 유지하고 때로는 그 균형을 깨뜨리면서 결합되고 분리되며 현상하는 힘들 사이에는 지배하고 지배되는 관계가 생겨나며 쾌락과 고통, 기쁨과 슬픔, 죄책감과 원한의 파토스가 생겨난다. 이러한 현상이 이평재가 「마녀물고기」에서 강렬하고도 효과적으로 표현하고 있는 현상이다. 그 소설은 한 여성을 향한 성욕에 지배당한 한 남성이 파멸에 이르는 과정을 놀라운 추진력으로 긴박하게 형상화한다. 성욕은 욕망의 전체가 아니라 부분이다. 그 부분적 욕망의 주위에서 형성된 관계는 한 여성의 '원한'과 한 남성의 '죄책감'에서 성립된 관계인데, 소설은 지배하는 여성과 지배당하는 남성이 각각 갖는 기쁨과 쾌락의 파토스를 슬픔과 고통의 파토스와 애매하게 뒤섞여 있는 것으로 이야기한다.

오르가슴에 빠진 여자는 물고기처럼 입을 뻐끔거렸다. 나는 여자의 입이 닫혔다 열릴 때마다 내 성기가 세게 조여지는 걸 느끼며 여자의 눈을 들여다보았다. 눈동자에 무엇이 깃들여 있는지 읽을 수 없었다. 가슴 밑바닥을 휘휘 저을 정도의 슬픔이 담겨 있는 것 같기도 했고, 드디어 나를 완전히 지배했다는 기쁨에 들떠 있는 것 같기도 했다. (「마녀물고기」, p. 9)

나는 그 어느 때보다 활기가 넘쳤고 자신감에 차 있었다. 지난밤 사고에 대한 죄책감에 시달리기는커녕 섹스를 하고 싶다는 생각에 더욱 시달려야 했다. 〔……〕 기분이 좋았다. 뭔가 정상이 아니라는 생각을 하면서도 어쩔 수 없었다. 이제 와 돌이켜보면, 그때부터 나는 이미 여자에게 지배를 당하고 있었던 것이 아닌가 싶다.

〔……〕나는 제정신이 아니었다. 이미 여자에 의해 광적인 섹스에 길들여진 나는 온통 그 짓을 하고 싶다는 생각에만 사로잡혀 있었다. 빳빳하게 발기한 성기 때문에 고통스러웠다. (「마녀물고기」, pp. 14~15, p. 23)

부분적 욕망에서 생겨나는 파토스는 수동적이고 맹목적이다. 거기에서, 지배하는 힘과 지배당하는 힘은 똑같이 비자발적이고 맹목적인 파토스를 낳는다. 지배와 피지배의 관계 속에서 발생하는 것은 부분의 획득을 위해 전체의 제거를 감내하는 맹목성이다. "원하는 것을 얻기 위해서라면 무엇이든 내주고 덤벼대는 맹목성"(「어느 날, 크로마뇽인으로부터」, p. 10). 물론 이 맹목적 욕망 속에는 단순히 어리석고 부도덕한 무엇으로 치부해버릴 수만은 없는 더 심오한 욕망이 숨어 있는 듯하다. 맹목적 욕망이 전체를 제거하면서까지 획득하고자 하는 부분이 전체로 오인된 부분이거나 부분으로 대체된 전체인 한에서. 힘의 전체성 속에서 지배하는 자와 지배당하는 자는 일치한다. 전체성을 잃지 않은 욕망은 스스로 지배하고 스스로 지배당하는 힘이다. 그리고 이때의 욕망은 실재적으로 지배의 욕망이 아니다. 여기서의 힘의 활동은 더 이상 억압이나 폭력을 연상시키는 '지배'가 아니라 자발적인 조절, 적응, 인내, 헌신을 요구하는 '자치'이며 능동적인 파토스를 함축하는 '통치'다.

이평재의 소설들이 여성과 남성 사이에서 형성되는 지배와 피지배의 욕망, 야수성과 공격성, 어떤 인위적 틀과 경계 속에 갇히기 싫어하는 무제한적인 자연적 본능을 반복적으로 이야기하고 있다는 사실은 부정될 수 없지만, 그러한 '사실'이 이평재의 소설에 함축되어 있는 자유로운 통치의 '이상'을 긍정하는 것을 막지는 못한다. 그러한 이상이 없었다면 『눈물의 왕』 같은 소설이 나올 수 없었을 것이다. 그 소설이 형상화하고 있는 생의 세계는 '존재의 위계'를 전제하는 세계이며, 이때 '통치'의 관념은 '억압'이나 '지배'의 관념을 함축하지 않는다. 통치자는 고통을 주는 자가 아니라 오히려 고통을 받고 있는 자이다! 눈물의 왕! "나는 왕이로소이다. 그러나 눈물의 왕! 이 세상 어느 곳에서든 설움이 있는 땅은 모두 왕의 나라로소이다"(『눈물의 왕』, p. 259).

물론 이 소설이 말하는 통치는 신화적인 이야기이다. 하지만 '신화'가 인간의 잃어버린 본능과 이상을 담고 있지 않다면 무슨 의미가 있을 수 있는가? 여기에는 보편성과 전체성에 대한 호소가 있다. 그렇기에, 이 소설이 세계를 영혼계, 생령계, 인간계로 삼분하면서 그 중의 중간계(『티벳 사자의 서』에 의하면 '바르도')인 생령계를 통치하는 바리데기라는 여성에 관한 이야기를 할 때, 거기서는 이를테면 데메테르와 페르세포네에 관한 그리스 신화와의 연관성이 발견되는 것이다. 죽음, 재생 혹은 식물적 자연, 본능에 관한 신화.

그 뒤로 세상의 왕이 저승과 이승을 마음대로 드나드는 그녀를 만신으로 명했고, 그녀가 저승길에서 사용했던 각종 도구들을 신단의 제구로 쓰도록 했다. 그리고 이승과 저승의 체계를 세우면서 바리데기라는 이름의 완전한 여신으로 만들어 생령계를 다스리게 했다. 세상의 왕이 그녀를 선택한 이유는 어떤 경우에도 상대를 미워하지 않고 사랑을 베풀고 나누는 그녀의 마음 하나 때문이었다.

　〔……〕 때론 어머니 같은 심정으로, 때론 자식과 같은 심정으로 생령들을 대하는 그 다정한 모습도 고독하게 느껴졌다. 〔……〕

　〔……〕 그러니까 바리데기의 심판은 잘잘못을 따지는 것이 아니었다. 지난날을 되돌아보고 무엇인가를 깨우치게 하여 다음 생이 훨씬 더 넓고 깊은 삶으로 이어지도록 영혼의 길을 밝혀주는 것이었다. (『눈물의 왕』, pp. 125~26)

위의 인용문에서 식물적 생명력에 관한 상징이 발견된다는 사실을 언급해두자. 이 소설가의 소설 여러 곳에서 나타나는 '나무'의 상징이 단적으로 의미하듯이, 식물적 생명력이란 그 본질적인 측면에서 결코 죽지 않으며, 비가시적으로 작용하며, 만물의 지속적인 '성장'을 가능하게 해주는 힘으로서 경멸도 원한도 폭력도 알지 못하는 "사랑"이다.

4. 본능, 이성, 상상

이평재의 소설이 말하고자 하는 자연적 본능은 독재자의 본능도 노예의 본능도 아니며, 무정부주의자의 본능도 아니다. 자연적 본능은 어떤 의미에서 자신이 자발적으로 인정할 수 있는 '권위'를 '요구'하는 본능이며, 그 권위 앞에서 '질투'가 아니라 '경탄'을 느끼는 본능이다.

이러한 본능은 그 권위와 경탄이 주는 척도에 따라서 자신을 교육하며 성장하려는 본능이기도 하다. 그것은 결국에는 "스스로의 깨달음으로 인간계를 정리하고, 학습하여 영혼의 레벨을 더욱 높이기 위해 노력"(『눈물의 왕』, p. 143)하는 본능이다. 이 본능이 그 깊이에서 그러한 권위와 경탄을 '요구'하고 있기에, 그러한 요구가 충족되지 않을 때, 본능은 자신을 충족시킬 수 없는 여러 부적절한 유사 권위들과 유사 경탄들을 만들어내기까지 하며, 그러한 '가짜'에 의하여 충족될 수 없는 본능은 자신의 본성을 망각하게 되면서 지배하고 지배당하는 폭력으로 나아간다. 소위 '강자'의 폭력과 억압과 그 앞에서 겪게 되는 '약자'의 공포와 원한은 함께 발생하는 것이며, 이미 다르게 된 본능이 겪는 파토스들이다.

그렇듯 괴상한 생물체가 왜 난데없이 나타난 건지, 녀석의 정체에 대해 앞뒤 따질 겨를 없이 엄청난 공포를 느꼈다. 때문에 오로지 한 가지 강박에 짓눌렸다. 녀석이 공격하기 전에 내가 먼저 없애버려야 한다는. (「어느 날, 크로마뇽인으로부터」, p. 15)

위의 인용문에 의하면 공격적 본능, 타자를 폭력적으로 죽이거나 제거하고자 하는 본능은 공포에서 나왔다. 즉 폭력이 먼저 발생하고 공포가 그로부터 귀결되는 것이 아니라, 공포가 먼저 발생하고 그에 대한 대응으로 폭력적 본능이 발생했다. 물론 여기서 어느 쪽이 먼저인가는 확신할 수 없다. 아마도 거의 동시적일 것이다. 폭력적인 위협과 공포의 현상은 이미 서로를 인정하지 않는 위계들 사이에서 생겨난 오만과 질투를 전제하며, 마찰과 충돌에 의하여 일어나는 "불꽃" 혹은 격렬한 자극과 흥분과 독기와 오기로 들끓는 피의 본능을 전제한다.

그러나 솔직히 말해서 나는 그녀에게 늘 입버릇처럼 고맙다는 말을 했지만 마음속으로는 오기를 키우고 있었다고 해야겠다. 승복할 수가 없었던 것이다. 유학을 떠나는 그녀의 뒷모습을 한없이 부러운 마음으로 바라보면서도 넌 어떤 경우에도 나를 이길 수는 없어, 하는 것이 솔직한 심정이었다. (「아가위나무의 우울」, 『마녀물고기』, p. 40)

시비가 생기면 감정이 격해질 것이고 곧 화를 못 참고 이성을 잃어 불꽃처럼 싸움이 일어날 것이었다. 비록 내가 너무 어려 오히려 당하게 될지라도. 인간이란 원래 그랬다. 마치 정해진 일처럼. (『눈물의 왕』, p. 39)

나는 내가 무엇을 잘못했는지 알 수 없었다. 점점 더 화가 났다. 생령들이 나를 해칠 것 같아 신경이 날카롭게 곤두섰다. 발톱과 털을 세우고 이빨을 드러내며 꼬리를 한껏 부풀려 수직으로 추켜올린 채 앙칼지게 야옹거렸다. 나의 행동이 인간으로 있을 때와 다르게 너무나 공격적이라는 생각을 하면서도 멈출 수가 없었다. 점점 독이 올라 흥분되었다. (『눈물의 왕』, pp. 70~71)

위에 표현된 것이 "생존에 대한 본능적 욕구"(『눈물의 왕』, p. 72)이건 아니건, 그것은 동물적 본능이다. 인간은 동물적 본능 속에 있다. 그런데 인간의 동물적 본능은 '그저 생존하고자 하는 본능'이 아니라 '더 잘 생존하고자 하는 본능'이다. 『눈물의 왕』에서 빈번하게 언급되는 "이성적"이라는 말은 그 말의 긍정적인 의미에서 바로 저 '더 잘'을 위하여 진화하는 본능을 의미하는 말인 듯하다. 하지만 '더 잘 생존하기'는 무엇을 의미하는가? 이 소설에 의하면, 소위 '레벨이 높은 영혼'들의 능력은 "합의"와 "대화"의 능력이며, "경계"를 자유롭게 넘어갈 수 있는 능력이며, 타자에게 개방될 수 있는 소통의 능력이다. 그것은 부분의 독존이 아니라 전체의 공존을 고려할 수 있는 능력이다. 그런데 이 '공존'의 능력은 이 소설이 '나무'로 대변되는 식물적 본능에 관하여 이야기할 때 발견되는 능력이다. "나무의 삶이 곧 윤회하는 우주의 섭리와 맥락이 같기에 인간계와 생령계에서 유일하게 공존하는 것이 나무"(『눈물의 왕』, p. 141)라는 것이다. 그러므로 어떤 의미에서 이성적 본능은 식물적 본능이다. 그러나 이성적 본능이 동물적 본능 속에서 발견되는 한에서, 그것은 동물적 본능이다.

이평재의 소설에서 드러나는 인간의 본능은 말하자면 투쟁적인 본능과 온화한 본능을 함께 가진 셈이다. 식물적 본능과 동물적 본능의 혼합에 의한 적대적 평화, 투쟁적 화해의 능력이 인간을 몰아붙이고 있는 한에서, 인간은 어딘가 불편한 구석이 있는 식물이고 동물이다. 그리고 인간은 심지어 광물이기도 하다. "모든 영혼은 손바닥 위에 올려질 정도의 작고 눈부신 빛의 덩어리"(『눈물의 왕』, p. 114)이며, 이때 "빛의 덩어리"가 어떤 종류의 광물로 간주될 수 있는 한에서. 왜냐하면 저 빛의 덩어리인 영혼은 "화석화"될 수 있다고 이 소설이 말하고 있으므로.

영혼은 그 하나하나의 밝기와 색의 투명도에 따라 레벨이 나뉘어졌

다. 격이 높은 영혼은 푸른빛이 도는데 그 투명도가 물질을 뛰어넘고,
밝기는 빛을 초과하여 사람의 눈에는 보이지도 느껴지지도 않을뿐더러
자유자재로 차원을 넘나드는 찬란한 존재였다. 반면 격이 낮은 영혼은
탁하고 누런빛을 띠고 있는데 간혹 사람의 눈에도 보일뿐더러, 윤회
사이클에 따라 지속적으로 학습을 하지 않으면 점점 더 격이 떨어져
화석화되는 무의미한 존재였다. (『눈물의 왕』, p. 200)

정리하자면, "격"이 낮은 본능을 규정하는 특성은 '불투명성'과 '경
직성'이다. 그런데 누구에게 불투명하고 누구에게 경직되어 있는가?
자신에게. 스스로에게. 자신을 투명하게 인지하지 못하며, 자신의 한
정되고 고정된 어느 한 부분에만 집착하여 경직되어 있는 본능은 "무
의미"하다. 왜냐하면 '의미'는 관계들의 전체성 속에서 발생하는 것이
므로. 요약하자면, 이평재의 소설에서 이끌어낼 수 있는 인간의 본능
은 스스로 투명하게 진화하고자 하는 전체성의 욕망이며, 그 욕망은
동물, 식물, 광물의 욕망이 유동적으로 혼합되어 나타나는 본능이다.
마지막으로 강조되어야 할 점은 인간의 본능이 동물적이고 식물적
이고 광물적인 본능들이 단순히 외적으로 병치되어 있는 본능이 아니
라는 점이다. '혼합'이란 서로 다른 요소들이 상호 침투하여 내적으로
결합하고 변형되어 새로운 요소를 낳는 변화이다. 인간에게 독특한
본능이 이른바 '이성 능력'이라면, 그것은 동물, 식물, 광물적 본능의
혼합으로부터 생겨난 본능이며, 그러한 혼합의 결과인 이성은 자신의
존재를 가능하게 해주었던 혼합의 본능, 즉 서로 다른 본능적 요소들
을 결합하고 변형시킬 수 있었던 본능적 능력에 기인하는 것이며, 그
혼합과 변화의 본능적 능력이란 다름 아닌 상상력일 것이다. 따라서

'더 잘 생존하기 위한 합의와 대화의 소통 능력'인 이성적 본능이 진화를 끝마친 것이 아니라면, 그러한 이성은 상상적 본능의 도움을 지속적으로 받아야 한다. 이성은 그 '열정'(깊이)에서 '상상적 이성'이 되고자 하며, 역으로 상상은 그 '이상'(높이)에서 '이성적 상상'이 되고자 한다. 이러한 신념이 잃어버린 본능을 상기시키는 이평재의 소설을 이끌어가는 힘이라는 것은 부정될 수 없다. 『눈물의 왕』은 오직 "이성"만을 찬미하고 있지 않으며, 이 소설가에게 중요했던 것은 무엇보다 "상상력"이었던 것이다. 이평재 소설의 가능성은 거기에 있다. 무한과 전체(유한)의 역설을 의지로 극복하고자 하는 본능적 상상력에 있다.

나는 현실과 가상의 경계를 무너뜨리는 소설을 쓰고 싶었다. 상상력을 무궁무진하게 증폭시켜 과거와 현재, 삶과 죽음의 경계까지 무너뜨림으로써 소설의 공간을 무한대로 확장시키고 싶어한 것이었다. 고리타분한 이야기의 틀에 얽매인 소설이 아니라 상상의 속도를 자유자재로 반영할 수 있는 새로운 무엇인가를 쓰고 싶었던 것이다. (「거미인간 아난시」, 『마녀물고기』, pp. 73~74)

소설의 영혼

—박형서의 『새벽의 나나』[1]의 주변 혹은 중심에서

1. 음란하지 않은 소설

박형서의 세번째 소설책이자 첫번째 장편소설인 『새벽의 나나』는 음란하지 않은 소설이다. 소위 '매춘부'와 '호색한'의 등장이 음란한 소설의 필요충분조건은 아니다. 그것은 마치 비련의 여주인공인 매춘부 비올레타가 등장하는 베르디의 「라 트라비아타」나 전설적인 바람둥이가 등장하는 모차르트의 「돈 조반니」를 음란한 오페라로 규정할 수 없는 것과 같다. 이 소설가의 재치와 유머에도 불구하고, 이 소설이 불러일으키는 주된 이미지는, 마치 저 오페라들이 그러하듯이, 결코 고갈되지 않으며 때로는 뻔뻔스럽게 보일 정도의 대담한 힘의 이미지, 실존의 밑바닥에서부터 어둡게 꿈틀거리며 밀고 들어오는 비극적인 기분을 동반한 힘의 이미지다. 이러한 힘의 이미지는 우리의 불

---

1) 박형서, 『새벽의 나나』, 문학과지성사, 2010.

안을 감지하게 한다. 차가운 슬픔과 뜨거운 열정을 전적으로 무시하면서 어떤 미지근한 의식, 소위 '건전한 상식'으로 도피하는 일은 오히려 저 불안의 깊이로부터 감지된 고통과 쾌락의 이율배반을 드러내는 일이다. 에로스, 성sex, 사랑의 소위 표준적 척도를 벗어나는 사태를 '음란성'으로 규정하고 평가를 시작하는 것은 그러한 현상에 대한 이해를 미리 가로막는 것이다(이것이 결코 '음란성'이란 것이 없다거나 '척도'라는 것이 없다는 것을 주장하는 것은 아니며, 그것이 이해의 노력을 요구하는 미묘한 사태라는 것이다).

왕성한 호기심과 탐구욕으로 가득 찬 소설가가 이 소설을 통하여 보여주고자 하는 것은 눈먼 충동의 묘사에만 한정되지 않는다. 이 소설의 주제가 설령 '음란성'이라고 하더라도, 박형서는 그 '음란성'을 이해해보려고 한다. 가령, 이 소설가는 폭소를 터뜨리지 않을 수 없게 하는 이전 소설인 「'사랑손님과 어머니'의 음란성 연구」[2]에서 이미 소설가로서의 자신이 지향하는 "연구"의 자세를 적나라하게 보여준 바 있다. 그 소설 속의 '연구자'가 강도 높게 지적한 사항 중의 하나는 소설 작품을 해석하면서 "표면에 드러난 줄거리와 몇몇 묘사에 집착한 나머지 음란물이라는 누명을 씌워버리는 일"(『자정의 픽션』 p. 135)이었다. 이러한 성급한 자세를 경계하면서 박형서의 이번 소설에 접근한다면 『새벽의 나나』에 나타난 '비음란성'이 해석의 화두로 떠오르게 될 것이다. 즉 긍정적으로 이해된 에로스와 사랑, 즉 대략적으로 말해서 남성성과 여성성의 사이에서 발생하는 대립성과 친화성을 내포하는 관계성이 이 소설의 중요한 문제가 될 것이다.

---

2) 박형서, 『자정의 픽션』, 문학과지성사, 2006.

이렇게 맹목적인 음란성의 잣대를 치워버리고 난 뒤에 드러나는 이 소설의 특징적 성격은 신화적이고 원형적인 배경에서 일어나는 사건을 형상화하고 있는 모험소설 혹은 여행소설의 성격이다. 우연적일 수도 의도적일 수도 있겠지만, 이 소설의 주인공 레오는 해거드H. Haggard의 『그녀*She*』에 등장하는 주인공의 이름과 동일하다. 그 이름이 신화 속에서 사자자리Leo의 태양이 상징하는 남성성을 의미하건 아니건, 해거드의 레오가 아프리카로 '절대적으로 복종해야 하는 그녀'를 찾아 모험을 떠나듯이, 박형서의 레오는 태국으로 '감히 범접할 수 없는 플로이'라는 매춘부를 찾아 여행을 떠난다(사실 박형서의 주인공이 최종적으로 가려고 했던 목적지도 아프리카였다). 이러한 비교는 이 소설가의 독창성을 은근히 무시하려는 의도에서 나오는 것이 아니다. 독창성은 세부적인 맥락들로 이어지며 형성되는 전체성 속에서만 찾아질 수 있으며, 커다란 범주적 비교는 한 소설에 관한 구체적 이해를 가능하게 해주는 출발점으로서의 토대를 제공해줄 수 있다. 이러한 관점에서 나타나는 이 소설 속의 플로이를 비롯한 여성들은 한 개인에만 한정될 수 없는 원형상의 성격을 구현하고 있다. 융이 해거드의 소설을 언급하면서 말했듯이, 박형서의 이번 소설 속의 여성들은 남성 내면의 무의식적 여성, 이른바 '아니마anima 원형'과의 연관을 보여준다. 하지만 이때 아니마, 프시케psyche, 즉 영혼은 단순히 '주관적인 심리'로 이해되어서는 안 된다. 영혼에 관한 학 혹은 말(심리학psychology〔psyche+logos〕)은 존재론적으로 이해될 필요가 있다. 이 소설 속에서 자주 나타나는 "영혼"이라는 '말'은 '심리'를 의미하지 않으며 '존재'를 의미한다. 이 소설이 이야기하는 "윤회"나 "전생"의 의미가 추상적인 여담이나 '알맹이 없는 비유'에 그치지 않게 하기 위해서, 또한 이 소설이 말하는 "영혼"이 구체적인 관계성을 떠난 공허한 메아리가 되게 하지 않기 위해서 아니마, 프시케는 '구체적인 존재'로 이해되어야 한다.

물론『새벽의 나나』를 영혼에 관한 존재론적 형상화를 시도하고 있는 소설이라고 전적으로 규정할 수는 없다. 오히려 이 소설이 말하는 영혼의 의미는 생물학적 본능 혹은 충동이나 신화적인 측면에서 반복적으로 (다르게) 재생, 순환, 회귀하는 영속적인 생명의 의지 사이에서 모호하게 떠돌고 있다. 여기서 중요해지는 것이 해석의 개입이다. 이 개입을 통해서, 이 소설 속에 잠재적으로만 존재하던 의미가 새롭게 드러날 수 있다. 그 의미에 따르자면, '영혼'이라는 말은 이 소설가가 소설에 대하여 갖는 지향성의 특정한 성격을 드러내줄 수 있는 길잡이가 될 것으로 보인다. 이 소설은 '소설의 영혼'이라고 부를 수 있는 어떤 것에 관해서 암시하고 있다. 신화적 영혼이 긍정적이면서 부정적인 이중적 성질을 지니는 것으로 나타나듯이, 이 소설을 통해서 드러나는 소설의 영혼 또한 그렇다. 이러한 이중적 관점에서 말한다면, 이 소설의 '비음란성'은 '음란성'과 연관이 있다. '음란하지 않음'은 '음란함'에 "넉살 좋게 빚지고 있다"(「작가의 말」, p. 405).

2. 신화, 영혼, 플롯

이 소설이 전개되는 가운데 특히 눈에 띄는 낱말들이 있다. "흥정" "책략" "기술" "계산" "선택" "돈" "매춘" "붐붐(성교)" 같은 낱말들이 그렇다. 이 낱말들은 어떤 투쟁, 생존, 속임수, 교환에 관련된 표현들이라는 느낌을 준다. 여기서의 투쟁이 고전적 진화론에서 주장하는 적자생존 혹은 생존 투쟁을 의미하건, 아니면 정치, 사회적인 권력 투쟁 혹은 인정 투쟁을 의미하건, 박형서의 소설은 이러한 단어들이 표현하고 있는 현상들에 관심이 많다. 박형서의 이전 소설들인 「논쟁의 기술」이나 「진실의 방으로」(『자정의 픽션』) 같은 소설들에서도 그러한 관심을 발견할 수 있으나, 이번 소설에서는 그 관심이 더욱 멀리 나아가고 있다. 이를테면, 소설은 "돈을 내밀었을 때 플로이가 보여준 저 초연하거나 심드렁한 태도는 오랜 세월 체계적으로 다져진 홍정의 기술"(p. 50)이라고 말하거나 플로이가 "왜 하필 '홍정' 또는 '책략'이라는 의미를 가진 영어 단어를 빌려와 예명으로 쓰는지"(pp. 50~51)에 관해서 말한다.

그런데 소설은 플로이라는 이름이 "'홍정' 혹은 '책략'을 의미하는 영단어가 아니라 태국어로 '보석'"(p. 166)이라고 앞에서의 진술을 뒤에서 교정하고 있다. 하지만 이 소설 속에서 차지하는 플로이라는 이름의 중요성을 간과하지 않기 위해서는 저 의미들 중의 하나를 선택하고 다른 것들을 배제하는 것이 아니라 홍정, 책략, 보석의 의미들 모두를 결합시켜야 한다. 먼저 강조해야 할 점은 플로이라는 이름이 '플롯'과 연관되어 있다는 것이다. 물론 이러한 연관이 단지 플롯이라는 낱말이 함축하는 '음모' '계략' 등의 부정적인 의미에 기인하는 것은 아니다. 이야기의 구성, 구조 등을 지칭하기 위해 사용하는 플롯이라는 말은 먼저 긍정적으로 이해되어야 한다. 긍정적으로 이해된 소설의 플롯은 타인이 눈치채지 못할 '속임수'가 담긴 '홍정'의 '기술'을 통하여 어떤 귀중한 '보석'과 같은 무엇을 타인으로부터 빼앗기 위하여 '계산'된 '책략'일 수 없다. 플로이라는 여성을 플롯과 연관시켜 긍정적으로 해석해야 한다. 플로이는 "좋은 창녀"(p. 54)다. 인식적인 측면에서 부정적으로 선행하여 나타나는 현상은 존재적으로 긍정적인 현상을 의미할 수 있다. 나중에야 인식되는 것은 이미 존재론적으로 선행하는 것이다.

이 소설 속의 플로이 혹은 플롯에 중요했던 것은 레오의 행위를 통해서 드러난 "영혼"과 "시간"의 "작업"이었다. 레오가 태국의 매춘부 거리에서의 "삶"을 통해서 불완전하게나마 "이해" "해석" 그리고 인식에 도달하는 과정은 되돌릴 수 없는 시간 속의 과정이었다. 다음의 인용문들에는 "영혼" "인간" "우주" "시간" "삶" "이야기" "기억" "행위" "작업" "이해" "해석" 등이 플로이, 즉 플롯과 운명적인 관계를 맺고 있다는 통찰이 스며들어 있다(다음 인용문 속의 이해와 해석에 관한 소설의 말을 조심스럽게 보충하자면, 이해는 해석의 존재론적인 전제일 수 있다는 것이다).

영혼은, 인간은 그 자체로서 각각 하나의 **우주**다.

레오가 소이 식스틴에서 그간 줄기차게 해온 작업은, 이해가 아니라 해석이었다.

레오는 제가 과거에 어떤 노력을 했으며 어떤 소득을 얻었는지 **기억**했다. 레오는 **플로이**를, **그녀의 거리**를, 거리에서의 **삶**을 **이해**하려 무던히 노력했다. 아무리 막막한 상황 속에서도 한 걸음만 더 나아가면 될 거라 믿었다.

결과는 어땠는가? 폭우 쏟아지던 밤, 어깨로 가볍게 느꼈던 따스한

손길이 전부였다. 그 한 번의 체온을 얻었을 뿐이다. 플로이는 끝없이 레오를 피했고 경계했다. 레오가 다가갈수록 그녀는 상처를 입고 비명을 질렀다. (p. 392, 강조는 인용자)

견디지 못하고 달아나는 게, 이 긴 이야기에서 한 걸음도 진행시키지 못하고 입을 다물어버리는 게 내 마지막 카드로구나.

실제의 **삶** 속에서 우리는 결코 돌아올 수 없는 골목으로 접어들고, 되돌릴 수 없는 짓을 저지르고, 매일매일 **루비콘 강**을 건넌다. **시간**은 멈추거나 거꾸로 흐르는 법이 없다. 언제나 우리의 손이 닿지 않는 방향으로만 흐른다.
인간의 모든 진지한 **행위**는 **삶**을 **모방**한다. (pp. 352~53, 강조는 인용자)

삶(이야기)의 도박(마지막 카드)과 같은 운명과 비극에 관한 정서가 스며 있는 위 인용문의 마지막 문장에서 어렴풋이 상기할 수 있는 것은 문학의 이해에 거부할 수 없는 영향력을 미쳐온 아리스토텔레스의 『시학』에 나타난 사상이다. 그러나 삶, 행위, 모방과 관련된 아리스토텔레스의 사상이 여기서의 관심사는 아니다. 관심은 플롯에 있다. 이 소설이 암시하는 플로이, 즉 소설의 플롯은 **"시간"과의 관계성 속에서 형성되는 개별적(영혼, 인간)이면서 전체(우주)적인 이야기(삶)의 '양상적modality'(즉 가능성, 우연성, 불가능성, 필연성의 상호 관계적) 과정을 의미**하며, 이런 측면에서 흥정, 책략, 보석의 의미는 긍정적으로 해석될 수 있다. 즉 최대한 부정적인 함축을 걷어내고 해석해보면, 흥정이란 **미결정적 행위 속에 연루된 관계적 요소들 간의 갈등과 조정이며, 책략이란 잠재적으로 숨어 있는 미래를 향한 기획 혹은 구상**이며, 보석이란 **여러 변수에도 불구하고 지속적으로 견지되는 귀중한 가치**를 의미할 수 있다. 이렇게 플로이는 플롯을 함축하고 있다. 그런데 이러한 해석은 이 소설 속에서 이끌어낼 수 있는 플롯의 의미의 핵심에 다가서고 있는가?

더 들어가기 위하여, 아리스토텔레스의 도움을 받아야 한다. 플롯이론은 이 철학자로부터 체계적으로 시작되었으며, '플롯'이라는 낱말은 그가 사용했던 '미토스'라는 낱말의 번역어다. 물론 여기서 논란의 여지가 많은 문자적 의미의 역사에 집착하는 일은 별로 도움이 되지 않는다. '미토스'는 모호하고도 애매하게 신화, 이야기, 서사, 말, 담화, 담론 등을 모두 의미할 수 있다. 가령, 하이데거에 따르면 "미토스는 미리부터 근본적으로 모든 인간 본질을 습격하면서 말 걸어오는 것"[3]을 의미한다. 다시 아리스토텔레스로 돌아가서 말하자면, '미토스'는 무엇보다 죽은 구조가 아니라 살아 있는 사태들(사건들, 행위들)의 '유기적'이고 '전체적'이면서 '단일'한 '결합체'적 구조, 즉 **'하나이고 전체인 운동하는 생명체(동물)zoon hen holon'**와 같은 것을 의미하며, 또한 그것은 비극의 '목적telos'이며 '원리arche'이며 **'영혼'**이면서 **'즐거움hedone'**을 낳는 것이다. (『시학』 6~9장과 23장 참조) 그런데 지금 강조해야 할 사항은 여기서 '영혼'을 단순한 비유로 간주

---

3) 하이데거, 『사유란 무엇인가』, 권순홍 옮김, 길, 2005, p. 61. 여기서 우리의 논의와 무관하지 않은 미토스와 로고스의 관계에 관한 하이데거의 말을 인용한다. "미토스와 로고스는, 그것들 모두가 시원적인 본질을 더 이상 유지하지 못하는 곳에서 비로소 갈라지고 대립하게 된 것이다."

해서는 안 된다는 것이다. 특히 비유를 직접적인 단언에 딸려 있는 장식적인 것, 그래서 무시해도 좋은 대체 가능한 것으로 간주한다면 더욱 그렇다. 비유는 '유비analogia(ana+logos)'를 전제하고 있다. 유비는 '특별한 의미들의 관계성'을 함축한다. 이를테면, 일의적 의미와 다의적 의미와 구별되는 의미가 유비적 의미이다. 말하자면 유비는 하나와 여럿, 동일성과 차이를 포괄하는 관계성이다. 그래서 플롯, 즉 미토스가 영혼, 즉 프시케에 대해 '하나이고 전체인 생명체'라는 의미에서 관계를 맺고 있다면, 그 관계는 유비적 관계로 이해될 수 있을 것이다. 즉 미토스와 프시케는 자신과 서로에 대하여 하나이기만 한 것도 아니며 여럿이기만 한 것도 아니며 동일한 것만도 아니며 차이나는 것만도 아니다. 아마도 유비와 관련된 이러한 설명에는 이 소설이 이야기하고 있는 에로스와 사랑으로 대변되는 '관계 자체'에 내재되어 있는 역설적 사태와 이해의 어려움이 반영되어 있을 것이다.

여하튼 부족하나마 플롯에 관한 앞에서의 존재론적이고 유기체적인 이해의 관점에서 봤을 때 특정 소설, 영화, 연극, 플롯 이론들에서 볼 수 있는 것처럼, 플롯을 어떤 효과적인 스토리 전개를 위해 편리하게 사용할 수 있는 미리 주어진 '테크닉'적인 규칙 혹은 틀과 같은 무엇으로 간주한 다음에 그 근거로 아리스토텔레스를 끌어들인다면, 아리스토텔레스가 플롯에 대해 말했던 의도를 오해하는 것이다. 플롯은 이야기의 외부에서 부과되는 것이 아니라 시간과 더불어 살고 있는 '영혼 속의 이야기' 혹은 '이야기 속의 영혼'의 (부)자유로운 결단을 통하여 그때마다 새롭게 안으로부터 유기체적으로 자라 나오려는 "노력"이다. 다른 양태이겠지만, 박형서의 소설이 암시하고 있는 지점 또한 그것이라고 생각한다. 그러므로 이 소설로의 접근은, 이제부터, 지금까지의 플로이, 플롯, 미토스, 프시케에 관한 해석에 근거해서 진행되어야 한다. 특히 다음의 인용문에서 발견되는 것과 같은 신화, 이야기, 영혼의 관계성에 주목해야 한다.

> 전생은 하나가 아니었다. 우리 모두에게는 수백, 수천의 전생이 있는 것이다. 〔……〕 전생의 전생을 유심히 들여다보면, 다시 그 전생의 전생의 전생이 보였다. 그게 끝없이 반복됐다. 게다가 서로 엉켰다. 엉키고 겹치고 포개졌다.

> 나는 소이 식스틴의 이야기꾼이었다. 이야기꾼이었던 것이다. 나는 백 명에게 그들의 전생을 들려줄 수 있다. 하지만 단 한 명에게도 그가 겪어온 전생 모두를 말하지 못한다……
> 슬펐다. 그토록 한계가 빤히 보이는 능력을 가졌다는 게 슬펐다. 그러나 한편으로는 안심이 되었다. 우리 중에 살인자가 아니었던 사람은 없기 때문이다. 우리 중에 배신자가 아니었고 도둑이 아니었고 희생양이 아니었던 자는 없기 때문이다. 윤회의 풍차에서 불어오는 영겁의 바람은 모든 영혼의 이력을 평평하게 만들어놓았다. (pp. 339~40)

이 소설이 말하는 영혼의 전생에 관한 신화적 이야기 속에는 운명적 인과성에 관한 우주론적 의견이 발견된다. 이 소설가가 「작가의 말」에서 과도한 친절 혹은 보충적 아쉬움을 지니고 말했듯이, 여기에는 '영혼적 존재들'의 관계성에 속하는 "부분과 전체"(p. 405)의 문제가 제기되고 있기도 하다. 어떤 의미에서 부분이 전체일 수 있으며, 전체가 부분일 수 있는가? 어떻게 부분과 전체는 인과적 영향력을 주고받는 생명적 힘의 활동을 통해서 서로를 관통하고 있는가? 만일 우주 전체가 운명과 필연에 의하여 인과적으로 빈틈없이 연결되어 있는 하나의 체계라면, 그때 자유, 선택, 우연, 미래, 새로움과 같은 가능성들은 무엇을 의미하는가? 복수나 처벌이 아닌 용서와 관용과 희생조차 어떤 필연적 "계산"에 의한 것이 아닌가? 이 물음들에 어떻게 대답을 하든지 간에, 여기서 중요한 것은 철학적이거나 과학적인 우주론적 담론들이 플롯, 미토스 즉 신화 혹은 영혼과 무관하지 않다는 것이다. 소설 또한 당연히 무관할 수 없다. 신화는 인간의 정신 활동에 언제나 내재하는 '우주론적 본능'이며, 현대의 과학, 역사, 철학, 문학 등이 그로부터 자유롭고, 또 별 상관도 없다고 생각한다면, 그것은 오만이며 착각이다.

3. 우주론적 본능

우주론적 본능이란 우주cosmos 혹은 세계에 관한 담론 혹은 이야기를 펼치고자 하는 인간들 각자의 본능을 의미할 수도 있고, 본능 자체의 우주론적 성격을 의미할 수도 있다. 즉 인간들 각자의 본능은 '미토스 혹은 로고스(말, 이성, 담론, 이야기, 논리, 비례, 법칙 등의 수많은 의미를 내포하는 로고스)'가 함축하는 광대한 우주적 배경 속에서 발생하는 무엇이다. 이 소설이 "본능"에 관심을 가지는 이유 또한 거기에 있을 것이다. 태국의 소이 식스틴이라는 장소에서 머물며 매춘부들과 마약 중독자들과 호색한들과 악당들과 그 이외의 많은 불행한 인물들에 매혹당한 관찰자인 레오는 소설 전체를 통해서 항상 본능과 계산 사이에서 방황하고 있다. 본능과 계산의 경계선은 어디인가? 어디까지가 본능에서 나온 말과 행위이며, 어디서부터가 계산에서 나온 말과 행위인가? 그 둘은 동일한 것인가? 그렇지 않다면, 그 둘의 뿌리는 어디에 있으며, 혹은 어느 것이 더 먼저인가? 이 소설의 도처에서 발견되는 발언들은 계산의 우위 혹은 계산과 본능의 무차별성을 표현하는 것처럼 보인다.

그러나 본능이라 해서 아무 계산도 없이 이루어지는 건 아니다. (p. 98)

희생은 고운 심성이 아니라 엿 같은 상황에서 나온다. 희생은 존재의 마지막 계산이다. (p. 326)

이상한 독기 혹은 냉소적 본능 혹은 이성에서 나온 것 같은 위의 발언들은 어쨌든 '계산'으로 귀결되는 '추론'을 보여주고 있다. 이쯤 되면, '본능'과 '계산'을 분리하여 생각할 것이 아니라 '본능적 계산' 혹은 '계산적 본능'에 대해서 말해야 할 듯하다. 하지만 그런 방식으로 말하는 것은 먼저 '본능'과 '계산'을 구분해보려는 우리의 노력을 무력하게 만든다. 무엇보다 인간의 '계산 능력'이란 '표상 능력'에 속하는 것이다. 계산 행위란 전체로 주어지는 사태를 아마도 뇌에 나타나는 표상 활동 속에서 개개의 사물로 분리하고 추상적 공간 위에 병렬시켜 순차적으로 비교하며 헤아리는 행위이다. 그 행위가 소위 '현실'을 향할 때, 계산은 닥쳐올 위험을 피하거나 획득될 이득을 목표로 하는 행위일 수 있을 것이다. 이 소설이 말하는 계산의 의미도 그러한 이해에서 나온 듯하다. 하지만 그 계산 행위를 가능하게 해주었던 능력, 즉 계산 이전의 충동적 힘 혹은 능동적이거나 수동적인 '겪음' (받아냄)의 능력은 계산 능력이기보다는 본능에 가까운 능력이다. 가령, 우리는 불의 태우는 능력을 계산 능력이라고 말하지 않는다. 불은 태울 것인지 말 것인지 혹은 어떻게 태울 것인지 계산하지 않는다. 불은 여건이 주어지면 무조건 태운다. 실패하든 성공하든. 이것은 물의 꺼뜨리는 능력에 대해서도 마찬가지다. 긍정적으로 나타나든 부정적으로 나타나든 아마도 본능 또한 그와 같은 비계산적 힘일 것이다. 그러므로 소설이 플로이(플롯, 영혼, 신화)를 통하여 레오의 계산이 허물어지는 지점을 이야기하는 것은 자연스러운 일이다.

플로이의 얼굴에 담긴 야비한 미소는 제가 레오를 얼마나 더 괴롭힐 수 있는지, 또 레오는 어디까지 참아낼 수 있는지 그 한계를 시험해보기라도 하는 것 같았다. 〔……〕 레오는 순순히 일어났다. 앞뒤 재보거나 자존심을 챙길 여력도 없었다. 레오는 자신이 어딘가 삐꾸한 기계 같다고 느꼈다. 그리고 리모컨은 플로이에게 있었다. 배터리도 플로이에게 있었다. 〔……〕

사람은 단순한 존재가 아니다. 사소한 움직임 하나조차 함부로 튀어나오지 않는다. 어슬렁거리며 발길 닿는 대로 걷는 것 같아도 그 바탕에는 목표점과 지리적 경험, 직관적 정보, 각종 변수들의 연산에 의한 동선의 경제성이 냉철하게 깔려 있는 것이다. 어딘가 삐꾸한 기계인 1995년 오월의 레오를 제외하면 말이다. (p. 137)

여기서 "리모컨" "배터리" 같은 표현이 나오는 것은 단순한 우연이 아니다. 여기에는 유비적으로 말해서 보이지 않는 음극들과 양극들 사이에서 발생하는 전기적 힘의 교류 혹은 대립되는 힘들의 복잡한 관계 형성이 암시되고 있다. 말하자면, 플로이와 레오는 이미 전자기 장(관계적 힘들의 장, electromagnetic field) 안에 들어와 있는 셈이다. 여기에는 대립되는 힘들의 기묘한 합치, 혹은 양극으로 갈라지기 이전의 힘의 전체성(차이를 함축하는 동일성)이 전제되어 있다. 이것이 아마도 '에로스'라는 낱말이 함축했던 의미 중의 하나일 것이다. 한 사태가 계산이 아닌 본능에 가깝게 파악될수록 대립적인 부분들은 점점 전체성을 띠게 된다. 그러므로 소설이 레오와 플로이를 다시 만나게 해준 중간자 역할을 한 늙은 창녀인 욘과의 만남을 이야기할 때 "우연과 운명"의 합치에 관하여 언급했던 것은 잠재적 필연성이며 또한 잠재적 가능성이었다.

우연과 운명은 거의 정반대의 의미를 가진 단어지만, 레오가 소이식스틴에서 욘을 만난 건 우연이자 동시에 운명이었다. (p. 45)

하지만 레오에게 계산 능력이 사라졌던 것은 아니었다. 본능의 힘이 더 강력한 영향력을 발휘한 것이다. 그런데 '본능'과 '계산'의 미묘한 대립과 합치에 대해 이야기하면서 소설이 "과학자"라는 말을 하는 것은 의미심장하다.

나란히 방으로 들어오면서 레오는 자기가 졌다는 사실을 인정했다. 완전히 진 것이다. 이제는 어쩔 도리가 없었다. 플로이가 나가 죽으라고 하면 죽어야 했다. 〔……〕 가슴이 먹먹했다. 참고 있던 눈물이 주룩 흘렀다. 이제 내 인생은 끝이다. 어릴 적엔 아인슈타인 같은 과학자가 되고 싶었는데. (pp. 129~30)

"과학자"라는 말은 뒤의 유사한 맥락에서 다시 언급된다. 그런데 레오가 플로이에게 "졌다"는 사태가 왜 레오가 "과학자"가 되지 못하는 사태와 대비되고 있는 것인가? 우리는 앞에서 인간의 본능이란 미토스와 로고스라는 우주적 배경 속에서 발생하는 무엇이라는 생각을 말한 바 있다. 플로이에게 이끌린 레오의 본능과 과학자에게 이끌린 레오의 본능은 '본능 자체'의 관점에서는 거의 구분되지 않는다. 말하자면, 과학자에 이끌린 이유는 '우주론적 본능' 때문이며, 플로이에 이끌린 이유는 '본능적 우주론' 때문이다. 물론 우리는 이 우주론적 본능과 본능적 우주론 사이에서 일어나는 전도와 역전이 언제, 어디서, 왜 시작해서 어떻게 끝나는지 모른다. 이 전도와 역전에는 이 소설이 보여주듯이 어둡게 예감되는 비극적 운명과 '고통의 정서'(능동적이면서 수동적인 겪음)가 스며 있다.

이와 같은 관점에서, 아리스토텔레스가 플롯, 즉 미토스의 필수적 구성요소로서 언급했던 역전peripeteia, 인지anagnorisis, 파토스를 이해할 수 있다. 그것들은 스토리 전개의 테크닉적 요소들 혹은 법칙적 구조가 아니라 존재론적 본능에 속하는 관계적 요소들이다. 따라서 '인지'의 측면에서 고려했을 때, 이 소설의 도처에서 이야기되는 '과학적 담론'들은 현대의 '자연과학'(이때 '자연physis'은 어떻게 이해되고 있는가?)에 한정되는 학이나 지식일 뿐만 아니라 보편적이고도 구체적인 생명에 속하는 앎이다. 그리고 이때의 '앎'은 인식론적인 것이 아니라 존재론적인 것이다. 영혼은 앎의 존재다. 소설이 "영혼은 기억"이라고 말하면서 "영혼을 가진 존재"(p. 106)에 대해서 말하듯이, 그때 '기억' 혹은 '앎'은 우선 '존재'다. 그렇기에 영혼에 속한 '본능'과 '계산' 사이의 전도와 역전에는 애정, 증오, 원한, 복수의 구체적인 관계적 존재를 전제하는 파토스가 생겨날 수 있다. 이 소설이 "삶의 방향이 온통 전생의 복수를 향해 놓인 관계"(p. 139)에 관해서 말할 때, 이때 "전생"이란 보존된 과거의 기억, 의식될 수도 되지 않을 수도 있는 '관계적 파토스'를 가진 기억, 영혼, 존재를 말한다(물론 우리는 지금 '순수 기억'에 대해서 말하고 있지 않다). 『새벽의 나나』라는 소설은 저 '관계적 파토스의 기억'으로부터 형성되는 관계들 안에서 발생하는 전도, 역전, 인지의 사건들에 관한 이야기 혹은 담론이다.

4. 음란, 소설의 우주

이 소설은 음란한 소설이 아니라 음란에 관한 소설, 즉 음란을 연구하며 이야기하는 소설이며, 그래서 음란하지 않은 소설이다. 그것은 마치 범죄를 연구하는 범죄학이 범죄가 아닌 것과 같으며, 악을 인지하는 것이 곧 악이 아닌 것과 같다. 물론 여기에는 경계해야 할 위험성이 뒤따른다. 연구자와 연구 대상의 '관계'가 유지되지 못하고 한쪽이 다른 한쪽에 완전히 흡수되어버리면 그때부터는 더 이상 연구를 진행할 수 없기 때문이다. 소설의 주인공 혹은 서술자가 여러 악조건과 변화무쌍한 파토스에도 불구하고 관찰자의 자세를 유지하는 것은 이 때문일 것이다. 그러나 그 모든 조심스러운 태도에도 불구하고 관계 속에서 발생하는 전도와 역전의 사건을 전적으로 막을 수는 없는 일이다. 여기에 정신분석학이 말하는 '전이'와 '역전이'의 현상이 있을 것이다. 이때 요구되는 것이 긍정적 희망 혹은 순수한 의지 혹은 투명한 양심과 같은 것이기에, 소설은 영혼의 윤회에 대해서 다음과 같이 말하고 있다.

> 둘러보면 너무도 많은 상처받은 영혼들이 전생에서 입력된 것과 정반대의 삶을 살아가고 있었다. 그들은 맹렬한 증오와 원한 대신 타인에 대한 밑도 끝도 없는 동정과 대가 없는 베풂, 그리고 무엇보다도 그것들을 **가능케 하는 선량한 자유의지를 씨앗**처럼 품고 있었다. 집요하게 복수를 추구하는 자들보다 오히려 훨씬 다수라서, 레오는 대부분의 윤회가 원한의 연쇄 사슬이라는 자신의 선입견을 교정해야 했다. 요컨대 윤회가 존재하는 목적은 복수가 아니라 용서해줄 기회를 잡기 위함인 모양이었다. (p. 217, 강조는 인용자)

이 소설이 말하는 '영혼'에 관한 담론 혹은 이야기는 불교나 힌두교, 그 밖의 다른 종교나 신화에서 나타나는 우주론을 함축하기도 하고, 다른 한편으로 '예정 조화'나 "가능한 최선의 우주"(p. 318)에 관한 라이프니츠의 우주론을 함축하기도 한다. 어떤 면에서는 '신 즉 자연'이라는 스피노자적 우주론이 보이기도 하며, "그분과 만물이 맺은 약속"(p. 206)을 언급하는 대목에서는 또 다른 종교철학적 우주론(가령 구약, 특히 「욥기」에서 해석해낼 수 있으며 괴테의 『파우스트』에서도 볼 수 있는 우주론, 즉 신과 인간 혹은 악마와의 '계약' 혹은 '내기'를 내포하는 우주론)이 보이며, "DNA의 존재 이유"(p. 233)에 대해서 말할 때는 특정한 생물학적 우주론이 보이기도 한다. 하지만 이 소설이 함축하는 결정적인 우주론은 일종의 원초적 우주론인데, 그것은 '카오스' 혹은 '알'의 우주론이다.

'카오스'는 무제약적 통음난무의 느낌, 어지럽게 무질서하고 난잡하게 얽혀 있는 카니발의 느낌, 즉 '음란'한 느낌을 준다. 그런데 소위 동음이의어로 '음란'은 고환, 즉 '불알'을 의미하기도 했다. 우리는 「'사랑손님과 어머니'의 음란성 연구 — '달걀'을 중심으로」에서 "남근 중심적 사고에서 벗어나 불알 중심적 사고로 옮겨가야 할 것"(p. 150)이라는 진지한 농담을 만났었는데, 이때 "불알"은 생명의 근원이며 시작이며 재생이며 부활인 우주적 '알'과의 연관성 속에서 언급되었으며, 그때 특별히 주목되었던 것이 알의 성적 상징성이었다. 즉 알은 남녀 양성체임이 강조되었다. 따라서 불알이건 그냥 알이건 그것으로 상징되는 것은 남성성과 여성성의 혼돈적 전체성이며, 그때마다 반복되며 새롭게 재생되는 생명력이다. 이 혼돈스런 알이 이 소설의 우주이다. 들뢰즈처럼 말한다면, 이 우주에 대해서 '카오스'와 '코스모스'의 내재적 동일성이나 영원회귀의 운동을 말할 수도 있을 것이다.

이 소설의 중심적 주제인 매춘부의 신화 또한 이러한 소설의 우주와 연관되어 있다. 과거의 매춘부인 지아, 현재의 매춘부인 플로이, 미래의 매춘부인 라노는 혼돈적 전체 속에서 새로워지는 영원회귀의 운동 속에 있는 존재로 표현된다. 소설은 지아가 아버지에게 강간을 당한 뒤 "괴물" 같은 아기를 낳은 후 병에 걸린 상태에서 "전설적인 매춘부"로 변신하는 과정을 이렇게 묘사한다.

그런 상태로 다시 보름이 지난 어느 밤, 허물이 스르르 벗겨지면서

썩은 살갗과 피고름 속에서 알몸의 지아가 걸어 나왔다. 뒷마당으로 가 아기 무덤을 세 바퀴 돈 후, 벽에 걸려 있던 의료 가운을 훔쳐 입고 치앙마이 시내로 갔다. 그리고 전설적인 매춘부가 되었다.

그게 지아에 대해 말할 때 사람들이 하는 이야기였다. 듣다 보니 인간이 되기 위해 쑥을 먹었다는 곰이 떠올랐다. (p. 83)

곰뿐만 아니라 여러 종교, 신화에 등장하는 우주적 뱀을 상기시키기도 하는 저 여성의 변신에는 허물 벗기 혹은 알 깨기, 즉 앞의 인용문 속에서도 언급되었던 "씨앗"의 부패를 통한 싹 틔우기 등의 이미지가 발견된다. 이 글의 시작에서 말했듯이, 저 고통스러운 부패와 재생의 파토스가 보여주는 불편함에도 불구하고 "아름다움의 황홀한 현현"이며 "후광처럼 빛나는 띠 안쪽에 흰 존재"(p. 337)로 묘사되는 지아의 이미지는 신화적이고 원형적인 자연 혹은 생명 혹은 영혼의 이미지다. 이 이미지는 플로이와 라노 또한 공유하는 이미지다. 이 소설이 말하는 매춘부를 긍정적으로 해석했을 때, 거기에는 고통보다 더욱더 깊은 즐거움을 향유하는 자연적 생명력의 이미지가 나타나는데, 이 생명력이 재생 직전의 쇠락한 힘인 한에서 욘과 같은 노파의 이미지로 나타나며, 그 힘이 끊임없이 새로워지는 힘인 한에서 라노와 같은 소녀의 이미지로 나타나며, 그래서 신화적 매춘부는 또한 처녀이기도 한 것이다. 이 여성적 힘은 그 깊이에서 순수한 힘이며, 그 안에서 **존재론적이고 인식론적인 불순물들이 투명하게 '정화catharsis' 되는 힘이다.** 이것이 **플롯과 카타르시스의 연관성**이며, 이러한 긍정적인 생명력의 형상화를 위해서 소설은 레오의 성찰적 시선을 필요로 했던 것이다.

　마지막으로, 이 소설이 매춘부의 이미지에 상응하는 호색한의 이미지를 에릭이라는 남성을 통해서 구현했다는 점을 간과해서는 안 되겠다. 돌손님 혹은 석상의 복수와 함께 지옥으로 가는 모차르트의 돈 조반니와는 다르게 자살을 택하는 에릭은 단순히 아무 여자나 찾아다니며 엽색 행각을 벌이는 인물이 아니다. 긍정적으로 해석된 에릭은 이를테면 "날개 달린 눈먼 아이"가 상징하는 영원한 충동, 그 미지의 충동이 이르고자 하는 지향점과의 최후의 합일을 끊임없이 추구하는 인물이다. 에릭의 소위 '자유로운 성적 취향'의 바탕에는 인지되지 않았고 성취되지 않았던 우울한 충동이 숨어 있었다. 에릭이 콴이라는 여성과의 만남에서 발생한 역전과 인지를 통해서 자신의 충동이 속해 있던 어둠을 보았을 때, 그는 엄청난 양의 "술"(융합 혹은 융해의 상징)을 마시고 자살한다. 소설이 "남녀 간의 성적인 결합은 에릭의 퉁명스럽고 장난기 가득한 말투 속에서 평범한 교환 행위로 탈바꿈했다"(p. 231)고 말할 때, 거기에는 이미 비극의 전조가 있었던 것이다. 에릭의 소위 '자유'는 이미 자유가 아니었다. 이런 측면에서, 이 소설은 성교, 매춘에 관한 소위 '자유 사상'을 담고 있는 소설이 아니다. 이 소설이 이야기하는 성교나 매춘의 배후에는 오히려 그 안에서 인간 각자가 자유로울 수 없는 우주적 힘들의 갈등, 긴장, 투쟁, 융화의 서사가 발견된다. 그러므로 이 소설의 우주를 매춘부와 호색한의 우주라고 하지 말자. 이 소설의 우주는 재능과 대담한 재치를 갖춘 한 소설가의 관점에서 성실하게 파악된 영혼과 에로스의 우주다. 구체적 관계 속에서 변신하고자 하는 소설의 영혼이 살고 있는 혼돈의 우주다.

두 아이의 어느 별

—정찬의 「두 생애」와 이승우의 「한낮의 시선」 사이에서[1]

2010년이 도래하기 얼마 전인 2009년의 하반기에 약 석 달의 간격을 두고 출간된 정찬과 이승우의 두 소설들에서 강한 종교적인 성격이 발견된다는 사실은 자연스러우면서도 의외인 사실이다. 의외인 이유는 그 두 소설들의 종교적 성격이 지금의 대략적인 시대 경향과 소설 경향, 즉 비(非)-종교적인 혹은 반(反)-종교적인 혹은 무(無)-종교적인 경향과 대비되기 때문이며, 자연스러운 이유는 이 두 소설가의 오랜 작품 활동이 이미 그러한 경향성과 대비되어 진행되어왔기 때문이다. 그렇지만 지금의 시대와 소설의 경향에 대하여 '비' '반' '무'와 같은 말을 '종교적'이라는 말에 이어 붙인 표현으로 단정하는 일은 아마도 다소 과장된 처사일지 모른다. 엘리아데M. Eliade 같은 신화, 종교학자가 파악하는 인간의 본성과 어느 정도는 다를 수도 있겠지만, 이 두 소설가의 소설을 통해서도 감지할 수 있는 인간의 본

---

1) 정찬, 『두 생애』, 문학과지성사, 2009.
　이승우, 『한낮의 시선』, 이룸, 2009.

성에는 이를테면 '종교적 인간homo religiosus'의 본성이 적어도 한 측면으로서 내포되어 있기 때문이다. 종교적 인간…… 그것은 무엇을 의미하는가? 말하자면, 인간이 다음과 같은 존재의 본성을 추구하고 그리워한다는 의미인가? 완전성, 불멸, 성스러움, 지복(至福)…… 혹은 적멸(寂滅, nirvana)……

그러한 본성에 관한 긍정이나 부정, 그러한 본성의 존재여부를 묻지 않더라도, 어떤 의미에서 모든 인간이 종교적 인간이라면, 유신론자는 물론 무신론자도 종교적 인간일 것이다. 그리고 이때 무신론자들 중에서도 다양한 부류가 존재할 것이며, 유신론자들 중에서도 가령 유일신론자monotheist, 다신론자polytheist, 범신론자pantheist 같은 다양한 부류의 사람들이 존재할 것이다. 그런데 각 개인의 가장 깊은 곳에 간직된 고유한 신념과 믿음이 무엇인지는 놓아둔 채로, 낱말의 의미에 관해서만 묻자면, '유신론자'라는 말과 '무신론자'라는 말은 실제로 서로 완전히 다른 부류의 사람들을 의미하는 말인가? 이를테면, 유신론자란 신이 있다고 말하는 사람이라기보다는 '있는 신'을 말하는 자를 의미하는 말이며, 그와 같이 무신론자란 신이 없다고 말하는 사람이라기보다는 '없는 신'을 말하는 자를 의미하는 말일 수도 있지 않은가? 도대체 '없음' 혹은 '무'라는 말은 무엇을 의미하는가? 없는 것은 없다. 없는 것을 지각할 수도 없고, 없는 것을 생각할 수도 없다. 그래서 '무'라는 것은 생각할 수 없다. 그러므로 우리가 말하고 느끼고 상상하고 생각하는 모든 것은 '무'가 아니다. 따라서 '무'라는 말을 굳이 사용한다면, 그것은 존재하는 무엇인가를 의미하는 것이다. 아마도 무한정하게 펼쳐진 공허, 어둠, 혹은 투명한 공간과 같은 이미지를 떠오르게 하는 무엇. 또한 아마도 그렇기 때문에 이를테면 '무로부터ex nihilo의 창조'라는 말에서 '무'는 '없는 것'을 의미하는 것이 아니라 '무'라는 말을 사용할 수밖에 없게 하는 어떤 미지의 존재를 의미할 수 있을 것이다. 그것이 무엇인가? 이 물음에 답하기 위해서는 '무'라는 말보다 '~로부터'라는 말에 더 주의를 기울여야 한다. 그로부터 피조물이 생겨나는 그것. 순수 가능태로서의 질료hyle, materia. 물론 이 질료가 어떠한 존재인지 사람들은 합의에 이르지 못했으며, 사정은 혼란스럽다.

이런 혼란은 서로 다른 유신론자들 사이에서도 발견된다. 즉 그들은 '하나mono-' '여럿poly-' '전체pan-'의 각 의미와 그 의미들 사이의 관계에 관하여 합의에 이르지 못한 것이다. 그래서 어떤 사람들은 가령 '여럿'은 '있어도 없다'거나, 혹은 '하나'는 '있지도 않고 없지도 않다'거나, 혹은 '부분 없는 전체'는 '없으면서 있다'거나, 혹은 오직 '여럿'만 '있지도 않고 없지도 않다'거나 하는 등의 생각을 했던 것 같다. 그리고 이러한 개념들에 '초월'과 '내재' 혹은 '안'과 '밖'의 개념에 대한 서로 다른 의견들이 더해지면 불일치와 부조화는 더욱 더 늘어난다. 더 나아가 존재, 무(혹은 비-존재), 하나, 여럿, 전체, 초월, 내재, 안, 밖의 각 의미들에 '동일성'과 '차이'(혹은 타자성)에 대한 대립적인 해석들이 가해지면, 이제는 각자가 서 있는 자리가 어디인지조차 애매모호해지는 것 같다.

이러한 미확정과 불안정과 불확실로부터 인내와 기다림 없이 극단적으로 생겨 나오는 오만한 아집과 배타적인 욕망 사이에서 벌어지는 대립, 충돌, 폭력 그리고 그 밑바닥에서 발견되는 혼란, 불안, 우울, 분노, 절망, 고통, 회의, 슬픔, 상처가 이 두 소설가의 종교적인 소설들의 출발점이 되고 있다. 여기서 이 두 소설가의 소설들을 '종교적'

이라고 지칭하는 목적은 이 소설들이 위에서 언급한 언뜻 추상적으로 보이는 '종교적 원리'(?)들에 대한 형상화를 시도했다거나 적절한 해결책을 소설적으로 제시했다는 것을 의미하기 위해서가 아니다. 예를 들면, 그 소설들은 '하나'와 '여럿'에 대해서 말하지 않는다. 그저, 이 승우의 장편소설은 '아버지'에 대하여 강조점을 부과하여 말하고 있고, 정찬의 소설집을 구성하는 단편소설들은 '어머니'에 대하여 강조점을 부과하여 말하고 있으며, 그에 뒤따르는 자연적인 귀결로서 둘 다 '아이'와 어떤 '사랑'에 대하여 말하고 있다. 그리고 그 소설들 속에 나타나는 아버지, 어머니, 아이는 각 존재의 '이상'적인 존재와 '사실'적인 존재 사이의 긴장 관계 속에서 때로는 분열되고 때로는 중첩되는 '이미지'와 '닮음'으로 표현되고 있다. 아버지를 찾는 아이 혹은 어머니를 찾는 아이가 느끼는 이상(별-하늘)과 사실(땅) 사이의 거리감을 다음의 인용문은 잘 보여주고 있다.

내가 기대한 것은 긍정하고 끌어안고 붙드는 아버지였다. 집을 나갔다가 재산을 탕진하고 영혼이 피폐해져서 돌아오는 아들을 환영하기 위해 맨발로 달려나오고 새 옷을 준비해두었다가 입히고 잔치를 벌이는 아버지. 그것은 환상이었다. 내가 본 것은 달려나오고 옷을 입히고 잔치를 벌이는 아버지가 아니라 부정하고 쳐내고 잘라내는 남자였다. 집을 나간 탕자가 아닌데도 그랬다. 나 역시 부정하고 쳐내고 잘라내야 했다. 그럴 수 있을 것 같다기보다 그래야 할 것 같았다. (『한낮의 시선』, pp. 150~51)

그가 어머니를 잃은 것은 아홉 살 때였다. 내가 어머니를 잃었을 때보다 두 살 어렸다. 아홉 살 아이가 어머니 대신에 찾은 존재가 성모 마리아였다. 그가 교황 문장(紋章)에 새긴 것은 마리아의 첫 글자 'M' 이었다. 그의 좌우명 '온전히 당신의 것' 역시 성모 마리아를 향한 것이었다. 아흐자의 총에 맞았을 때 그의 입에서 흘러나온 말은 "성모님, 저의 어머님……"이었다. 내 가슴속 아이는 그런 그를 경멸했다. 질투하고, 증오했다. 경멸과 질투와 증오의 원천은 고통의 차이였다. 그의 고통은 은총의 한 형태였다. 하지만 나의 고통은 무의미한 것이었다. (「두 생애」, 『두 생애』, p. 34)

이 소설들의 의미를 더 잘 이해하기 위해서는 아버지와 어머니에서 다시 하나와 여럿으로 돌아갈 필요가 있다. 도대체 하나가 왜 그렇게 중요한 것인가? 하나가 어떤 '수'나 '양'의 의미, 가령 '1'이나 '한 개'의 의미일 뿐이라면 하나가 그렇게 중요하지는 않을 것이다. 그것은 어떤 '질'적인 의미를 지닌 것 같다. 즉, 어떤 궁극적인 '단일성' '충만' '완전무결함'…… 또한 신플라톤주의자들이나 그들이 해석한 플라톤에게서 하나는 궁극적인 선, 좋음과 동의어이다. 그런데 이 하나와 다른 것, 혹은 하나가 아닌 것, 혹은 하나에 반하는 것, 혹은 하나가 없는 것이 있다면, 그것은 분열, 결핍, 공허, 불완전함, 악을 의미할 수 있다. 여럿, 즉 '다수성' 혹은 '다양성'이 이러한 성격을 지닌 것으로 여겨지기도 했다. 그런데 '여럿'의 시작은 '둘'이다. 즉, '둘'의 존재가 전제되면 자연적으로 무한정의 '여럿'이 뒤따른다. 둘은 어떤 궁극적인 '이원성'을 의미하는 것 같다. 이 이원성이 부정적으로 표현되면, 그것은 선과 악의 대립되는 두 본성을 의미할 수 있다. 다른 한편으로, 이원성은 정신과 자연, 혹은 자연 자체의 양극성을 의미할 수 있으며, 무엇보다 '사랑'의 실재를 표현하는 무엇이다. 사랑은 서로 다른 분리된 두 존재를 전제하기 때문이다. 사랑하는 자와 사랑받는 자, 그리고 그 사이를 연결하는 사랑. 사랑은 그래서 '셋'과 연관 된다. 이 '셋'은 '아이'이며, 그래서 사랑의 창조성, 생산력, 다산성을 의미할 수 있다. 그래서 아마도 화이트헤드 같은 철학자는 그 정확한 함축은 다소 다를 수 있을지라도 자신의 우주론적 체계 안에 '궁극자의 범주'를 도입하면서 '일one' '다many' '창조성creativity'의 '셋'을 말했을 것이다. 하나, 둘, 셋……

물론, 하나와 여럿에 관한 그렇게도 서로 다른 오랜 사유의 역사는 앞에서와 같이 간단히 설명될 수 없는 복잡한 것을 담고 있다. 여기에는 '카오스'와 '코스모스'에 관한 몇 천 년이 넘는 오래된 논쟁거리와 관련된 문제가 함축되어 있기도 하다. "카오스, 땅은 혼돈하고 흑암이 깊음 위에 있는 상태"와 "혼돈을 향해 빛이 있으라, 하고 외치는 신의 음성"과 관계가 있는 문제(『한낮의 시선』, p. 44). 혹은 헤시오도스의 『신통기』를 예로 들자면 카오스, 에로스, 가이아, 우라노스, 크로노스, 티탄 등과 관련된 문제. 즉, 우주창조 혹은 우주생성을 둘러싼 신화적, 종교적, 철학적, 과학적 문제들. 정찬과 이승우의 소설들이 지속적으로 이야기하며 사유하며 공감하는 아버지, 어머니, 아이의 문제는 하나, 둘, 셋…… 즉 하나와 여럿의 존재를 둘러싼 그러한 문제들과 깊은 관계가 있다. 신, 자연, 인간의 문제…… 그리고 정신, 몸, 영혼의 문제……

이러한 문제는 단지 '신화적'이거나 '사변적'인 문제에 지나지 않는가? 신화는 단지 상징적이거나 비유적이고 유치한 이야기이며 사변은 추상적이고 공허한 이야기인가? 먼저 말해야 할 것은 아버지, 어머니, 아이, 즉 하나와 여럿의 문제는 결코 추상적 사변으로부터 나온 문제가 아니라는 것이다. 그것은 각자가 원하건 그렇지 않건 일상의 삶 속에서 이상 혹은 사실의 여러 양태로 부딪히고 있는 문제이며, 정찬과 이승우의 소설이 깊은 성찰적 시선을 통해서 말하고 있는 것은 그러한 구체적인 문제이다. 다음으로, 신화가 상징적이고 비유적이고 유치하다고? 계시종교와 자연종교의 구분을 떠나서, 신화가 유치하다는 생각은 그야말로 유치한 생각이다. 가령, 창조 신화나 우주 생성 신화는 유치하고 빅뱅이론은 말하자면 '비―유치'한가? '무로부터의 창조'는 계몽되지 못한 무지한 환상에 불과하고 진화론만이 유일한 불변의 진리인가? 천동설을 패배시킨 지동설의 승리는 종교적 암흑의 시대를 넘어 과학적 광명의 시대로의 이행을 가능하게 한 상징적 사건인가? 종교 재판을 통한 장작불화형에서 핵분열을 통한 원자폭탄으로……? 그리고 '비유' 혹은 '상징'이라는 것이 어떤 '모자람'이나 '궁여지책' '방편'을 의미하는가? 문학의 언어라는 것이 곧 어떤 진정성을 가진 작가가 자신의 방식으로 이상과 사실 사이에서 공명하며 파악한 실재의 유비와 아이러니에 기초하여 표현한 비유와 상징과 역설의 언어가 아닌가?

종교와 과학…… 그리고 인간…… 그 모든 유익한 성취와 슬픈 과오들, 희미한 이상들, 부정할 수 없는 사실들, 대립과 분열…… 그리고 어떤 절망과 희망의 언어들……

비유와 상징의 언어와 사실의 언어의 경계는 불명료하다. 아버지에 관하여 말하는 이승우의 소설에서 "태양"이 자주 언급되는 이유는 무엇인가? 어머니에 관하여 말하는 정찬의 소설에서 "달"이 자주 언급되는 이유는 무엇인가?

이승우의 소설에서는 아들을 부정하는 아버지에 대해 회의하는 화자-주인공이 길게 이야기하는 "아버지인 태양"과 관련한 신화가 등장하기까지 한다(『한낮의 시선』, pp. 130~33). 그래서 소설의 제목인 『한낮의 시선』은 '태양의 시선'으로 바꿔 읽을 수도 있다. 아버지와 태양? 두 존재 중의 어느 쪽이 상징 혹은 비유이고 어느 쪽이 의미 혹은 사실인가? 말할 것도 없이 태양이 상징이고 아버지가 그 상징의 의미인가? 아니면, 태양계 안에서 자연과 인간의 생존에 절대로 없어서는 안 되며, 일정한 범위 안에서 더 가까이 다가갈 수도 없고 더 멀리 떠날 수도 없으며, 지구 '밖'에 있으면서도 자신이 충만하게 가진 빛, 열, 에너지를 보내주기 때문에 어떤 의미에서 지구 '안'에 있다고 할 수도 있는 태양의 위상을 감안하면, 아버지가 상징이고 태양이 그 상징의 의미인가? 그것도 아니면, 아버지와 태양은 동일한 존재를 의미하는 말인가? 그것도 아니면, 아버지와 태양은 그러한 유추에 기초해서 파악해야 하는 그 너머의 다른 무엇을 의미하는가? 이 마지막 가능성을 따르면서 기억해야 할 것은 플라톤에게서 태양은 '좋음'을 의미했으며, 그 '좋음'이란 플라톤주의의 전통에서 '하나'를 의미한다는 것이다.

더 나아가, 이승우의 소설에서 묘사되는 태양의 시선, 즉 아버지의 시선은 어떤 '미지의 정신의 시선'을 의미하기도 한다. 즉 "누군지 알 수 없지만 내가 아는 사람"(p. 29)의 시선, "내가 무의식적으로 의식한 시선"인 "아버지의 시선"(p. 45)이 아들의 정신적 어둠 속에 불안한 동요를 불러일으키면서 그의 의식을 일깨우는 역할을 하고 있는 것이다. 바꿔 말하자면, 이 '하나를 의식하는 인간의 정신'은 마치 '눈'이 태양으로부터 나오는 '빛'을 통하여 태양을 볼 수 있듯이 하나로부터 나오는 정신을 통하여 하나를 의식한다. 아버지, 태양, 좋음, 하나, 정신…… 그러므로 여기서 태양은 물리적 태양만을 의미하는 것이 아니라 어떤 정신적 태양을 의미하기도 한다. 그리고 이 거부할 수 없는 정신적 태양의 시선이 아들로 하여금 미지의 아버지를 찾아 나서는 길을 떠나도록 그의 욕망을 자극했으므로, 그것은 어떤 '근원적 충동'을 의미하기도 한다.

근원적 충동…… 이 충동은 미지의 아버지의 충동인가, 아들의 충동인가?

여기서 어떤 이해하기 어려운 사건이 발생한다. 아버지는 어떤 의미에서 아들이기도 하다는 것이다. 그래서 결국 주인공이 의식한 시선은 '미지(未知)'의 아버지의 시선이라기보다는 '기지(旣知)'의 아버지인 아들의 시선임이 드러난다. 태양은 그러므로 아버지-아들을 의미하게 된다. 이것은 소설의 초반부에서 암시되는데, 거기서 아버지를 찾기 전의 주인공은 석양 무렵의 숲에서 "현실과 비현실이 교차하는 어느 지점에서 서성인 것 같은 느낌"을 받으며 태양을 연상시키는 "얼굴이 둥그스름하다는 인상을 주는 남자"를 보게 되는데, 그 남자는 "청년 같아 보이는가 하면 노인 같아 보이기도 했다"는 것이다 (p. 27). 이 청년-노인은 아마도 "아직 태어나지 않은 해"가 "막 떠오른 신생의 태양"으로 나타났을 때였다면 '아이'로 나타났을 수도 있었을 것이다(p. 81, p. 159). 이 아버지-아이의 '충동'을 어머니와 대비시키고 있는 화자-주인공-아이의 괴로운 생각이 어떠한 것인지 들어보자.

휴전선에서 가장 가까운 인구 3만의 도시를 걸으며 나는 집과 광야에 대한 상념을 곱씹었다. 집이 어머니의 영역이라면 광야는 아버지의 세계였다. 어머니는 집을 짓고, 가정을 꾸리고, 일구고, 정착하고, 쌓는 자였다. 아버지는 광야로 나가고, 떠나고, 헤매고, 버리고 뿌리치는 자였다. 어머니는 책임감에 사로잡혀 있고, 아버지는 자유로움에 들려 있는 자였다. 땅과 하늘, 실리와 명분, 구심력과 원심력…… 상념은 처음에는 추잉껌처럼 말랑말랑했지만 나중에는 고무처럼 질겨져서 씹을 수가 없었다. (『한낮의 시선』, pp. 55~56)

왜 이 아이는 아버지(하늘)와 어머니(땅) 사이에서 분열되었는가? 왜 아버지와 어머니는 그렇게 대립과 불화를 계속해야 하는가? 마치 태양이 밤의 영역에 속할 수 없고 달이 낮의 영역에 속할 수 없듯이…… 아버지는 "하늘"이고 어머니는 "땅"이기 때문인가? "땅"은 무엇을 의미하는가? 지구, 흙, 몸…… 더 일반적으로 말하자면 정신과 대립되는 자연. 어머니 자연……? 이 소설의 주인공-아이의 의식에는 이러한 대립적 구도가 들어 있는 듯하다. 한편으로 하늘-아버지-정신-남성이 있고, 다른 한편으로 땅-어머니-자연-몸-여성이 있다. 그리고 그 사이에서 양자택일의 결단이 필요하다는…… 마치 종교와 과학, 창조와 진화의 대립과 유사한……

정찬의 소설에서 그려지는 어머니는 땅에 속한 존재이기도 하지만, 하늘에 속한 존재이기도 한 듯하다. 성스러운 어머니…… 이승우의 소설에서 아버지-아들이 태양의 이미지와 겹쳐서 나타났다면, 정찬의 소설에서는 어머니-딸이 달의 이미지와 겹쳐서 나타난다. 그런데, 정찬의 이번 소설들에서 나타나는 어머니와 달의 관계는 이승우의 소설에서 아버지-아들과 태양의 강렬하고 명료한 시선이 연관되는 것처럼 그렇게 뚜렷하게 제시되지는 않는다. 정찬의 이미지들은 소설들이 주는 전체적인 느낌 속에서 미묘하게 제시된다. 그래서 정찬이 표현하고자 하는 어머니와 달의 의미를 이해하기 위해서는 어떤 상징적이고 신화적인 해석이 요구된다.

태양이 하늘에 있듯이, 달도 하늘에 있다. 달은 '어둠' 속에서 '별'과 함께 나타나서 태양의 빛을 '반영'한다. 즉 달은 어떤 '수동성'의 영역에 있다. 그런데 이때 수동성은 어떤 '무력함'이나 '비-활동성'을 의미할 수 없다. 오히려, 이 수동적 힘은 자신이 받은 능동적 힘을 모아서 간직하는, 지속시키는 힘으로서 그것을 다시 어떤 생산적 힘으로 생성, 변화시키는 힘이다. '무한정'의 '여럿'과 관련된 힘. 개별적 존재들에게 '연속성'을 부여하며 융합시키고 연결시키는 힘. 이를테면, 한 '인간'으로 하여금 "두 생애의 융화를 꿈꾸"게 하는 힘(「두 생애」, p. 9). 그 힘은 어둠, 침묵, 정지 속에서 느리게 스며들어와 따뜻하게 감싸 안으며 포용하는 어떤 힘을 연상시키며, 보이지 않는 곳에서 작용하는 극도로 섬세하고 부드럽고 미묘한 힘과 같은 것으로 이해될 수 있을 것 같다. 거친 폭력성을 통해서는 감지될 수 없는 힘. 어머니를 그리워하면서 잠들었다가 깨어난 소설 속 화자-주인공의 경험이 암시하고 있는 것은 바로 그러한 미묘한 느낌의 힘이다.

그가 잠에서 깨어났을 때 고요한 어둠이 느껴졌다. 고요한 어둠은 그를 부드럽게 감쌌다. 몸 안으로 어둠이 스며드는 듯했다. 몸 안의 어둠과 몸 밖의 어둠이 뒤섞이는 듯한 느낌은 미묘했다. 몸의 경계선이 사라지는 듯한 느낌이었다. 어둠이 아주 캄캄하지는 않았다. 달빛 때문이었다. 들창으로 스며드는 달빛이 어둠을 푸르스름하게 물들였

다. (「그 남자는 왜 거기에 서 있었을까」, 『두 생애』, p. 72)

이러한 달, 어둠, 고요, 융화와 연관된 힘이 정찬의 다른 소설 속에 등장하는 어머니의 몸 안으로 들어가고자 하는 충동을 가진 한 아이에게는 어떤 '평화로운 물'의 이미지와 연관된다.

눈을 떴을 때는 다음 날 새벽이었다. 창으로 스며드는 푸르스름한 달빛이 보였다. 처음에는 그것이 달빛인지 몰랐다. 물처럼 느껴졌다. 누워 있는 곳이 물속이라고 생각했다. 왜 물속에 누워 있는지, 의문이 들지 않았다. 의문은커녕 당연하게 여겼다. 마음이 평온했다. 얼마나 평온했으면 내 생애가 기억나지 않았을까. 나는 어떤 삶도 산 적이 없었다. 물속에서 방금 태어난 느낌이었다. 내 몸이 한 송이 수련이었다 해도 조금도 놀라지 않았을 것이다. (「그는 누구인가」, 『두 생애』, pp. 216~17)

달, 물, 수련…… 달의 뒷면(혹은 어둠의 면)이 달의 앞면(혹은 밝은 면)의 증대와 감소(혹은 수축과 확장), 즉 달의 끊임없는 '성장과 변화'를 가능하게 하는 힘을 상징한다면, 달은 어떤 '자연'의 '근원적 생명력'을 의미할 수 있다. 그런데 이런 해석은 어떤 원시적 '애니미즘 animism'이나 근대과학의 관점에서 이해되는 '물활론hylozoism'을 함축하는 해석인가? 원시적이라고? 물활론이라고? 아니, 애당초 근대과학이 가정하는 기계론적이고 결정론적이고 환원주의적인 물질개념을 전제하지 않은 사유의 양태에 그러한 이름을 부여하는 것이 정당한 일인가? 마치 어머니 자연이라는 말을 한 사람들이 어머니를 먼저 아무 생명도 힘도 없으며 자신들이 마음대로 이용하고 조작할 수 있는 '물질'로 가정한 다음에 사후적으로 생명zoe, vita이나 영혼 psyche, anima의 개념을 장식처럼 붙이기라도 했다는 듯이! 더구나 그러한 물질개념이 '질료hyle, materia'의 개념과 동일하기라도 하다는 듯이! 여하튼, 달의 뒷면이 어머니라면, 달의 앞면은 딸이다. 달은 낳고 기르는 어머니-자연이면서 낳아지고 길러지는 딸-자연의 이중적 본성을 나타낸다. 즉 '낳는 자연'과 '낳아진 자연'은 다르다. 여러 신화들에서 달이 식물이나 나무와 연관된다는 사실을 기억할 필요가 있다. 말하자면, 달의 뒷면은 '정원'이며, 달의 앞면은 그 정원에서 자라는 '식물'이다. 「희생」에 등장하는 폭력의 희생자인 한 여성이 자신의 어머니를 회상하는 장면에서 읽어낼 수 있는 것이 바로 그러한 상징이다.

어머니의 삶은 상상력이 결핍된 화가의 단조로운 그림과 흡사했어요. 하지만 예외가 있었어요. 정원이었어요. 정원에서는 어머니의 얼굴이 광채에 싸여요. 정원에서는 어머니의 얼굴이 꿈을 꾸는 듯한 표정을 지어요. 정원에서는 어머니의 얼굴이 애처로워져요. 정원에서는 어머니의 얼굴이 고요해져요. 정원에서는 어머니의 얼굴이 아득해져요. 아득한 어머니의 얼굴이 지금도 눈에 선해요. 늦가을이었어요. 해가 지고 있었어요. 정원에 서 있는 어머니를 우연히 보게 되었어요. 어머니의 얼굴은 아득했어요. 그것은 일상의 아득함이 아니었어요. 어떤 아득함이었을까요. 어쩌면 어머닌 생명과 생명 사이의 아득함을 느끼고 있었는지도 몰라요. 생명과 죽음 사이의 아득함을 느꼈을 수도 있지요. 아니면 별과 별 사이의 아득함이었을까요. 어머니에게 정원은 그토록 특별한 공간이었어요. (「희생」, 『두 생애』, pp. 110~11)

정찬 소설의 시선이 끊임없이 향하고 있는 지점들을 표현하는 단어들…… 달, 어머니, 자연, 정원, 생명, 아이, 여성, 죽음, 희생, 슬픔, 새로운 탄생…… 그리고 별, 꿈, 아득함…… 그런데 별이라니? 별? "별과 별 사이의 아득함"이란 무엇을 의미하는 것인가? 먼저, 다음의 대화를 들어보자. 여기서의 대화는 별의 '저편'에서 온 자와 별의 '이편'에서 사는 자의 대화라는 것을 염두에 두어야 한다. "청년의 얼굴과 노인의 얼굴이 뒤섞인 듯한 인상"을 주는 '저편'의 자가 먼저 말한다(이승우의 주인공이 만난 태양을 연상시키는 자의 인상과 닮았다!).

"내가 저 **배를 타고 왔다**면 믿겠소?"

"저 배는 움직일 수 없습니다."

"**달빛이 물로 변한다**면 움직일 수 있지 않겠소. 누군가가 저 배에 **새의 생명**을 불어넣으면 배가 날 수 있지 않겠소."

"그건…… 그렇지요."

나는 애매한 표정으로 대답했다.

"저 배를 만든 이가 진정한 장인이었다면 달빛을 헤쳐 나가는 배의 모습을 꿈꾸었을 것이오. **별과 별 사이**로 날개를 너울거리며 날아오르는 새의 모습도 꿈꾸었을 것이오. 그 꿈이 어디로 가겠소? 배 안으로 스며드오. 꿈이 깊으면 깊을수록 **중심**을 향해 깊숙이 스며드오." (「그는 누구인가」, 『두 생애』, p. 221) (강조는 인용자)

대화 속에서 이야기되는 "배"는 지구 혹은 몸을 상징한다. 그리고 이 지구는 어떤 "중심"을 갖는다. 아직은 날지 못하지만 별을 꿈꾸는 너무나 무거운 무게의 중심. 이 중심의 저편, 별의 저편에 "새의 생명"('새'는 분명 '정신'의 상징이다)과 연관되어 있고 "물"로 변한 "달빛"과 연관되어 있는 다른 "중심"이 있다. 그 두 중심이 서로를 향하여 꿈을 꾸고 있다. 이 꿈은 "배"를 타고 오고 간다. 이 "배"는 꿈이 탈 수 있는 어떤 '몸'이다. 그 배의 꿈은 '별의 몸'에서 '달의 몸'을 거쳐 '지구의 몸'에 스며든다. 별을 향하여 날아가는 새를 꿈꾸는 이 지구의 몸은 이승우 소설의 표현을 써서 말하자면 "세상 외부의 빛을 삼켜 버"린 "내부의 우울"이다(『한낮의 시선』, p. 7). 그렇다면 "별과 별 사이의 아득함"이란 별의 빛과 지구의 우울 사이의 아득함을 의미할 수 있을 것이다. 그 아득함에 절망하면서도, 태양을 찾는 주인공이든 달을 찾는 주인공이든 궁극적으로는 어느 별을 꿈꾸고 있다.

여기서, '지금의 지구의 우리'에게 별이 어떤 의미를 지니는지 물어야 한다. 우리는 지금 별을 보고 있는가? 별을 느끼고 있는가? 가령, 윤동주의 시처럼 아득한 그리움과 맑은 슬픔으로 별을 헤고 있는가? 아니면, 반 고흐의 그림처럼 부드럽고도 강력한 생명력으로 감싸인 별이 빛나는 밤을 느끼고 있는가? 그것도 아니면, 칸트의 말처럼 점점 더 새롭고 점점 더 큰 경탄과 외경으로 마음을 채우는 별이 총총히 빛나는 하늘을 바라보고 있는가? 혹은 루카치처럼 별이 인간의 길을 인도해주던 시대가 지나갔다는 것을 아쉬워하고 있는가? 혹은 사정이 어떠하든, 그러한 별은 그저 비유이고 상징인가? 혹은 그 모든 것과 상관없이 현대기술문명의 동력 중의 하나인 전기의 빛이 별의 빛을 잘 보이지 않게 만들고 있다는 사실이 중요한가? 마찰, 분열, 충돌 등을 통하여 생성하는 신경증적이고 분열증적인 빛과 그러한 빛과는 대비되는 빛, 즉 이승우의 인물과 정찬의 인물들이 느끼며 바라는 어떤 이상적이고 온화하고 관대한 별의 빛은 도대체 어떤 관계인가?

별도 별이고 태양, 달, 지구도 별이다. '우주 전체의 관점'(어떤 인간에게도 완벽하게 실현될 수 없는 관점)에서 별은 우주에 속하며 태양, 달, 지구는 별에 속한다. 모두가 별이다. 하지만 '지구의 관점'에서 보면 태양과 달은 낮과 밤, 빛과 어둠을 가르는 가장 중요한 징표로서의 하늘의 별이며, 다른 모든 별들은 그 두 별의 배경으로서 멀리서 빛나는 별들이다. 그리고 이런 관점에서 지구는 별이 아니다. 즉 하늘에 속한 존재가 아니다. 이승우와 정찬의 소설을 해석하는 과정에서 계속 부각시켜온 '문제적 관계'의 유비는 다음과 같은 것이었다. 즉 태양의 편에 아버지, 하나, 신, 정신의 관계가 존재하며, 달의 편에 어머니, 여럿, 자연, 영혼의 관계가 존재한다. 이제 남은 것은 지구이다. 앞에서 언급했던 전통적인 '문제적 삼분법'에 근거하면, 지구에게 남은 몫은 아이, 인간, 몸이다. 여기서 중요한 것은 인간이 아버지와 어머니를 통해서 태어난 아이라는 것이다. 따라서 이 아이의 몸은 몸이면서 영혼이고 정신이다. 또한 어떤 하나이면서 동시에 어떤 여럿인 어떤 전체이기도 하다. 하지만 현실태적 전체가 아니라 잠재태적 전체이다. 아이는 '성장'하고 '진화'해야 하기 때문이다. 다음은 그러한 아이의 존재를 표현하고 있다.

누군가가 저를 보고 있었어요. 저는 그가 누구인지 본능적으로 알았어요. 아이였어요. 제 몸 안에 있는 아이 말이에요. 그 아이에 대해 어떻게 설명해야 할지 모르겠어요. **제 안에 있으면서 바깥에 있었어요. 아무것도 모르면서 모든 것을 알고 있었어요. 생명 이전의 존재이면서**

생명을 넘어서는 존재였어요. (「희생」, 『두 생애』, pp. 112~13, 강조는
인용자)

아이는 왜 태어나는가? 아이는 왜 낳아지고 길러지는가? 아이는
왜 고뇌하고 방황하는가? 지구는 왜 생겨났는가? 물질적이거나 기계
적인 우연성이나 자발적 필연성에 의해서라거나 혹은 그저 자연에 의
해서라거나 하는 대답은 정찬과 이승우의 소설이 품고 있는 문제에는
부족한 대답인 듯하다. 왜 폭력적 고통과 불안과 우울에도 불구하고
어머니는 아이를 낳으며 아이는 견디면서 성장하는가? 지구는 왜 그
렇게 오랜 세월 동안 인간 종에 이르는 진화를 계속해왔는가? 이승우
소설 속 방황하는 아이가 말한다.

나는 여기에 왜 있는가. **무엇을 위해** 여기에 있는가. 존재한다는 것
은 단순한 공간의 점유가 아니다. 예정표와 목적지와 궤도…… 존재
는 그런 것들로 구성되어 있고, 그런 것들에 의해 명명된다. 나는 우
주를 둥둥 떠다니는 것처럼 느꼈고 어디에도 존재하지 않는 것처럼 느
꼈다. (『한낮의 시선』, p. 85, 강조는 인용자)

"무엇을 위해"라는 표현이 함축하는 목적인의 관념은 더 이상 필요
없는 낡은 관념이 아니다. 아이는 꿈꾸는 존재이고, 꿈이란 그 아이
의 내부뿐만 아니라 외부에서 그 아이의 성장을 이끄는 어떤 목적인
이다. 그리고 그 꿈이 '하나'와 '여럿'과 '전체'와 연관된 더 높은 '보
편성'을 지닐 때에 '이상'이라고 표현되는 목적인의 성격을 가지게 된
다고 말한다면, 또한 그러한 존재들과 연관된 정찬과 이승우 소설의

174

태양, 달, 별에 관한 지금까지의 상징적 해석에 기초해서 말한다면, 지구-아이의 이상은 '어느 별'을 향한 이상이라고 말할 수 있을 것이다. 어느 별? 태양, 달, 지구가 완전하게 융화한 별…… 새롭게 완전한 별……

새롭게? 그렇다면 이 별은 과거의 별이기만 한 것이 아니다. 이 어느 별에 관한 이상은 무엇보다도 미래의 별을 향한 길이다. 그리고 정찬의 소설이 말하듯이 "길은 곧 시간"이며 "길을 걷는다는 것은 시간을 걷는 것"이라면, 또한 과거가 시간이라기보다는 기억이며 미래가 본래적인 시간이라면, 이 어느 별을 향한 걷기는, 시간과 기억의 접점에서, 수직축과 수평축이 만나는 침묵의 회전운동 속에서, 새롭고도 아름다운 전체를 예감하게 하는 두 사이, 즉 새벽녘이나 해질녘의 분위기 속에서 일어나는 창조적인 천문학적 '서 있기'로서의 '걷기'인 '줄타기'이다(「그 남자는 왜 거기에 서 있었을까」, 『두 생애』, p. 67, p. 69, p. 74~75). 끊임없는 균형 잡기의 운동을 요구하는 이 천-문학적 줄타기의 운동을 하는 자는 어떤 의미에서 지구의 이방인이다. "이를테면 이방인은 자주 오래 멈춰 서 있는 자"이므로(『한낮의 시선』, p. 65). 이 운동이 함축하는 천-문학은 태양 중심설과 지구 중심설 사이에서 대립하지 않는다. 왜냐하면 이승우의 소설이 말하듯이 진실에는 "표면적 층위의, 매우 의식적인 진실"과 "심층의 진실"이 있기 때문이다(『한낮의 시선』, p. 10~11). 말하자면, 태양 중심설은 사실적 진실이고 지구 중심설은 이상적 진실이다. 지구 중심설은 별이 되고자 하는, 별을 품고자 하는 지구의 이상적 진실이었다. 이 이상적 진실과 사실적 진실은 서로의 심층을 향하면서 융화할 수 있다. 사실이 이상이 되며 이상이 사실이 되면서, 둘 모두를 포괄

하는, 인내와 시간을 필요로 하는 새로운 별–중심을 향한 융화. 별
이 아스라이 멀듯이, 멀리 있는 융화.
　그런데 무엇이 문제인가?

　정작 필요할 때는 필요한 줄 모르니까 원하지 않고, 어찌어찌하여
원치 않았던 필요가 충족되었을 때에야 비로소 그것이 필요했다는 사
실을 깨닫는다. 우리는 우리가 정말로 원하는 것이 무엇인지 알지 못
한 채 산다. 모순이 아닐 수 없다. 사람의 인식이라는 게 대개 이런 식
이다. (『한낮의 시선』, p. 22)

「달로」로

* * * *

　두 권의 소설집이 한유주에게서 나왔다. 하나는 검은색이고, 다른 하나는 하얀색이다. 검은색인 『달로』[1]가 먼저이고, 하얀색인 『얼음의 책』[2]이 나중이다. 어둠을 연상하게 하는 검은색 다음에 빛을 연상시키는 하얀색이 나온 특별한 이유라도 있는 것인가? 우리의 전제를 말하자. 검은색은 하얀색과 무관하거나 반대 혹은 대립하기만 하는 색이 아니다. 한유주의 하얀 소설은 검은 소설에서 나왔다. 검은색은 하얀색을 감추고 있었다. 검은색이 감추고 있었던 하얀색이 감추고 있는 색은 또 어떤 색인지를 묻는 일은 다음으로 미루고, 무관해 보이는 두 사태 사이에 불연속성과 더불어 연속성도 주어져 있다는 것을 강조하자. 지금 「달로」를 읽는 행위는 그러한 관계적 과정의 시초

---

1) 한유주, 『달로』, 문학과지성사, 2006.
2) 한유주, 『얼음의 책』, 문학과지성사, 2009.

에 어떤 미래의 씨앗들이 숨겨져 있었는지를 밝혀보고자 하는 탐구의
행위이다.

검은 소설과 하얀 소설의 연속성을 보장해주는 것은 무엇인가? 단
적으로 말해서, 물이다. 한유주는 본능적 탈레스주의자처럼 보인다.
모든 것이 물이다. "얼음"은 응결된 물이다. 심지어 「달로」에 의하면
"책"도 "달"도 어떤 의미에서 물이다. 모든 것이 물에서 나와서 물로
돌아간다. 물은 흐르면서 고정된다. 그것은 운동의 측면과 정지의 측
면을 동시에 갖는다. 그것은 어떤 측면에서 변화와 연관되고 다른 측
면에서 보존과 연관된다. 다르게 말하자면, 정신적인 측면에서 달 혹
은 물은 한편으로 정서, 느낌, 감성적 능력과 연관되며, 다른 한편으
로 기억의 능력과 연관된다. 이 소설이 달에 관하여 이야기하면서 감
성적 기억의 문제를 함께 이야기하는 이유가 거기에 있다. 물론 감성
과 기억이 몸과 정신의 작용인 한에서 여기에는 물질성과 정신성에
관한 문제 또한 있다. 하지만 왜 이 소설가는 이 모든 이야기를 물 혹
은 달과 연관시켜야 했는가?

도대체 '물' 혹은 '달'이라는 말로 이 소설이 의미하고자 하는 바는
무엇인가? 달은 지구의 위성이며, 물은 'H$_2$O'이다. 달 안에는 물이
없다고들 한다. 물 안에도 달이 없다고들 할 것이다(달이 자신과 분리
된 지구 안에 있는 바다의 운동과 밀접한 관계가 있으며 인체, 특히 여성
의 몸 안에서 일어나는 생리적 현상과 깊은 연관을 맺고 있다는 이야기들
은 놔두도록 하자). 물 안에는 달이 아니라 수소와 산소가 있다. 물은
자신 안에 자신과 다른 것, 아니 자신과 다를 뿐만 아니라 심지어 제
삼자와의 관계에 비추어 대립되기까지 하는 것을 감추고 있다. 물은
불을 꺼뜨리지만 수소와 산소는 불을 타오르게 한다. 수소, 산소는

물 안에 잠재태로 존재하지만, 물과 다르며, 물이 아니다. 말하자면, 물은 불을 부정하지만, 수소와 산소는 불을 긍정한다. 이 소설의 표현을 쓴다면, 물은 "앞면"과 "뒷면"을 가졌으며, 그럼에도 그 양면은 결합되어 있다. 그것은 "기억은 망각의 뒷면이었고, 망각은 기억의 뒷면"(p. 20)인 것과 같고, "모든 동사는 닮지 않은 쌍둥이처럼, 부정형과 오누이 사이"(『얼음의 책』, p. 227)인 것과 같다. 그러므로 물은 어떤 의미에서 물이고 다른 의미에서 물이 아니다. 이러한 관점에서 말하자면, 달은 달이고 또한 달이 아니다. 「달로」가 지향하고 있는 달이란 "앞면보다 아름다울 무수한 바다"를 감추고 있는 "달의 뒷면"(p. 8)이다.

달, 이다! 어둡고 푸른 밤하늘에 나타난 밝고 온화한 달을 보며 최초로 경탄한 자들은 그렇게 외쳤을 것이다. 달은 분명 달이다. 달은 달이 아닌 것이 아니다. 달은 달과 다른 것이 아니다. 달은 달이다. 그런데 이 진술은 자명하지 않다. 한유주의 소설이 의미하는 달은 전혀 자명한 존재가 아니다. 달은 자신과도 다른 것과도 다르며, 어쩌면 '다름 자체'일지도 모른다. 달은 다르다. '다르다'는 말은 달에서 나왔으리라. 달이다! 다리다! 달리다! 달르다! 다르다! 달은 변화무쌍한 천체이다. 달은 항상 다르다. 달의 '다름'은 달의 '달임'이다. 달의 본질적 타자성은 그것의 운동과 변화로부터 추론된다. 달은 달린다. 달은 다양한 방식으로 달음질친다. 달의 달임은 다름이고 '달음'이다. 달의 달음은 따라붙기 불가능할 정도로 빠르다. 온 힘을 다해 달려도, 곧 그 힘이 달리게 되며, 달과 지구 사이의 간격은 그대로 그렇게 남아 있다. 이 소설 속의 '그'가 그렇게 했듯이, 달로 가기 위해서는 어떤 다른 방식의 운동과 정지의 반복적인 시도가 필요하다.

"달의 거대하고 비정한 그림자"(p. 30)가 아닌 달콤한 달의 바다에 몸을 담그기 위해서는 인내심을 가지고 서서히 달아올라야 한다. 갑자기 열을 올려서 폭발시키면 안 된다. 이 소설이 "최초의 사진"에 관하여 이야기하는 장면을 보자.

> 최초의 사진은 은을 입힌 판 위에서 나타났다. 두꺼운 은판을 공을 들여 문지르고, 요오드 증기를 씌운 다음 사진기의 구멍에 갖다 대고 얼마간을, 조금 오래, 기다린다. 피사체 또한 긴 시간을 인내해야만 한다. 은판 위에 상이 맺히고 나면, 그 밑에서 수은을 달인다. 가장 밝은 곳으로 수은 증기가 모여 들고, 소금물에 담겼다가 꺼내지면, 잠상의 양성 반응이 나타난다. 가장 은밀한 기억의 순간들은 이렇게 가장 세밀하게 보존되었다. (p. 18)

이 이야기에는 달로 가는 방식과 연관된 알레고리가 발견되며, 여기서 "은판"은 달과 상응하며 "수은을 달"이는 행위는 '그'가 달로 가는 행위와 상응한다. "소금물"은 아마도 달의 바다와 연관될 것이다(바닷물은 소금물이며, 검고 푸른 바다에서 나오는 소금의 결정체는 하얗거나 투명하다). 달이 해의 빛을 반영하듯이, 은판은 이미지 혹은 그림-상을 반영한다. 이 반영은 어떤 의미에서 변형이며, 다른 의미에서 보존이다. 이 반영의 현상에는 인간의 몸과 정신이 외적이면서 내적인 경험을 '받아들이는 방식'을 상기시키는 측면이 있다. 지각, 느낌, 감각적 인상들은 몸과 정신에 어떻게 받아들여지며, 어떻게 변형되며, 어떻게 보존되는가? 이 소설이 영화의 발전 과정에 관하여 이야기할 때처럼 말하자면, "필름이 어떻게 빛을 받아들이는가?"

(p. 24) 물질적인 관점에서 보자면, 결국 기억의 현상으로 귀결되는 이 반영의 현상을 인간의 신체에서 찾을 때 도달하는 곳은 결국 뇌이다. 달, 은판, 필름에 상응하는 물질성은 결국 뇌의 물질성이다. 이 소설이

모든 사람들은 자신만이 기억하는 장면들을 몇 개씩 가지고 있었다. 그것들은 뇌의 한 주름 속에 곱게 개켜져 있다가, 어느 순간마다 틈을 비집고 나와 사람들의 눈앞에서 재생되고는 했다. (p. 12)

라고 말할 때 상기시키고 있는 현상은 바로 그 미묘한 수용과 반영/반사/반성의 현상이다. 빛을 차단하고 있는 비정한 달 혹은 특정한 사진과 영화처럼, 뇌 혹은 '물질적 지성'의 특징은 운동과 생기에 대립하는 정지 속에 갇혀 있는 무력함이다. 이 뇌의 반성은 자신의 반성이 애당초 어디로부터 연유하는지를 망각하며, 그 반성에 도달한 운동의 과정을 망각했기에, 자신을 고정되어 있는 독립적 실재로 간주한다. 이 소설이 잘 표현하고 있듯이 달, 은판, 필름, 뇌에게 중요한 것은 운동이 아니라 정지이다(뒤에서 다루겠지만, 이것은 '정지'에 관한 무조건적인 비난이 아니다).

1) 사진과 사진처럼 정지한 순간들의 말없는 고요함은 언제나, 실제의 풍광을 밀어냈고, 기억된 순간들은 세계의 끝이 몸을 일으킬 때까지도 지속되었다. (p. 19)

2) 스물네 장의 일련의 사진들이 일 초 분량의 필름을, 스물네 장의

일련의 사진들이 일 초의 시간을, 시간은 각각의 정지된 순간들로 채워졌고, 정지된 순간들, 그 순간순간들의 간극은 눈을 가리고 지나간 잔상들이 슬며시 파고들어왔다. (p. 23)

이러한 표현들로 이 소설 속의 '나'가 말하고자 하는 것은 이른바 "가짜의 기억"(p. 22)과 거짓 운동의 문제다. 이 문제들의 '뒷면'에는 물론 망각의 문제와 정지의 문제가 숨어 있으며, 거기에는 진짜 기억과 진짜 운동의 문제가 숨어 있다. 이 양면적 문제를 「달로」는 '나'와 '그'의 관계를 통해서 형상화하고 있다. 위의 인용문 1)에 이어지는 소설의 말에 의하면 '그'는 "세계의 끝"이다. 세계의 끝! 그런데 '끝' 속에는 어떤 '시작'이 있었을 것이다. 그래서 그가 끝이라면 그는 시작이기도 해야 한다. 시작이고 끝인 그는 그리고 "세계의 의지"(p. 31)이기도 하다. 이러한 측면에서, 「달로」를 읽는 일은 '의지'에서 '시작'하여 '지성'에서 '끝'나는 운동과 정지의 현상을 그와 나의 관계를 통하여 탐구하는 것과 같다. 물론 의지와 지성, 운동과 정지, 그와 나, 앞면과 뒷면, 시작과 끝은 물질적 지성이 자의적으로 재단하듯이 서로 별개로 존재하는 고립된 실체가 아니다. 두 쌍들은 서로를 함축하며, 서로로부터 전개된다. 이 관계성을 망각한다면, 그때 가짜 기억, 거짓 운동의 효과가 발생하며, 그로부터 충만한 경험과 절연한 무력감이 발생하거나 화해되지 않는 고정된 대립성에 기인하는 "슬프고 광포한 일들"이 발생한다. 그러므로 아래의 인용문에서 말하는 "잊혀진 기억"이란 진정한 관계성에 뿌리내리고 있었던 기억일 것이다.

슬픈 일들이 무수히 일어났다. 슬프고 광포한 일들이었다. 잔상들은
사람들의 시신경을 휘어잡고 좀처럼 놓아주지 않았다. 기억은 모두에
게서 잊혀졌다. 잊혀진 기억들은 모두에게 등을 돌리고, 무수한 기록장
치의 차가운 뒷면으로 파고들어가서, 다시는 바깥으로 나오지 않았다.
슬픈 일들이 무수히 일어났다. 슬프고 비참한 일들이었다. (p. 25)

* * * *

「달로」의 첫 문장은 이렇다. "나는 달로 간 사람의 이야기를 알고
있다"(p. 8). '나'는 무엇인가를 '아는 자'이다. 그 '무엇'이란 "달로
간 사람의 이야기"이다. 그런데 "달로 간 사람"이란, 이 소설에 의하
면, '그'이다. 따라서 나는 그의 이야기를 아는 자이다. 여기서 말하
는 '이야기'란 어떤 원인과 결과에 관한 정보의 연쇄적 나열이 아니라
하나의 전체적인 과정으로 상호침투하며 흐르는 물과 같은 것이다.
이야기는 물이다. 그의 이야기는 그의 물이다. 나는 그의 이야기를
알고 있고, 그의 물을 알고 있다. 그런데 우리는 앞에서 물은 어떤 의
미에서 달이라고 했다. 왜냐하면 여기서 '달로 간 사람'은 '물에 빠진
사람'이기도 하기 때문이다. 달 또한 이야기이다. "사람들을 매혹시
킨 가장 오래된 이야기였던 달"(p. 26)이라는 표현 또한 그것을 말하
고 있다. 달, 물, 이야기 그리고 이것들과 깊이 연관되어 있는 그를
나는 안다. '나'는 누구이기에 이 모든 것을 '안다'고 말할 수 있는가?

1) 나는 세계의 모든 이야기를 어디선가 전해 들었다. 바깥에서는
사람들이 수백만씩 무리지어 살고 있다는 것쯤은 알고 있었다. (p. 10)

2) 몸, 몸들, 몸, 몸에서 돋아나 몸을 먹어치운 입, 입들, 입, 입으로 삼켜져 다시 몸이 된 몸, 몸들, 몸, 몸에서 몸으로 많은 이야기를 전해준 입, 입들, 입, 입이 탐했던 몸, 몸 이 탐했던 입, 입들, 입과 몸, 몸들에게서 나는 많은 이야기를 전해 들었다. (pp. 13~14)

'나'의 정체성은 상당히 애매모호하다. '나'를 이 소설 속의 다른 모든 것들과 구분되는 차이와 동일성을 가진 존재로 고립시키는 일은 소설의 이해에 아무런 도움도 되지 않는다. '나'는 "세계의 모든 이야기"를 "몸들"로부터 혹은 다른 어디로부터 전해 들어 기억하고 반영(반성)하고 있는 자이다. "몸들"로부터 "전해 들었다"는 것은 이 자 또한 어떤 수용하고 반사하는 몸과의 연관을 가진다는 것을 의미한다. 말하자면, '나'는 달-지구-몸들의 거대한 연관 속에 놓여 있는 자이다. '나'는 어떤 거대한 이야기의 흐름 속에 있다. 그 모든 이야기의 흐름들은 '나' 안에서 해체되고 변형되고 보존되고 전달된다. 하지만 이 모든 이야기들의 생성과 소멸과 변화의 중심에는 달로 간 사람의 이야기, 즉 그의 이야기 혹은 그와 나의 이야기가 있다. 그 모든 이야기들을 유의미한 이야기, 즉 충만한 경험의 이야기이게 해주는 이야기는 오직 '달로 간 사람의 이야기'다. 이 이야기는 다른 모든 이야기들과 교환 불가능한 차별성을 갖는다.

'나'는 세계의 모든 이야기들을 전해 들었다. 그러나 '달로 간 사람의 이야기'는 전해 듣지 않았다. 바로 이 이야기는 전해 들었던 이야기가 아니라 나 스스로 아는 이야기이다. 이것은 '진짜'다. 나는 안다. 하지만 여기서의 '앎'이란 무엇을 의미하는가? 자각적 체험이다.

진짜 경험이다. 최초의 충만한 경험이다. 지금은 희미한 기억 혹은 망각된 기억으로 남아 있지만 미래의 모든 경험의 확장을 가능하게 해줄 의미들이 응축되어 있는 어떤 시작과 끝에 관한 경험이다. 이 소설의 첫 문장을 다시 읽어보자.

나는 달로 간 사람의 이야기를 알고 있다. 그는 어느 날 달 속으로 홀연히, 잠겨버렸다. 그 광경에 너무나 놀라서, 나는 그만 주저앉지도, 반사적으로 두 손을 치켜들지도 못한 채 그 자리에 붙박여버리고 말았다. 놀랐던 것은 나뿐만이 아니었던지, 그가 늘어뜨리고 간 무게의 흔적까지 고스란히 남아 있었고, 시간은 그때 이후로 손톱만큼도 움직이지 않았다. 다만 그가 지나간 궤적만이 허공에서 길게 몸을 떨고 있을 뿐이었다. (p. 8)

여기에는 강렬한 느낌의 파토스가 있다. 나는 너무나 놀랐다. 경탄과 당혹이 뒤범벅되어 있다. 그의 운동과 "시간"은 정지하고, "궤적"만이 남아 있다. 나의 앎은 어떤 충격적인 지각의 경험이다. 그가 달로 가는 "광경"은 거대한 밀물처럼 나의 안으로 밀려들어왔다가 썰물처럼 나의 밖으로 빠져나가버렸다. 추론할 수 없는 속도로. 나는 그를 붙잡을 수 없었다. 나는 그를 파악할 수 없었다. "그는 유일하게 시간을 거스르는 속도를 갖고 있었"으며 그에게는 "가장 순수한 움직임의 전조만이 살아 있었"(p. 17)기에. 그는 운동 그 자체다. 운동 그 자체인 그가 지향했던 곳은 달의 뒷면의 바다였다. 말하자면, 달의 뒷면의 바다는 운동의 극단이다. 그 극단에서 운동은 정지와 일치한다. 따라서 순수한 의미에서의 운동과 정지는 대립자들이 아니다.

정지는 극단적 운동이며 운동은 극단적 정지이다. 운동 그 자체인 "그는 정지하고, 다시 정지한다. 여기에는 과거도 미래도 없다."(p. 18) 따라서 그가 운동 그 자체이며, 운동 그 자체가 지향한 곳이 달의 뒷면의 바다이며, 이 달의 뒷면의 바다에서 운동 그 자체가 정지와 일치한다면, 그렇다면 달의 뒷면의 바다는 정지 그 자체일 것이다. 그리고 정지와 운동이 대립자가 아니라 서로를 함축한다면, 그는 어떤 의미에서 이미 달이었으며, 달 또한 이미 그였다. 그는 잠재적 달이었을 것이다. 그는 또한 "무게"라는 말이 함축하듯이 중력을 가진 몸, 즉 지구(흙)이기도 하다. 그렇다면 나는? 나 또한 달이고 지구이다. 하지만 그가 달의 뒷면과 지구의 능동성에 연관되어 있는 반면, 나는 달의 앞면과 수동적 지구에 연관되어 있다. 나는 달과 그 사이에 일어나는 능동적인 사건들을 수동적으로 보고 겪고 있는 자이며, 그 경험들을 달의 앞면이 해의 빛을 반영하듯이 희미하게 반영(반성)하고 있는 자이다. 물론 여기서 능동성과 수동성, 달과 지구, 나와 그의 활동은 상호 침투되어 있다.

이 소설 속에서 끊임없이 부딪히는 문제는 '달'이라는 낱말의 다의성이다. 더 단순화시켜 말한다면 달의 이중성이다. 달은 모든 사람이 욕망할 정도의 달콤함을 지녔으며, 또한 모든 사람이 두려워 할 정도의 비정함도 지녔다. 달은 평화로운 안식을 가져다줄 영원성을 지녔으며, 또한 무상하게 흘러가는 세월의 영속성도 지녔다. 달은 지나가 버리는 것, 소멸해가는 것에 관한 비애감의 원천처럼 보이기까지 한다. 지금까지의 우리의 해석에 근거하여 묻자면, 어떻게 달이 달일 뿐만 아니라 물이며 책이며 이야기며 그이며 나이며 영원성이며 영속성이며 은판이며 필름이며 감성이며 기억이며 반성인가? 이 모든 것은 혹 우리의 자의적인 해석에 근거할 뿐인가? 달이 일종의 광기를 불러일으키기라도 한다는 말인가? 분명 한유주의 달은 어떤 비밀을 감추고 있다. 그 어떤 음모론과도 상관없이, 한유주의 달은 암스트롱이 간 달이 아니다. 이 달은 저 달이 아니다. 나는 "그래, 달은 어떻습디까"라고 물었지만 암스트롱은 아무 말도 하지 않고 가버렸다.

한유주의 달이 감추고 있는 비밀은 언제든 마음만 먹으면 폭로할 수 있는 정보와 같은 것이 아니다. 달이 드러내고 있는 상징은 의미를 감추고 있다. 하지만 이 상징과 의미의 연관은 고정되어 있지 않으며, 심지어 상징과 의미는 자리가 뒤바뀌기도 하며, 의미는 다시 다른 상징이 되고 상징은 다시 다른 의미가 되기도 한다. 물론 이 다의적 관계들 속에는 그럼에도 그 모든 의미들을 관통하는 어떤 미지의 일의성이 작용하고 있을 것이다. 여기서 '미지'라고 말한 것은 그 일의적 의미가 불가지적이라는 말이 아니며, 오히려 그 의미가 미래를 향하여 개방되어 있다는 말이며, '아직' 완결되지 않은 진행 과정 안에 있는 관계들의 의미는 확정되지 않았다는 뜻이다. 이 소설의 제목은 '달'이 아니라 '달로'이며, 이 글의 제목은 「달로」로'이다. '달'도 중요하지만, '~로'도 중요하다. 달의 의미는 그 '~로'의 지향성 혹은 의지에 달려 있다. 우리는 달에 갈 수도 있고 못 가거나 안 갈 수도 있으며, 이 달에 갈 수도 있고 저 달에 갈 수도 있으며, 가봤더니 달이 아닐 수도 있다. 이 소설이 말하는 달을 따라가보자.

* * * *

달은 아마도 차가울 것이다. (p. 8)

나는 그렇게 추측하고 가정한다. 달은 차가울 것이다. 차가움은 그런데 감각, 특히 촉각의 대상이다. 차가운 것은 어떤 몸이고, 차가운 것을 느끼는 것도 어떤 몸이다. 차가운 몸은 차갑지만, 차가운 몸의 차가움, 즉 차가움이라는 성질 혹은 개념은 만질 수도 없거니와 차갑지도 않다. 더 나아가 모든 차가운 것들의 차가움 자체는 최대로 차가운 것이 아니라 전혀 차갑지 않다. 그것은 모든 뜨거운 것은 뜨겁지만, 그 뜨거운 모든 것들의 뜨거움 자체는 전혀 뜨겁지 않은 것과 같다. 그렇다면, 이러한 '차가움 자체' 혹은 '뜨거움 자체'와 같은 것은 그저 낱말들이고 그저 추상인가? 만일 그렇다면, 나는 지금 추상 속에 있다. 나는 달을 만진 적도 없으면서 달이 차가울 거라고 추측하고 있기 때문이다(정확히 달 자체를 만지는 일이 가능한가?). 즉 다른 것들을 통하여 경험했던 차가움이라는 속성을 달에 투사하고 있기 때문이다. 차가운 몸만이 실제로 존재하며 차가움 자체는 전혀 그런 것이 아니라면, 나는 오로지 달을 만져봐야지만 그 달이 차갑다는 것을 알 수 있다. 하지만 이런 식의 해석은 적절하지 않다. 나는 분명 막연하지만 달은 차갑다고 느꼈다. 이 느낌의 '가능성'은 분명 달의 차가움에 있다. 나는 '차가움의 가능성'을 느꼈다. 차가움 자체는 차갑게 될 수 있는 것을 차가운 것일 수 있게 해주는 차갑게 될 수 있는 것의 가능성이다. 차가움 자체는 '차가울 수 있게 해줌'이다. 달이 차가울 것이라고 가정하면서 달로 가려는 이유는 바로 달이 '차가울 수 있게 해줌'의 능력을 지녔을 거라고 믿기 때문이다. 따라서 달은 '차가운 몸'의 상징이 아니라 '차가움 자체'의 상징이다.

여기서의 달은 차가움 자체이지만 전혀 차갑지 않다. 또한 달은 전혀 차갑지 않지만, 자신과 다른 것을 차갑게 해줄 수 있다. 차가움 자체이면서 전혀 차갑지 않지만 차갑게 해줄 수 있는 달이란 어딘가 모순적인 존재처럼 보이며, 심지어 '이것'이라고 지시될 수 있는 경계를 갖지도 않은 비존재처럼 보인다. 그렇기에 이 모호한 달을 지향하고 있는 소설은 "지금까지 세계는 분명히 경계 지어져 있었다"(p. 10)라고 말하면서 그 경계들이 해체되어 가는 과정 속으로 들어가는 것이다. 소설이 묘사하는 이 경계들의 해체의 과정은 결국 모든 것을 물(강, 바다, 비, 눈물)로 이끄는 과정이다. 달, 즉 차가움의 가능성은 그것을 지향하는 존재를 거부할 수 없는 인력으로 유혹하고 있으며, 매혹당한 존재의 주의력은 온통 "깊이를 모를 구덩이"(p. 12)와 "고요함"(p. 11)과 "깊은 틈"(p. 21)과 "구멍"(p. 16)과 같은 어둠의 장소로 이끌리며, 그 어둠의 장소에는 "검은 물"이 있다.

내가 한 자리를 점하고 있던 곳의 강은 깊이를 알 수 없는 검은 물을 담고 있었고, 그 물은 넓이를 알 수 없는 강의 폭 위로, 수면의 위쪽과 아래쪽을 모두 비춰내면서, 사방으로 흘러갔다가, 언제고 다시 돌아왔다. 내 시야에는 강의 시작과 끝은 보이지 않았고, 강 건너편에 흐릿한 형상은, 〔……〕 마치 화가가 고의로 마지막 붓질을 뭉개놓은 것처럼 외곽선도 없이 모호하게 떠올라 있었다. 아무도 강 건너를 꿈꾸지 않았다. (p. 15)

"강 건너편에 흐릿한 형상", 즉 차가움의 가능성이고 차가움 자체인 모호한 달과 모호한 나 사이에는 시작과 끝을 알 수 없는 "검은 물"을 담고 있는 강이 순환적으로 흐르고 있다. 이 검은 물 혹은 어둠의 강은 신화적인 성격을 띠는데, 소설에 의하면 그 물은 망각의 물이며, 영원한 안식의 물이며, 죽음의 물이며, 또한 역설적이게도 "불사의 몸"(p. 16)을 가능하게 하는 영원한 생명의 물이기도 하다. 다르게 말해서, 그 물은 어떤 불가능성의 물이면서 어떤 가능성의 물이기도 하다. 이 역설적인 물과 모호한 달의 관계가 어떠한 관계인지는 '그'와 함께 조금씩 밝혀질 것이다. 그 전에 먼저 주목해야 할 관계는 달과 나와의 관계이다.

나는 가끔 그 강으로 다가가서, 물에 비친 얼굴을 바라보고는 했다. 섬세한 얼굴이었다. 그러나 내 얼굴 위에 그림자는 새겨져 있지 않았고, 일곱 개의 틈이 살짝 벌어져 있었을 뿐이다. 일곱 개의 구멍이 섬세하게, 가만히 벌어져 있었다. 그 구멍들 가운데 검은 눈동자가 두 개, 슬며시 떠오른 것을 보았고, 어느 별에서 하늘을 바라보면, 달이 두 개, 아니면 일곱 개, 아니면 열여섯 개가 보인다는 믿을 수 없는 이야기가 기억났다. 모호한 얼굴이었다. (p. 16)

앞에서 말했고 위의 인용문에서도 드러나듯이, 나는 달의 앞면과 유사하다. 나는 물(하늘)에 비친(떠오른) 얼굴(달의 앞면)이다. 나는 거울상이다. 나는 반사하고 반사된, 반영하고 반영된 얼굴이다. "모호한 얼굴"이다. 되비추기만 하면서 무언가를 감추고 있는 얼굴이다. 그러나 그 얼굴의 "구멍"은 끊임없이 그 얼굴의 뒷면, 어둠 속에 감춰진 망각된 "그림자"의 존재를 상기시킨다. 물의 뒷면, 달의 뒷면, 나의 뒷면, 즉 거울의 뒷면으로부터 끊임없이 망각에 저항하고 있는 어떤 존재의 "소리"(p. 17)가 침묵 속에 있는 "기억"을 일깨우고 있다. 이 망각된 기억 속에서 활동하고 있는 존재의 소리는 반사되지 않고 구멍(수용의 장소)을 통하여 받아들여진 존재, 뒷면의 어둠과 깊이에서 운동하고 있는 존재, 의식의 앞면으로부터 받아들여지는 것이 아니라 뒷면으로부터 받아들여지고자 하는 존재이다. 이 존재는 어떤 도약을 감행하고자 하는 의지가 되며, 이 의지는 먼저 감성적으로 느껴지는 침묵 속의 소리다. 의식의 앞면은 그러한 감성적인 침묵의 소리와 대립하고자 하는 반사하는 지성이며, 의식의 뒷면은 그것과 결합하고자 하는 수용하는 지성이다. 의식의 앞면은 뇌, 물질적 지성과 상응하며, 의식의 뒷면은 다음 인용문에서 해석할 수 있듯이 가슴, 심장, 어떤 생명의 운동과 상응한다.

그 강은 가끔, 나 외에 다른 사람을 바라보았다. 〔……〕 그가 뛰기 시작하면, 뜀박질 소리가 가슴 한쪽에서 울리기 시작하고, 모든 환영이 걷히며, 몽상과 사유가 사라졌다. 세계의 기억에는 순간만이 보관되어 있다. 그의 장대가 지면을 파고들 때, 마침내 숲이 잠식해 들어온 도시의 폐허는, 텅 빈 하늘로 외마디 소리를 내질렀고, 그 원시적인 비명은 깊은 숲 사이에서 오래도록 머무르다가, 비라도 오는 때가 되어서야 빗물에 녹아서, 강으로 스며들었다. (p. 17)

위의 중요한 인용문을 해석하면서, 그것을 단순한 성적 환상으로만 해석하지 않도록 경계해야 한다. 즉 그의 "장대"는 남근이며, "지면"은 여근이며, "외마디 소리"는 교합의 징표라는 식의 해석은 이 소설의 전체적 의미에 거의 아무런 기여도 하지 못하는 해석이다. 여기서 중요한 것은 내면의 깊이에서 발생하고 있는 존재론적이고 인식론적인 사건의 상징적 의미다. 그는 누구이며, 그의 장대높이뛰기는 무엇을 의미하는가? 왜 그의 "뜀박질 소리"의 시작은 나의 "가슴 한쪽"을, 즉 나의 심장을 울리기 시작하는가? 왜 그의 도약 운동이 "도시의 폐허"를 식물적 생명력("숲")으로 가득 차게 만들었는가? 왜 이 도약과 함께 발생한 "원시적인 비명"은 "하늘"로 상승하지 못하고 숲 사이에서 머무르다가 "빗물"에 녹아 다시 "강"으로 스며들었는가? 또한 "세계의 기억에는 순간만이 보관되어 있다"는 말은 무엇을 의미하는가?

　나는 나이고 세계다. 그는 나와 세계 사이의 관계적 존재다. 그러므로 그는 그이고, 바로 그가 그이기 때문에 그는 나이고 세계다. 나는 어떤 의미에서 그이지만, 다른 의미에서 그가 아니다. 그는 나의 앞면의 "몽상과 사유" 속에 받아들여지지 않고 있는 한에서 "나 이외의 다른 사람"이다. 심장의 소리가 머리(하늘)와 단절되어, "순간"적 직관과 생기로 충만한 의지와 감성의 상상적 도약이 지성의 "기억"에 이르지 못하고 있는 한에서 나는 그가 아니다. 하지만 달의 뒷면을 지향하는 그의 의지를 수용하는 한에서 그와 나는 "우리"다. 그때의 "우리,는 모두에게서 잊혀진 최후의 두 사람"(p. 26)이다. 나와 그는 달 혹은 물의 앞면과 뒷면과 같다. 나는 거듭되는 운동과 정지, 시도와 실패, 감행과 좌절, 죽기와 되기를 반복하는 그의 의지와 충동을 통하여, 앞면과 뒷면이 둘이 아니었던 어떤 "최초의 순간들"(p. 26)을 희미하게 기억하면서, 그의 '최후의 도약'을 절망적으로 예감하고 있다.

　그는 숲과 강이 맞닿은 끝에서 오래도록 몸을 뒤척이지 않았다.

〔……〕달의 뒷면에는 어느 바다가 있고, 그곳에 발을 담그기 위해서는 비정한 긴긴 시간을 거꾸로 헤엄쳐서, ……, 그는 몸을 세워 일으켰고, 장대를 손에 쥐었다. 가짜로 흐르는 강과, 가짜로 떠 있는 하늘과, 가짜로 바람에 울먹이는 대나무 숲과, ……그런, 〔……〕그는 천천히 숨을 고르기 시작했다. 지면이 발길에 걸어채는 소리가 심장이 부푸는 소리처럼 울려오고, 그의 장대는 몽상을 걸고, 백일몽을 걸고, 환영을 걸고, 기억나지 않는 꿈들과 희미한 이야기들을 걸고, ……, 허공을 한 아름 휘돌다가, 땅으로 떨어진다. 장대에서 벗어난 그는 일 초, 일 초, 일 초, 어느 한순간이 흐르는 동안 허공을 떠돌다가, 달로, 달로, 흐름이 느려진 강의 몸속으로 모습을 감춘다. 더 이상 내밀할 수 없는 검은 하늘에는 달이, 달의 밑을 흐르는 강의 피부에는 희미한 달의 뒷면이 떠올라 있다. 끊임없이 자신을 훔치는 물의 흐름에도 그 자리에 붙박여 있던 달은, 잠시 창백한 몸을 열고, 달로, 달로, 뛰어든 그를 조용히 받아들이고는, 다시 울 것 같은 얼굴로 돌아갔다. (pp. 28~29)

운동 그 자체인 그는 정지 그 자체인 달에 받아들여졌지만, 나는 운동이거나 정지라는 양자택일의 모순 앞에서 멈춰 있다. 나는 슬프다. 나는 "울 것 같은 얼굴"을 가진 달의 앞면처럼 그의 도약을 바라만보고 있다. 이때의 나는 그와 함께 도약하지 않거나 도약할 수 없어서 절망하고 있는 지성이다. 나는 운동을 이해할 수 없으며, 운동을 이해할 수 없기에 정지도 이해할 수 없으며, 그래서 도약도 추락도 이해할 수 없다. 달의 뒷면, 검은 물 혹은 "검은 하늘" 속으로 도약한 사람은 그이지 내가 아니며, 그의 도약이 나의 도약과 더불어 발생하지 않은 한에서, 그의 도약은 반쪽짜리 도약이며, 그래서 그 도약은 추락이기도 하다. 소설의 말미에서 내가 "달로, 달로, 세계는 현재를 그대로 간수하려는 오랜 습관이 있다. 세계의 의지대로 달라진 것은 아무것도 없었다"(p. 31)라고 말하는 이유는 거기에 있다. "우리"의 도약은 실패했으며, 따라서 그는 어떤 의미에서 달로 갔고, 다른 의미에서 달로 가지 못했다. 그는 되돌아와야 할 것이다.

달로, 어떤 사람들은, 자신의 먼 옛날이야기로, 이제는 기억나지 않는 최초의 순간들을 문득 저릿하게 그리워하기도 했다. 태초에 말씀이 있었다,고 혹자들은 말을 시작했다. 인간의 귀에 울리던 음성들은 모체가 숨을 들이쉬는 소리였고, 달로, 달로, 그러나 아무도 그 소리를 다시 귓가에서 재현해낼 수는 없었다. 슬픈 일들, 달로 갔던 사람들은 어느 누구도 달에서 긴긴 안식을 몸에 두를 수 없었다. 그들은 잠시 달의 몸에 취했다가, 다시 일상의 세계로 돌아왔다. 그리고 언제까지나 달의 뒷면에 고여 있을 바다를 그리워했다. 막연한 그리움이었다. (pp. 26~27)

나와 그의 관계 속에서 드러나는 특징적인 현상은 운동의 소리 혹은 소리의 운동이었다. 위의 인용문 속에는 "말씀" "음성" "모체가 숨을 들이쉬는 소리"에 관한 언급이 있다. 즉 로고스에 관한 언급이 있다. "달의 뒷면에 고여 있을 바다"를 지향하는 의지의 운동 속에는 로고스, 즉 가장 일반적으로 지칭하자면 '말'과의 밀접한 연관성이 있다. 그런데 우리는 앞에서 달 혹은 물은 '이야기'라고 했다. 여기서 이야기는 신화, 즉 미토스다. 말하자면, 이 소설의 전체적 의미, 즉 나, 그, 달의 앞면과 뒷면 사이에서 발생하는 사건들의 의미를 떠받치고 있는 운동은 로고스와 미토스의 관계 사이에서 발생하는 분리와 결합, 전도와 역전의 과정들이다. 이 상징적 과정은 문제적 과정이다. 왜 그 '시작'에서 하나였던 로고스와 미토스는 둘로 갈라져서 서로 대립하며 심지어 그 각각이 또 다시 양극성을 띠게 되었는가? 단적인 예를 들자면, 왜 로고스는 어떤 자들에게는 이성을 의미하며, 다른 자들에게는 의지를 의미하는가? 왜 미토스는 어떤 자들에게는 공허한 비합리적 담론을 의미하며, 다른 자들에게는 상징적 의미로 충만한 이야기를 의미하는가? 도대체 로고스와 미토스, 말과 신화, 담론과 이야기, 이성과 의지 등으로 지칭되는 사태의 "진짜" 의미는 각각 무엇이며, 그들은 어떤 관계인가? 분명한 사실은, 이 소설로부터 추론해볼 때, 로고스와 미토스는 본질적 관계성 안에 함께 존재하는 것이며, 그중의 하나를 자의적으로 분리하여 그 독자성을 주장하는 것은 사태를 왜곡하는 일이라는 것이다.

덧붙여 말해두어야 할 것은 한유주의 이 소설에 로고스 중심주의 혹은 음성 중심주의라는 비판을 가할 수 없다는 것이다. 로고스 혹은 말의 의미는 분명하지 않으며, 로고스 즉 말이 음성을 의미한다고 할 때, 그때 음성이란 도대체 문자언어에 대한 우위를 가지는 음성언어를 의미하지 않는다. 로고스는 문자언어도 아니고 음성언어도 아니다. 이 소설 속의 '그'가 로고스적인 측면을 대변한다고 할 때, '말'이란 문자, 음성언어 이전의 실재의 깊이에서 운동하고 있는 의미로 충만한 행위다. 말의 행위는 유의미한 느낌의 가능성이다. 말은 의미를 느끼게 해준다. 그렇기 때문에 또한 말은 언어로 올 수 있는 가능성이며, 언어로 올 수 없을 수도 있다는 의미에서 언어의 불가능성이기도 하다. 이제 다시 '그'로 돌아가보자.

그는 달의 뒷면에 받아들여졌다. 그런데 달은 앞에서 말했듯이 차가움 자체다. 그가 차가움 자체를 욕망하고 있었다면, 그에게는 차가움이 결여되어 있었다. 그의 결여는 단적인 결여가 아니라 정확히 차가움 자체에 대한 결여이다. 그에게는 차가움이 없었다. 그는 따라서 전혀 차갑지 않다. 그런데 우리는 앞에서 차가움 자체인 달 또한 전혀 차갑지 않으며 단지 차가움의 가능성, 즉 '차갑게 해줄 수 있음'이라고 했다. 전혀 차갑지 않다는 의미에서 그와 달은 일치한다. 하지만 그는 차갑게 해줄 수 있어서 차갑지 않은 것이 아니라 차갑게 해줄 수 없어서 차갑지 않은 것이다. 그는 차가움의 불가능성이다. 그의 결여는 정확히 차가움 자체의 반대를 의미한다. 즉 그는 뜨거움 자체, 뜨거움의 가능성을 대변한다. 이것은 그의 최후의 도약 이후에 곧바로 이어지는 암시적인 서술에서도 읽어낼 수 있는 것이다.

먼 옛날의 이야기로, 화산이 불붙은 자신의 몸을 뱉어냈을 때, 불길에 잠겼던 무수한 사람들이, 녹지 않고 남은 뼈와 무너져내리던 벽돌과 기왓장에 마지막 순간의 비명을 새겨놓았던 것처럼, 물길을 헤치고 들어서면, 물속에 잠긴 달의 음성과 달 속에 잠긴 그의 음성을 들을 수 있을 것 같은 착각에, 세계는 숨을 죽인 채 적막 속에 몸을 웅크리고 있었다. (p. 29)

그는 뜨거움 자체이면서 전혀 뜨겁지 않지만 뜨겁게 해줄 수 있다. 그리고 달의 뒷면을 통해서 받아들여지는 그의 장대높이뛰기에 관한 소설의 표현들 속에서 읽어낼 수 있듯이, 차가움 자체와 뜨거움 자체, 즉 달과 그, 즉 차가움의 가능성이면서 뜨거움의 불가능성인 달과 차가움의 불가능성이면서 뜨거움의 가능성인 그는 운동과 정지의 양극단(최초와 최후)에서 서로 모순 없이 결합한다. 그렇다면 차가움과 뜨거움은 서로를 함축하고 있었던 것이 아니었는가? 소설의 표현을 빌리자면, 차가움은 뜨거움의 뒷면이었고, 뜨거움은 차가움의 뒷면이 아니었는가? 즉 한 면을 감추면서 다른 면을 드러내고 있었던 것이 아니었는가? 다름 아닌 '나'에게. 범접할 수 없는 양극 사이에서, 차가움 자체에도 다가갈 수 없고 뜨거움 자체에도 다가갈 수 없어서, 차가웠다가 뜨거웠다가 하는 나에게. "몸이 씻겨 나갈 것이 두려"(p. 32)운 나에게.

*　*　*　*

검은 소설은 하얀 소설을 감추고 있었다. 하얀 소설도 또 다른 소설을 감추고 있을 것이다. "물속에 잠긴 달의 음성과 달 속에 잠긴 그의 음성"처럼. 「달로」에는 미래로 뻗어 나갈 말과 이야기, 로고스와 미토스의 운동을 시작할 수 있게 해준 그 최초의 충동이 각인되어 있다. 이 특이한 소설의 운동이 전개되는 방식은 물론 결정되지 않았으며, 그 운동의 "궤적은 구부정한 나선"(p. 15)의 형태를 남겨놓을 것이다. 그 운동은 안의 깊이로 하강하면서 밖의 높이를 향하여 상승하는 것이다. 그것은 침묵 안에서 말하며 말 안에서 침묵하는 것이고, 정지 안에서 운동하며 운동 안에서 정지하는 것이다.

한유주의 소설 쓰기는 소극적이고 부정적이며 자기 비판적으로 보일 수 있다. 그것은 칸트가 이성의 자기비판을 행하고, 비트겐슈타인이 언어의 자기비판을 행하던 것과 유사하게 보일 수 있다. 한유주는 하얀 소설, 즉 『얼음의 책』에서 소설의 자기비판을 행했던 것이 아닌가? 자기비판은 필요한 과정이지만, 그것이 도달해야 할 목표는 아니다. 소설의 자기비판은 소설 자신의 물에서 소설 자신이 목욕하는 것과 같다. 검은 소설은 목욕의 준비였을 것이다. 하얀 소설은 목욕물로 빠져 들어가는 과정이면서, 그 목욕물에서 빠져나오는 과정이었을 것이다. 이 소설가는 목욕물과 함께 어떤 아이까지 내버리지 않았고, 그래서도 안 되고, 그럴 수도 없다. 드물게 보는 개성적인 깊이를 가지고 있는 이 소설가는 "물속에 잠긴 달의 음성과 달 속에 잠긴 그의 음성"을 소설의 언어로 데려오고자 어느 바다에서 헤엄치고 있는 듯하다. 이것이 「달로」로의 여행에서 귀결되는 잠정적 결론이다.

달팽이를 발견하며 발명하기

소설활동의 현상학

—이인성의 『한없이 낮은 숨결』[1]과 함께 겪어보는 소설의 의미

1. 소설에 관한 일상적 이해

"소설 쓰냐?"—어떤 대화 상황에서 가끔 이런 반문을 듣게 될 때, 그 야유 조의 문장이 의도하고 있는 의미가 무엇인지는 의심의 여지가 없다. 저 문장은 그 외양과는 다르게 명령문이며, '차라리 소설을 써라' 혹은 '소설 쓰지 말라'는 부정적인 의미를 담고 있다. 즉 거짓말 하지 말라는 것이며, 여기에는 '소설 즉 거짓말'의 등식이 성립되어 있다. 이 등식이 참이라면, 왜 소설을 쓰고 읽는가? 왜 그러한 대규모의 정성들인 거짓말을 문화적으로 향유하고 있는가? 재미있어서? 그렇다. 일상적 이해에 따르면, 소설은 재미있는 거짓말이다. 위의 반문도 만일 상대방의 거짓말이 재미있었다면 발설되지 않았을지 모른다.

소설에는 어떤 실재성, 현실성, 진리성도 표현되어 있지 않다. 왜

---

1) 이인성, 『한없이 낮은 숨결』, 문학과지성사, 1999.

냐하면 소설은 사실이 아니기 때문이다. 사실과 일치하지 않는 말이 거짓말이며, 그러한 거짓말로 구성된 이야기가 소설이다. 그런데 어떤 실재성도 현실성도 진리성도 소유하지 않는 무엇이 존재한다고 말할 수 있는가? 흔한 예를 들자면, '둥근 사각형'과 같은 무엇이 존재한다고 말할 수 있는가? 그럴 수 없다고 말해보자. 그러므로 소설은 아예 존재하지도 않는다. 덧붙여 소설이 존재하지 않으므로, 소설가도 소설 독자도 소설 평론가도 존재하지 않는다. 그런데 소위 '현실적'으로 '우리'는 '소설'이라고 지칭되는 무엇을 쓰고 읽고 평론한 적이 있고, 지금도 하고 있다. 따라서 존재하지도 않는다고 단언되었던 무엇이 분명 존재한다. 이 비존재의 존재는 아마도 '유령'이라고 부르는 것이 더 나을 것이다. 그렇다면 소설과 연관되어 있는 '우리'는 유령인 셈이다.

소설, 거짓말, 유령(가상, 비현실, 비존재)에 이르는 이 미심쩍은 결론은 의외로 건전한 상식에 속한다. 그래서 건전한 상식은 이 결론을 피하기 위해서 저 삼단논법의 중항처럼 보이는 '거짓말'의 자리에 '현실 반영'이라는 중항을 삽입하여 소설이 유령이 아님을 주장한다. 즉 소설은 전기적이고 역사적이고 과학적이고 정치적인 현실(사실)을 반영하는 한에서 거짓말이 아니며, 그래서 유령이 아니고 비현실이 아니라는 것이다. 현실을 반영하는 한에서 현실로 존재한다니! 이때 도대체 '현실'이라는 말이 의미하는 바는 무엇인가? 이미 일어난 것, 즉 과거의 사건이다. 혹은 지금 일어나고 있는 것, 즉 현재의 사건이다. 그렇다면 소설은 일어났거나 일어나고 있는 사건이 아니라는 말인가?—이것이 우리의 의문이다.

일상적 이해에 잘 알려진 소설의 정의가 있다. 허구적 이야기. 이

정의는 논리적으로 정확한 정의인 것처럼 보인다. 마치 인간이란 무엇이냐는 물음에 대한 답이 '이성적 동물'인 것과 같다. 인간이 '동물'이라는 최근류에 속하면서 그 유에 속하는 다른 동물과 구분되는 '이성적'이라는 차이성(종차)을 가진 종으로 규정되었듯이, 소설은 '이야기'의 한 종이면서 '허구적'이라는 차이성을 가진 존재로 규정되었다고 말할 수 있을 것이다. 이러한 정의 속에 포함되는 '구성적 차이'가 피정의항의 '본질'을 말해줄 수 있기에, 인간의 단적인 본질은 '이성'이며, 그렇게 규정된 인간의 인간적인 활동의 소산인 소설의 단적인 본질은 '허구'라고 말할 수 있다. 이성적 동물이 허구적 이야기를 쓰고 읽는다. 이때 허구적 이야기가 거짓말, 꾸며내거나 조작된 이야기를 의미한다면, 이성의 능력이란 교묘한 조작의 능력을 의미한다는 말인가? 이것이 헤겔이 말했던 '이성의 간지(奸智)'를 의미하는가? 혹은, 베르그송이 말했듯이, 이것이 생활의 편리성과 유용성을 향해 진화한 인간 지성이 실재를 왜곡하는 편협한 방식인가? 소설은 바로 그러한 간교한 인간 이성이 서로 합의하여 재미를 느끼는 문학의 한 장르인가? 아니면, 지금 우리는 소설활동의 사태 자체를 부정적으로 과장하여 왜곡하고 있는 것인가? 만일 소설이 이성적 조작 능력의 귀결이라면, 왜 과학, 철학, 역사, 예술, 정치, 방송, 산업 등의 다른 이성적 생활영역에서 일어나는 일들에 대해서 '허구'라는 규정을 사용하지 않는가? 왜 소설만이 거짓말의 대명사이고, 왜 허구는 거짓말인가?

이 모든 질문들은 소설의 형식적 정의에 머무른다면 대답될 수 없다. 구체적인 대답은 소설활동이 발생하고 있는 사태 자체에 대한 탐구를 통해서만 발견될 수 있을 것이다. 이것은 위의 인간과 소설에 대한 두 정의를 무시한다는 말이 아니다. 중요한 것은 그 두 정의를 어떻게 해석하느냐에 달려 있다. 이인성의 『한없이 낮은 숨결』은 그 두 정의에 입각한 소설의 본성에 관한 탐구를 가능하게 해주는 장소로서의 여건을 마련해준다는 점에서 특별한 소설이다. 이 소설에는 소설의 가능성 혹은 능력이 무엇이며, 소설활동이 발생하는 환경은 어떻게 형성되며, 소설의 존재 방식은 무엇인지와 같은 문제가 매우 구체적으로 형상화되어 있다. 말하자면, 이 소설은 소설이 무엇인지를 스스로 내보여주고 있는 소설이다. 소설활동 자체를 소설화함으로써 소설이 자신을 현상화하는 방식을 드러나게 해주는 이 소설을 지금 읽는 이유는 20여 년 전의 과거로 돌아가보자는 취지가 아니다. 이 소설은 충분히 현재적이다. 이 소설은 독자가 자신만의 방식으로 놀이할 터를 제공해주고 있으며, 소설활동의 의미에 관한 현상학적 경험을 가능하게 해준다. 이 소설에 대한 이러한 관점을 배경으로 소설활동의 한 의미를 경험해보려는 것이 이 평론의 과제이다.

2. 소설 작업, 소설 작품 ―소설의 잠재태와 현실태

소설이 있다면 그것은 어디에 있으며 언제 있으며 어떻게 있는가? 이 물음은 '소설 일반'에 대한 물음이 아니다. 장르의 존재론, 어떤 유나 종의 존재론이 지금의 관심사는 아니다. 이른바 '보편자'에 관한 대립하는 입장들인 실재론과 유명론의 어느 한쪽을 선택하는 일은 부차적 문제다. 어떤 개념주의나 기능주의를 끌어들일 이유도 없다. 소위 '소설 일반'을 어떻게 규정하든지 간에, 그것은 우리가 한 편의 소설을 통해서 경험하는 소설활동 안에서 주어진다. 따라서 여기서의 물음은 개별적이고 특정한 소설에 대한 물음이다. 즉 이인성의 『한없이 낮은 숨결』이라는 소설이 있다면, 그것은 어디에, 언제, 어떻게 있는가?

그것은 가령 오천 년 전에는 분명 어디에도 있지 않았을 것 같다. 왜냐하면 이 소설이 기록되어 있는 책, 즉 이 '소설책'의 초판 발행일인 1989년 3월 10일부터 지금까지 이 소설은 책 안에서 존재해왔기 때문이다. 소설의 존재가 책의 존재와 정확히 동일하다고 말할 수는 없다고 하더라도 기록, 보존, 전달의 '매체'를 대표하는 책의 존재를 고려하지 않고 소설의 존재를 말할 수는 없다. 인쇄와 출판에 관련된 역사적 발전과 함께 나타난 근대소설이라는 대중적 장르에 관하여 말하는 것은 여기서의 의도와 별 연관이 없다. 이 소설이 우리의 눈(의식) 앞에 책이라는 형태로 '현존'하기 전에 이미 종이와 펜을 통하여 원고의 형태로 완성되어 있었다는 사실도 일단은 제쳐두자. 이 소설이 이 책의 몸(혹은 옷)을 입기 전의 사태로 이미 존재했다는 것은 소설로서 소통되기 이전의 사태다. 그 이전의 사태를 구체적으로 경험하기 위해서라도 우리는 이 소설책을 먼저 '지각'해야 한다. 물론 이러한 주장이 소설이이라는 눈앞에 놓여 있는 직육면체의 형태를 가진 소설책이라는 하나의 사물(혹은 이미지)일 뿐이라는 것을 함축하지는 않는다. 그렇다고 한다면, 소설이란 종이 위에 배열된 잉크로 그려진 문자들의 집합에 불과할 것이다.

소설의 존재 방식에 관하여 질문하면서 소설책으로 주의를 돌린 이유는 바로 이 소설이 그러한 주의를 환기시키고 있기 때문이다. 이 소설이 소설을 성립시키는 소설활동의 두 축인 쓰기와 읽기에 관하여 언뜻 궤변적으로 보이는 논변을 펼칠 때, 소설의 존재 방식에 관한 특정한 성격이 드러난다.

지금, 나는 쓴다. 지금, 당신은 읽는다. 이때 나와 당신은 정말 동시적인가? 당신과 나는 다른 공간의 같은 시간 속에서 이 글을 주고받고 있는가? 현실적으로는 이렇다. 지금, 나는 쓴다. 지금 씌어지는 이 소설은 얼마 후 출판사에 넘겨져 편집되고 인쇄되어 책으로 제본되고 나서 책방을 거쳐 당신 손에 들어간다. 그때 당신은 읽을 것이다. 그러니까 내가 쓰고 있는 지금, 당신은 읽고 있지 않다. 〔……〕 그런데 분명히, 다름 아닌 지금, 당신은 읽고 있다. 그렇지 않은가? 지금 막, '그렇지 않은가'라고 당신은 읽지 않았는가? 하지만 당신이 이 소설을 읽고 있을 때, 내가 이걸 쓰고 있을 리 만무하다. 그때 나는 이미 썼다. 〔……〕 그렇다면 나는 '나는 썼었다'라고 쓰거나 '당신은 읽을 것이다'라고 써야 할까? 그렇지 않다. 지금 나는 쓰고 있고, 지금 당신은 읽고 있기 때문에. 도대체 어떻게 된 일일까? 간격이 있는데 간격이 없다! 신비한 말의 모순이랄지, 현재가 과거로 불려가고 과거는 미래로 불려가 서로 엉겨붙는다. 아니, 이럴 수가…, 이렇듯 당신이 이미 나의 과거이자 미래이자 현재라니… 황홀한 반죽이다! 우리―문득 이 어휘의 실감이 스치는구나―가 마음살을 비비며 합쳐지는… (「당신에 대해서」, p. 37)

위의 인용문에서 이끌어낼 수 있는 하나의 사실은 소설 쓰기와 소설 읽기라는 활동, 그리고 그 활동들을 매개해주는 매체인 소설책에서 분리되어 고립된 그저 '소설'이란 "우리"와의 '관계적 구체성'을 잃어버린 추상적인 존재라는 것이다(물론 여기서 "우리"가 무엇을 의미하는지는 뒤에서 자세히 다루어야 할 이 소설의 중요한 주제 중의 하나이다). 이때 먼저 드러나는 소설의 존재 방식은 현실태energeia로 존재한다. 소설은 활동 중에 존재한다. 혹은 작동, 작업 중에 존재한다. 그리고 이 소설 작업의 현실태는 창작 활동(쓰기)의 측면에서건 수용 활동(읽기)의 측면에서건 언제나 "우리"의 활동이다. 소설 작업은 언제나 어떤 '대화적 공간' 안에서 발생한다. 소설의 고유한 '현실'(관계의 형성)은 이 작업의 현실태 안에서 이미 발견된다. 침묵 속의 자문자답도 이미 독백이 아니다. 위의 인용문뿐만 아니라 이 소설의 도처에서 발견되는 소설활동 내부에서 발생하는 대화 상황은 현실태로서의 소설이 자신을 내보이는 현상이다. 소설을 그 현실태에서 고찰하는 한에서, 즉 쓰기의 활동이건 읽기의 활동이건 간에 하나의 소설이 "지금"의 활동 안에 있는 한에서, "나"와 "당신" 사이의 "간격은 없다." 이 활동 안에서, "마음살"과 "황홀한 반죽"이라는 표현에서 알 수 있듯이 어떤 정신성, 생명성, 물질성은 하나의 전체로 녹아 들어간다.

그런데 소설은 현실태로만 존재하지는 않는다. 의식하든 그렇지 않든 간에, 우리의 문학 이해에 엄청난 영향을 미치고 있는 아리스토텔레스의 유명한 명제에 의하면, 존재는 여러 방식으로 말 되어진다. '있는 것'은 범주(실체와 우유)에 따라 있을 수도 있고, 현실태와 잠재태dynamis에 따라 있을 수도 있다. 여기서 문제가 되는 것은 '작품'의 존재 방식이다. 소설을 하나의 작품으로 이해한다면, 그때 소설 작품의 존재는 어떻게 규정되어야 하는가? 작품은 작업의 완성이다. 그렇게 완성된 작품은 그 자체로 독립적인 실체다. 그리고 이 실체로서의 작품이야말로 완전태entelecheia인 현실태이다. 이러한 이해에 따른다면, 위에서 우리가 현실태로 규정한 소설 작업은 아직 완성에 이르지 못한 잠재태로 존재하는 셈이며, 그것이 '나' '당신' '우리'에 의존한다는 점에서, 작업으로서의 소설은 자립적인 실체적 존재가 아니라 의존적인 우유적 존재인 셈이다. 여기서 우리가 만나는 애매한 문제가 이것이다. 즉 소설활동이 일어나고 있는 한에서, 소설 작품은 아직/이미 없으며, 소설 작품이 존재하는 한에서, 소설활동은 아직/이미 없다는 것이다. 작품은 항상 '나'와 '당신'의 한정된 '우리'를 벗어난 곳에 존재한다. 작품은 항상 제3의 무엇이다. 그것은 3인칭의 '그'로 지칭될 수 있다. 이 소설이 말하는 "그"는 바로 그러한 작업과 작품 사이의 모호하고도 애매한 관계 속에서 이해될 필요가 있다.

이제 이 소설을 해석하기 위한 좀더 명확한 관점을 확정하자. 작품은 본질적으로 도래해야 할 미래의 존재이지만, 그것은 어떤 의미에서 작업의 '잠재태의 현실태'이며, 다른 한편으로 작업을 현실태로 이해한다면, 작품은 그 '현실태의 잠재태'이다. 후자의 경우, 즉 작품이 잠재태로 이해되어야 할 경우, 잠재태는 작업이 발생하는 그때마다 자신을 넘어서는 어떤 힘, 능력, 가능성으로 이해되어야 한다. 이인성 소설의 이해를 위해서 우리는 바로 이 '능력(가능성, 잠재력)의 현실태'를 파악하고자 애쓰지 않으면 안 된다. 여기서 작품의 과정과 작업의 과정은 하나의 전체로 나타난다. "그"인 작품은 저 너머에 있는 이상이지만 그는 과거, 현재, 미래를 관통하는 능력으로서 이미 존재하며, 거기에 이르고자 하는 "우리"의 가능성으로서 이미 활동 중에 있다. 「그를 찾아가는 우리의 소설 기행」의 세 곳에 나타난 세 줄의 문장은 바로 그러한 소설활동의 전체성을 암시하는 문장으로 읽혀질 필요가 있다.

그는 뛰고 있었다. 그때 거기서 뛰고 있었다… (p. 215)

그는 뛰고 있다. 지금 어디선가 뛰고 있다… (p. 265)

그는 뛰고 있을 것이다. 언젠가 어디선가 뛰고 있을 것이다… (p. 275)

여기서 '뛰는 자'를 이를테면 이 소설의 등장인물 중 하나인 마라토너 한구복에 한정시켜서 두 다리로 뛰고 있는 자로만 생각해서는 안 된다. 오히려 '뛰다'는 '심장이 뛰다' 혹은 '맥박이 뛰다'에서처럼 모든 생명체들을 살아 있게 해주는 수축과 확장의 보편적인 생명 활동의 관점에서 이해될 필요가 있다. 소설의 제목에 나타나는 "숨결"의 의미도 그러한 생명 활동과 연관되어 있다(들숨과 날숨의 운동). 소설활동은, 그것이 작품이건 작업이건, 혹은 허구이건 비-허구이건, 일차적으로 생명활동이다. 소설 속에 등장하고 암시되는 무수한 '그'들을 관통하는 본질적 성격은 '그'가 언제든 어디에서든 존재하는 생명력이라는 것이다. '그'는 말하자면 '특별한 우리'인 셈이다. 이 소설이 표현하고자 하는 '그'는 특정한 이름을 가진 개인이나 집단에 한정될 수 없는 익명의 가능성이며, 각자가 개방되는 그때마다 새롭게, 다르게 발현될 수 있는 능력으로서의 생명으로 이해될 수 있다.

내 몸에서 무엇인가가 스며 나온다. 그것은 숨소리다. 내가 애틋이 내뿜는 그것은, 내 가슴 깊숙이 화석처럼 묻혀 있던 성심이와 성기가 다시 자기의 이름으로 살아나, 끝내는 나의 새로운 '그' 안에서 스스로 이름을 지우며 나를 부르는, 한없이 낮은 숨결의 그림자다.

가까이 멀리, 멀리 가까이, 어디선가, '우리'가 숨쉰다. (p. 292)

"이 소설이 이야기하려는 '그'라는 삶의 진실"(p. 294)을 좀더 구체적으로 이해하기 위해서는 너무나 복잡하게 얽혀 있어서 현기증을 일으키기까지 하는 나, 당신, 그, 우리의 관계성에 주의를 집중해야 한다.

3. 소설활동에서 나타나는 대립성과 인칭대명사

도대체 나는 누구고, 너(당신)는 누구고, 그는 누구며, 우리는 누구인가? 이인성의 소설들은 집요하게 인칭대명사를 중심으로 전개되고 있다. 단순히 등장인물들의 이름들을 대신 지시하는 것을 넘어서, 그러한 현상들은 인칭대명사에 관한 탐구로 나타난다. 이인성의 다른 소설들도 그렇지만, 특히 소설활동의 현상을 중심으로 전개되는 이 소설에서 인칭대명사에 관한 관심은 주제적으로 두드러진다. 이런 측면에서, 이 소설집의 목차는 소설의 이해를 위한 중요한 단서를 제공한다. 다음의 제목들, 즉「당신에 대해서」「나의 자기 진술, 당신의 심문에 의한」「당신 자신인 당신을 향한 물음들」「글주정」「그때 그를 당신도 보았다면」「어느 허구에 관한 사실」「그는 왜 그럴 수밖에 없었을까」「'그는 그럴 수밖에 없었다'고 쓰지 못하다」「그를 찾아가는 우리의 소설 기행」「이미 그를 찾아간 우리의 소설 기행」「한없이 낮은 숨결」「다시 그를 찾아갈 우리의 소설 기행」에서 주목할 수 있는 사실은, 이 소설이 '당신'에서 시작하여 '나'를 거쳐 '그'를 발견하면서 '우리'에 이른다는 것이며, 또한 이 인칭대명사들을 둘러싸는 서사의 운동은 직선적인 운동이 아니라 상승과 하강, 진행과 퇴각이 교차하면서 열린 결말에 이르는 나선형의 운동이라는 사실이다(이 나선형의 운동을 세부적으로 파악하려는 시도가 이 글이 전개되면서 다소 거칠게나마 도식적으로 이루어질 것이다).

이 역동적인 나선형 운동 속에서 나타나는 나, 당신, 그, 우리는 각각 고립되고 고정된 실체들이 아니며 하나의 구체적이고도 전체적인 흐름 속에 존재하는 관계적 요소들이다(자기동일적 존재가 있을 수 있다면, 그것은 이 관계의 전체성 속에서만 찾아질 수 있을 것이다). 이 인성의 인칭대명사들은 문법적이거나 형식논리적인 의미를 넘어서는 의미를 의도하고 있다.

현실 속에 여전히 그 누군가로 막연히 떨어져 있는 잠재태의 당신들이 언젠가 '당신'으로 겹쳐지게 되기를, 그리하여 종국엔 '그'와 '나'와 더불어 서로의 인칭을 몸 바꿔 나눌 때 그 사이로 참다운 '우리'가 구체화되기를, 아니, 차라리 서로를 가르고 묶고 따지는 그 인칭대명사의 틀마저 넘어서는 그 누구-무엇이 되기를, 그 토록 갈망하는 꿈의 실체가 있어(희한타, 저 체험의 미래를 실체로 꿈꾸는 존재는 누구-무엇인가?), 그 희디흰 생생함이 체감되지 않는 바도 아니다(희한타, 또한 이때 누구-무엇이 그것을 체감하는가?). 그러나 짐짓, 이것이 글인 탓에 다른 도리 없이 주어진 문법에 맞는 인칭대명사로 지시되어야 하는 지금의 막연한 우리는, 어떻게든 그 지칭의 어설픔을 싸안으며 가능한 한 서두르지 않고, 서로 마주 만나보기는커녕 이 얼굴 없는 소설적 접선마저 엄두를 내고 있지 않은 그 누군가들에 이르기까지, 아무리 아득하게 멀고 불완전한 존재들로 느껴질망정, 그럼에도 불구하고 어떤 밑모를 힘과 함께 이 허구 속으로 꿈틀꿈틀 움직여 들어오는 모든 인칭들에 대해 먼저 충실해야만 하리라. (「이미 그를 찾아간 우리의 소설 기행」, p. 294)

"주어진 문법에 맞는 인칭대명사로 지시되어야 하는 지금의 막연한 우리"와 "그 인칭대명사의 틀마저 넘어서는 그 누구-무엇"의 관계를 가능한 한 명확히 인지하기 위해서라도 "어떤 밑 모를 힘과 함께 이 허구 속으로 꿈틀꿈틀 움직여 들어오는 모든 인칭들에 대해 먼저 충실"해질 필요가 있다. 하지만 미리 분명히 해야 할 점은, 위의 인용문이 보여주듯이, "우리"라는 지칭은 문법적으로 이해될 수 없다는 점이다. '우리'는 소위 '1인칭 복수'가 아니다. '우리'는 말하자면 1인칭 단수로 지칭되는 존재들의 양적인 집합인 '나들'이 아니다. 이 소설이 말하고 싶어 하는 '우리'는 차라리 '아직' 알 수 없는 '미지의 4인칭'으로 불러야 하는 무엇인 듯하다. "언젠가 당신과 나와 그가 함께 모일 때 만나게 되는 것은, 서로서로라기보다는 서로의 사이에 존재하는 '우리'가 아닐까?"(p. 193)라는 의미심장한 대목에서 예감할 수 있는 것이 바로 '미지의 4인칭인 우리'다. 이 '우리'는 마치 헤겔의 『정신현상학』에서 나타나는 방관자적인 '우리'처럼 아직 실현된 무엇은 아니지만 그럼에도 불구하고 미리 주어져 있는 무엇인 듯하다. 물론 이러한 비교를 통하여 이인성의 '우리'가 헤겔의 '우리'와 동일하다는 것을 말하려는 것은 아니다. 우리의 '우리'가 "누구-무엇"인지는 오직 "삶"(!)의 작품 혹은 작업을 통해서만 예감할 수 있을 것이다. 이 예감, 이 "꿈의 실체" 속에서 소설은 다음과 같이 말한다. "당신의 세상 안에는 없으나 당신의 삶 안에 있는 어떤 불가사의한 유동체의 공간과 행위가 빚어지기를"(pp. 243~44).

각 언어들의 문법적 범주를 벗어나서, '나, 당신, 그'라는 인칭 속에는 이미 '수'가 나타난다. '나'는 '자신'를 상징하는 '1인칭'이고, '당신'은 '자신이 아닌 타인'을 상징하는 '2인칭'이며, '그'는 '자신도 타인도 아닌 자'를 상징하는 '3인칭'이다. 하나, 둘, 셋—이렇게 적어도 셋의 관계 속에서만 나, 당신, 그는 유의미한 상징의 의미를 가질 수 있다. 고립되어 저 혼자 있는 자는 나도 당신도 그도 아니다. 아무도 아니다. '하나'인 '나'만 있다면, 그 '나'는 아직 '자신'이 아니다. '둘'인 '당신'이 나타난 후에야 '나'는 '타인이 아닌 자신'이다. '나'는 이미 '~이 아님'이란 매개를 거친 '나'이다. 이것이 아마도 이 소설집이 「당신에 대해서」라는 작품으로 시작하는 이유일 것이다. '나'는 '직접적인 나'가 아니라 '매개된 나'이다. '나는 나다'(A=A, 동일률)라는 무의미한 동어반복과 '나는 비-나가 아니다'(A≠~A, 모순율)라는 맹목적 모순부정 사이에는 '나는 당신이 아니다'(나는 비-당신이다)라는 대립 관계가 형성되어 있다.

이 소설이 독자의 특별한 인내력을 요구할 정도로 끈질기게 추구하고 있는 문제는 그처럼 인칭대명사들이 상징하는 내적인 관계에서 발생하는 대립성(혹은 모순성)에 관한 문제이다. 이처럼 서로에 대한 대립 관계 속에서 '나'와 '당신'이 공유하고 있는 것은 '아님'이라는 부정성이다. 이 부정성 속에는 이미 나도 당신도 아닌 3인칭이 잠재적으로 존재하고 있었다. 형식 논리로 말한다면, '나는 당신이 아니다'와 '나는 비-당신이다' 혹은 '당신은 나가 아니다'와 '당신은 비-나이다'는 소위 '동일한 진리값'을 가지는 명제일 수도 있겠지만, 존재론적으로는 '나'와 '비-당신' 그리고 '당신'과 '비-나'는 이미 제3의 존재에 의해서 매개되어 있다.

즉 '그'는 '비-당신이면서 비-나'인 존재이다. '나'와 '당신' 사이의 관계가 의식되기 이전에 이미 '그'는 그 관계의 중심적 힘으로서 활동 중이었다. '나'와 '당신'의 대립 관계 속에서 파악되는 '그'는 어떤 부정적이고 파괴적인 힘으로 나타나지만, 직접적으로 파악된 '그'는 순수한 가능성으로서의 긍정적인 힘이다. '그'는 대립 관계 속에 숨겨져 있어서 잘 보이지 않는다. 바로 이러한 관계성의 내적인 사태 자체가 이 소설을 형성하고 있다. 즉 대립 관계의 중심에서 해체되어 '그'를 발견하면서 '우리'를 형성하고자 하는 이 소설은 「당신에 대해서」「나의 자기 진술, 당신의 심문에 의한」「당신 자신인 당신을 향한 물음들」에서 팽팽하게 긴장된 대립 관계(각자의 본래적 가능성을 열어둔 유보적인 대립 관계)를 보여준 다음, 「글주정」에서 해체되며, 「그때 그를 당신도 보았다면」에서 '그'를 발견/추적하면서 '우리'의 소설 기행을 시작하는 것이다. 물론 앞에서 말했듯이, 이때 '우리'는 미리, 이미 전제되어 있으며, 이 서사의 운동은 나선형의 운동이다. 이 서사의 운동은 어떤 관점에서 보자면, 대립 관계를 통하여 분열, 증식, 확산하는 양적인 운동이지만, 다른 관점에서 보자면, 이 소설의 문체가 보여주듯이, 즉 오래된 표현으로, 변증론자의 냉철한 '꽉 쥔 주먹 문체'와 수사학자의 설득적인 '펼쳐진 손바닥 문체'가 자연스럽게 교차하는 문체가 보여주듯이, 수축과 확장을 통한 질적인 변화의 생명

운동이다.

　대략적으로 말하자면, '그'는 '나'와 '당신'이라는 양극을 매개하는 중항이다. '그'는 부정적으로 말하면 나도 아니고 당신도 아닌 존재이지만, 긍정적으로 말하면 나이면서 당신인 존재이다. 위에서 말했듯이, '그'는 '특별한 우리'이다. 이런 표현이 허용된다면, '그'는 '공통주체'의 성격을 갖는다. 그리고 '그'는 본래적으로 '나'와 '당신'의 '미래'이고 '가능성'이기에, '그'를 어떤 고정된 존재로 한정시켜서 붙잡을 수는 없다. '그'는 모순적인 존재이다(존재하는 모순이기에, '그'는 무모순이기도 하다). 왜냐하면, '나'와 '당신' 사이의 관계성 자체로서의 '그'는 그 사이에서 형성되는 동일성과 차이를 동시에 갖고 있기 때문이다. 그래서 '그'는 차라리 유사성 혹은 닮음의 성격을 갖는다고 말하는 것이 더 나을 것이다. 동일성이면서 차이인 유사성. 이 소설이 '그'를 찾아가면서, 한편으로 동일하고 다른 한편으로 다른, 즉 닮은 그, 그녀들로 '그'를 표현하고자 한 이유는 바로 거기에 있다.

　한구복 그와 여기에 나오는 다른 그, 그녀들 사이에 대체 어떤 연관이 있는 겁니까? 확고한 동질성을 확보해야, 여러 삶의 국면에 공통으로 드러나는 인간의 모습을 볼 텐데, 여기선 그런 게 존재합니까? 완벽하게 똑같이는 아니겠지요. 사실 그건 제 의도이기도 합니다. 모델을 더욱 선명히 정립하는 게 아니라 모델을 해체시키겠다는 거지요. 수렴이 아니라 확산이란 말입니다. 물론 저는 한구복과 다른 그들 사이에 어떤 공통의 부분이 존재해야 한다는 걸 죽 염두에 두어왔습니다. 하지만 그건 어디까지나 부분이지요. 그 부분을 제외하면, 나머지는 자기 삶의 몫이 됩니다. 그러면 그 전체가 세계를 구성하겠지요. 참으로

인간이 그렇듯이오. (「이미 그를 찾아간 우리의 소설 기행」, p. 364)

　이 인용문에 의하면, '그'는 마치 어떤 양적인 "전체"를 구성하는 "부분"인 것처럼 보인다. 하지만 여기서 강조되어야 할 점은 '그'가 양적으로는 부분일 수 있지만, '질'적으로는 '전체'로 파악되어야 한다는 점이다. '그'가 질적 전체성이기에, '나'와 '당신'은 '그'를 통하여 총체적 변화의 가능성을 가질 수 있다. 말하자면, '우리-각자-자신'에 접근해갈 수 있다.

　우리는 이제 위에서 분석된 인칭대명사들의 내적인 관계성을 이 소설에서 경험되는 소설활동 자체에 유비적으로 확장하여 적용해야 한다. 이 소설에서 '나'는 소설가이고 '당신'은 소설 독자이다. 그렇다면, '그'는? 소설책이다. 소설가와 소설 독자를 매개하는 것은 소설책이다. 그렇다면, '우리'는? 소설이다. 이미 전제되어 있으면서도 아직 알 수 없는 '소설'이 소설가와 소설 독자와 소설책의 '우리'이다. 여기서 나(소설가), 당신(소설 독자), 그(소설책), 우리(소설)의 관계는 각각의 입각점에 따라서 상당히 유동적이다. 여기서 중항과 양극단의 관계는 전도될 수 있다. 가령, 소설책은 소설가와 소설 독자 사이의 매개중항이지만, 소설가의 관점에서는 창작활동의 끝이면서 소설 독자의 관점에서는 독서활동의 시작이다. 여기서 소설책은 중간이고 끝이고 시작이다. 중항은 극단이기도 하다. 소설책의 시작으로서의 극단인 소설가 '나'도 또한 소설과 소설책을 매개하는 '그'인 중항일 수 있는 것이다. 이러한 관계의 유비는 물질과 정신의 대립성을 매개하는 생명활동의 관계성에까지 확장될 수 있다. 이인성의 소설은 분명 이러한 관계의 유비 혹은 유비의 관계를 중심으로 전개되고 있다.

4. 소설+책의 지각적 인식과 대립의 사각형

소설과 소설책의 경계는 모호하다. 인식과 지각의 경계 또한 그렇다. 이 소설책을 지각함이 없이 이 소설을 인식할 수 있는가? 물질적 활동인 책의 지각과 정신적 활동인 소설의 인식은 물질과 정신이 대립하는 것이라면 분명 대립 관계 속에서 일어나는 활동이다. 그리고 이 대립 관계가 반대나 모순에 해당하는 관계라면, 소설활동이 성립하는 것은 분명 불가능하다. 하지만 소설활동이 가능하기에, 정신적 존재와 물질적 존재는 동일하거나 그 둘의 연관을 가능하게 하는 다른 존재에 의하여 매개되어 있다. 물론 '우리'(?)는 유물론이나 유심론의 극단적인 두 입장을 거부한다. 각각의 동일성과 타자성을 인정하고 둘 사이의 관계성에 주의를 기울이는 것이 우리의 입장이다. 전자책이건 종이책이건 석판이건 시신경체계이건 뇌이건, 어떤 물질적 매질의 매개를 거치지 않은 문자의 지각이나 인식은 성립할 수 없으며, 그것의 전체적 의미를 파악하는 정신적 활동의 매개를 거치지 않은 문자의 지각이나 인식도 성립할 수 없다. 쓰기와 읽기라는 생명활동이 성공적이기 위해서, 물질성과 정신성은 각각의 경우에 그 정도는 다르겠지만 서로 융합해야 한다. 물론 여기에는 분명 어떤 대립성이 존재하며, 성공적인 소설활동을 위해서는 그 대립성에 어떤 방식으로 대처할 것인지가 중요하며, 그것은 이 소설의 처음부터 강력하게 표현된다. 이 첫 부분은 소설활동의 이해를 위해서 매우 중요하기에 길지만 인용한다.

우선, 이 소설을 읽으려는 당신에게, 잠깐 동안 눈을 감도록 권하겠다.

눈을 감지 않고 위의 비어 있는 한 줄을 뛰어넘었다면, 제발, 아래의 비어 있는 한 줄을 건너기 전에, 꼭, 눈을 감아보기 바란다. 이때 눈을 감고 무엇을 어떻게 할지는, 전적으로, 또한 기필코, 당신 자신이 깨달아야 할 일이다. 그러니 앞에서 눈을 감았었더라도 그저 눈꺼풀을 덮어본 놀음에 불과했다면, 이 경우 역시, 다시 한 번 당신 눈 속의 그 어둠과 마주하는 게 스스로 뜻 깊겠다. 이번엔 가능한 한 오랫동안, 눈꺼풀 안으로 쫓아 들어온 현란한 빛무늬가 완전히 암흑의 뒤편으로 스러지도록. 그래서 원컨대, 그 짙은 어둠의 응시가 이 소설 읽기를 지탱하도록.

분명, 당신은 눈을 감지 않았거나 너무 일찍 눈을 떴다. 그렇다면, 그러므로, 이제 이 순간, 돌연히, "오, 빌어먹을! 늘 똥마려운 듯한 그대, 성급한 독자여! 속물이여! 개새끼여!"라는 격한 욕설―써놓고 나니 지나치게 시적이다―을 당신에게 퍼부어버려도 상관은 없으리라. (「당신에 대해서」, pp. 11~12)

여기서 '당신'에게 거친 대립성을 드러내면서 말하고 있는 자는 누구인가? 전통적인 이해에 따르면, 화자 혹은 서술자(혹은 등장인물)이다. 하지만 화자 혹은 서술자란 누구인가? 소설 혹은 소설책의 매개를 거친 소설가이다. 그리고 모든 발화가 허공에 대고 하는 말이 아닌 이상, 여기서 말하는 자는 어떤 '당신'의 매개를 거친 자이기도 하다. 그런데, 독자의 독서활동 속에서 가장 직접적으로 말하고 있는 자는 다른 누구보다도 소설책이다. 물론 소설책은 침묵하고 있다. 하지만 이 소설책의 문자를 지각하면서 이해하고 있는 한, 우리는 침묵의 말을 듣고 있다. 이 침묵의 말을 들을 수 있는 이유는 문자언어의 지각이 이미 상상력의 활동이기 때문이다. "글인데 어떻게 소리를 듣느냐고요? 괜찮습니다. 들으십시오, 내 목소리를. 당신의 상상으로. 글이므로 듣는 것이 아니라 읽는 것이라는 확고한 의식을 가지고, 동시에 자재로운 상상을 여십시오"(「당신 자신인 당신을 향한 물음들」, p. 74). 이 상상적 지각활동 속에서 책과 문자의 이미지가 정확히 어디에, 어떻게 놓여 있는지는 이미 모호해진다. 종이 위에 놓여 있던 잉크로 그려진 문자의 이미지가 책과 눈 사이의 거리를 통과하여 뇌의 신경체계에 도달하면서 어떻게 움직였으며, 어떻게 그 물질적 상태의 변화를 겪으면서 정신적 인식이 되었는지에 관한 문제는 여기서의 관심사가 아니다. 이 소설이 위의 인용문 속에서 암시하고 있는 것은 상상적 지각활동의 조건들이다. 소설책과 소설책의 매개를 거친 소설가가 "당신"의 주의를 요구하고 있는 곳은 "눈" "빛(무늬)" "어둠(암흑)"이다.

소설을 읽기 위해서는 눈을 떠야 한다. 눈의 시각능력이 발휘되어야 한다. 그럼에도 불구하고 왜 이 소설은 눈을 감아야 한다고 말하는가? 왜 "그 짙은 어둠의 응시가 이 소설 읽기를 지탱"해야 한다고 말하는가? "어둠의 응시"라는 표현에는 분명 시각적인 의미가 함축되어 있다. 외부의 빛을 향해 있는 눈과 내면의 어둠을 향해 있는 눈의 대비 속에서 이 후자의 눈은 분명 '의식'이다. 하지만 이 의식이 "응시"해야 하는 "어둠"이란 무엇을 의미하는가? 무엇보다도 어둠은 보이지 않는다. 지금의 한정된 보이는 것에 머물러 만족하고 있는 의식의 입장에서 보이지 않는 어둠을 응시하는 작업은 "의식의 시련"(「당신에 대해서」, p. 13)이다.

눈과 의식, 빛과 어둠, 당신과 나의 대립성을 환기시키면서 시작하는 이 소설을 통하여 경험되는 소설활동은 일차적으로 '의식의 시련'이다. 이 의식의 시련을 겪어야 하는 이유는 "아마도 멀고 먼 그 언젠가, 당신을 다르게 참답게 만나겠다는 마음"(「당신에 대해서」, p. 12)이 있기 때문이다. "다르게 참답게 만나겠다"는 미래에의 욕망과 연관된 의식의 시련은 우선 저 대립성들의 이해와 관련된 작업이다. 만일 저 대립성들이 영원히 고정되어 불변하는 무엇이라면, 우리의 욕망과 시련은 전적으로 무의미하다. 만일 그렇다면, 우리에게 남은 일은 반대편이 죽거나 패배해서 없어질 때까지 '투쟁'하거나 상대편이 자신에게 그렇게 하지 못하도록 폭력이나 속임수로 '지배'하거나 서로에 대한 관심을 '무화'시키는 일이다. 그런데 이 마지막 선택지는 가능하지 않다. 왜냐하면, '대립'이란 '관계'이며, 관계는 긍정적이건 부정적이건 매혹이건 반발이건 서로에 대한 '관심'(연결되어 있음)을 전제하기 때문이다. 바로 여기에, 소설 속의 소설가가 다음처럼 말하는 이유가 있다.

정직한 척하더니 어느 틈에⋯ 어느 틈에, 나는 내 의식이 다스리지 못하는 몽상을 털어 놓았다. 내친 김에, 나는, 그 적들이 서로 헤어질 수도 없고 싸우지 않을 수도 없을 때, 그 싸움을 사랑싸움으로 접붙일 수는 없을까?—로 이어진 요설까지 헤벌리겠다. 나중에 더 독하게 당하더라도, 내가 규명하지 못하는 속마음이라고 진술하지 못할 이유가

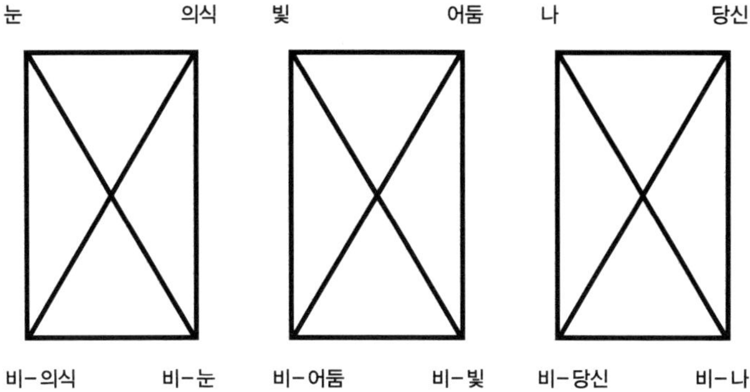

없다. 소설을 써오면서 얻은, 양보할 수 없는 내 깨달음 중의 하나는, 소설에는 계산하려 해도 계산되지 않은 내가 나도 모르게 씌어진다는 사실이다. (「나의 자기 진술, 당신의 심문에 의한」, p. 62)

그러므로 이 소설이 말하는 '의식의 시련'은 대립 관계들의 '변형 가능성'을 전제하고 있다. 이 변형 가능성을 전제로 하여 이 소설의 시작에서 표현되고 있는 대립 관계들을 아리스토텔레스의 『명제론(해석에 관하여)』으로부터 유래하는 '대립의 사각형'을 변형시킨 그레마스의 '기호학적 사각형'을 통하여 나타내보면 다음과 같다. (그림 1 참조)[2]

이 대립 관계들은 사각형의 '표면'을 둘러싸고 형성되어 있다. 이 관계들에서 결여되어 있는 것은 '깊이'다. 이 대립 관계들은 이미 소

---

2) 대립의 사각형과 그레마스의 '기호학적 사각형'과의 동일성과 차이에 관해서는 다음의 명료한 논의를 참조. 김태환, 『문학의 질서』, 문학과지성사, 2007, pp. 173~83.

설책의 지각에서 상징적으로 나타난다. 우리는 소설책이 깊이(혹은 높이)를 가진 직육면체의 형태로 지각된다는 것을 알고 있다. 하지만 책을 펼쳐 특정한 페이지의 표면에 있는 문자를 '직접적'(?)으로 지각하는 바로 그때, 입체는 사라지고 표면만 남는다. 위의 고정된 대립 관계들은 표면에 직접적으로 맞서서 머무를 때만 나타나는 관계이다. 더구나 위의 관계들은 전혀 직접적인 관계가 아니며 매개된 관계이다. 앞에서 밝혔듯이, 눈과 의식의 활동은 상상력에 의하여 매개되어 있다(첨언하자면 상상력은 기억, 즉 특별한 종류의 책인 기억과 무관할 수 없다). 상상력은 비-의식이면서 비-눈이며, 눈과 의식에 대하여 반대나 모순 관계에 있는 능력이 아니다. 오히려 상상력은 눈과 의식 전체의 잠재적인 능력이다. 나, 당신, 비-당신, 비-나 또한 마찬가지이다. 앞에서 말했듯이, 여기에는 비-당신이면서 비-나인 '그'의 잠재적인 활동이 있다. '사이의 깊이'에서 발생하는 활동에 주의를 기울일 때, 위의 대립 관계들은 고정된 채로 머무를 수 없다. 그렇다면 빛과 어둠의 경우는 어떠한가?

여기는 불확실성과 애매모호함이 가득하다. 이 소설 속에 나타나는 빛과 어둠에 관한 진술은 모순과 역설로 가득 차 있다. "빛의 어둠"(p. 29) "캄캄한 빛이냐 환한 어둠이냐"(p. 36) "빛이 어둠인지 어둠이 빛인지"(p. 38)와 같은 표현들의 '의미'는 그야말로 어둠 속에 있다. 다만, 우리가 여기서 빛과 어둠 사이의 매개로 끌어들일 수 있는 것은 '색'이다(색은 특히 이 소설 안의 소설가가 자신의 꿈을 통해서 암시하는 소설활동의 의미와 무관하지 않다). 괴테의 색채 연구가 보여주듯이, 색은 빛과 어둠의 대립적이면서도 상보적인 활동에 의하여 나타나는 것이다. 그리고 색은 항상 어떤 매질과 함께 나타난다. 그

매질이 투명하건 불투명하건 색은 어떤 연장성을 가진 매질과 함께 나타난다. 그런데 눈이 보는 것은 매질 자체가 아니라 색이다. 눈을 통하여 '보이는 것'은 색이다. 따라서 직육면체나 사각형 그리고 문자와 같은 '기하학적 형태'는 색과 더불어 의식에만 나타나는 것이다. 다른 한편으로, 매질 자체의 투명한 연장성에 대한 지각은 눈과 의식 이전의 촉각에 유비적인 '느낌'인 듯하다. 여기서 우리가 강조해야 할 점은 소설＋책에 대한 지각적 인식의 현실태에서 이 모든 색, 형태, 연장성과 눈, 의식, 촉각적 느낌은 상상력의 매개를 거친 소리(침묵)와 청각적 느낌과 더불어 하나의 전체로 존재한다는 것이다.

　소설활동에서 지각과 인식의 각 요소들은 전체적으로 매개되어 있다. 이 소설이 "우리는 보는 것뿐만이 아닌 다른 지각 행위도 실제로는 상당 부분 바라보는 것으로 대체해왔다는 사실"을 이야기하고, "부분적 기능이 전체성보다 더 강조되는 방향으로 악화"되는 현상에 관하여 이야기하는 이유는 바로 이 '전체적 매개'의 중요성 때문이다(「이미 그를 찾아간 우리의 소설 기행」, p. 303, p. 322). 가령, 소설에 특징적인 문자언어의 지각을 고려한다면, 우리는 문자를 매개 없이 지각할 수 없다. 진공 속에 홀로 떠 있는 문자도 없고, 그것과 상관없이 홀로 떨어져서 그 문자를 표상하는 지각 주체나 인식 주체도 있을 수 없다. 문자언어는 색과 형태의 매개 없이 지각 혹은 인식될 수 없으며, 따라서 빛, 어둠, 연장성 없이 있을 수 없으며, 음성언어는 소리와 침묵의 매개 없이 있을 수 없다. 이 매개하고 매개되는 활동이 항상 살아 있는 유기적 전체의 단일성의 관점에서 이해될 필요가 있다는 것은 이 소설이 표현하고자 하는 주제이고 문제이기도 하다.

본다, 나를 본다; 만난다, 당신에게 만나진 그를 만난다; 느낀다, 그에게 느껴진 나에게 느껴진 당신들을 느낀다; 인식한다, 그들에게 인식된 우리에게 인식된 당신에게 인식된 나들을 인식한다; 상상한다, 당신들에게 상상된 그들에게 상상된 나에게 상상된 우리에게 상상된 우리들을 상상한다; 쓴다, 우리들에게 씌어진 나들에게 씌어진 나에게 씌어진 그에게 씌어진 당신들에게 씌어진 그들을 쓴다… 하지만 누가? 무엇이? 어떤 존재가 보고 만나고 느끼고 인식하고 상상하고 쓰는가?… (「이미 그를 찾아간 우리의 소설 기행」, p. 296)

전체적으로 매개된 지각적 인식활동을 통하여 우리에게 주어지는 소설＋책의 내용물은 감각적 사물도 아니고 의식적 표상도 아니다. 그것은 '이미지'다. 상징적 의미를 함축하고 있는 살아 있는 이미지다. 이미지는 긍정적으로 파악된 '현상'이다. 즉 그것은 '가상'이 아니다. 우리가 이 소설 속에서 만나는 소설가, 이야기꾼, 독자, 등장인물 혹은 나(들), 당신(들), 그(들), 그녀(들)은 사물도 아니고 표상도 아니고 가상도 아닌 '현상인 이미지'이다. 실재 혹은 물자체와 현상을 구분한 다음에 다시 그 현상을 가상으로 취급해서는 안 된다. 실재만 '존재한다'거나 가상만 '(비)-존재한다'는 식의 입장은 우리의 입장이 아니다. 말하자면, 우리는 허구인 이 소설이 실재 혹은 가상의 무엇이라고 말하지 않는다. 허구는 실재일 수도 가상일 수도 있다 (가능성의 관점에서 파악된 허구). 하지만 소설의 허구가 실재 혹은 가상일 수 있기 위해서는 먼저 그것이 현상으로 우리에게 경험되어야 한다. 이 경험의 현상이 이미지의 현상이다. 가상이 현상인 척 하거나 현상이 실재인 척하거나 실재가 마치 현상이나 가상인 것처럼 보일 수 있는 전제는 어쨌든 그것이 자신을 내보여준다는 현상(이미지의 현상)에 있다. 이인성의 이 소설이 사실, 현실, 허구, 상상을 카오스처럼 뒤섞으면서 견지하고 있는 태도는 바로 그것이다. 이 소설 속에서 "나는 이 소설의 작가 자신인 척하는 이야기꾼"(「그를 찾아가는 우리의 소설 기행」, p. 193)이라거나 "나는 한편으로 마지못해 소설인 척함으로써 소설이 아닌 척해온 이 소설의 작가 자신인 척하는 이야기꾼인지도 모른다"(「그때 그를 당신도 보았다면」, p. 129)라거나 "현실인 척 허구를 닫아 허구인 척 현실을 연다?"(「다시 그를 찾아갈 우리의 소설 기행」, p. 386)와 같은 표현을 만날 때, 우리가 견지할 태도 또한 마찬가지이다. 그는 어쨌든 자신을 내보여주고 있는 것이다. 이 현상은 이미 시작되었지만 아직 완결되지 않은 활동, 즉 우리의 잠재력과 가능성 안에서 주어지는 살아 있는 이미지이다. 빛과 어둠을 매개하는 것은 이미지다.

5. 말, 이미지, 침묵, 하강의 역삼각형과 상승의 삼각형

이 소설은 앞에서 정리한 대립 관계에 머무르지 않고 그 관계의 깊이로 침투하려는 노력을 보여준다. 이 노력을 도식적으로 표현한다면, 대립의 사각형이 하강의 역삼각형으로 변형되는 과정으로 나타날 것이다(여기서의 '하강'은 어떤 의미에서 '상승'이기도 하다). 즉 위의 사각형들의 밑변에 놓여 있던 비-의식과 비-눈은 '상상력'으로 변형/결합되고, 비-어둠과 비-빛은 '이미지', 비-당신과 비-나는 '그'로 변형/결합된다. (그림 2 참조)

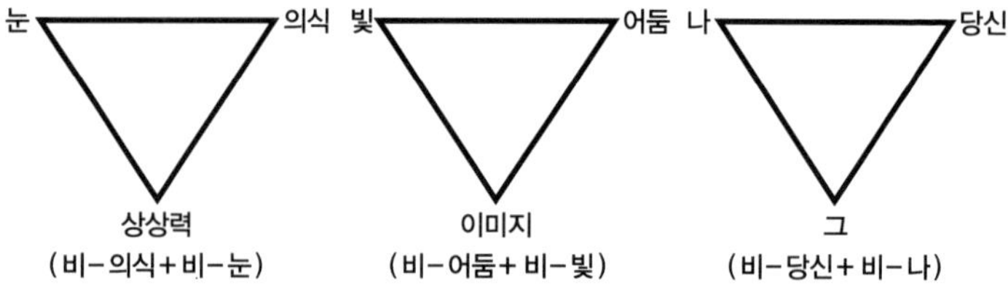

　　여기서 유념해야 할 점은 이 도식들이 이 소설이 보여주는 구체적인 관계적 활동을 당연하게도 잘 표현해주지 못한다는 점이다. 우선적으로 강조해야 할 점은 이 관계의 변형이 대립 관계의 해소를 의미하지 않는다는 점이다. 오히려 이 변형은 "우리가 모두 발디디고 있는 암중모색의 언어 공간"에서 그 대립 관계들을 '우리-각자-자신' 안으로 끌어안음으로써 이루어진다. 그 안에서 나와 당신은 현재에 고정된 대립 관계의 핵심으로 들어가 마주친다. "이 소설로 한 발자국이나마 내디딜 수 있다면 가야 하리, 읽혀서 자백하는 나와 씌어져서 심문하는 당신이 부딪겨 일으키는 번갯빛에 흠칫 건너다보이는 저 어둠의 밖으로"(「나의 자기 진술, 당신의 심문에 의한」, p. 46). 이렇게 최초의 대립 관계가 해체(죽기)되면서 그 안에 잠재되어 있던 새로운 대립 관계로 진행(되기)할 수 있는 이유는 '우리의 미래, 가능성, 잠재력'에 관한 예감 때문이다. 즉 '변형 가능성' 때문이다. "당신과 나는 무수히 가능한 '당신'들과 '나'들 중의 한 예일 따름이다. 당신과 나는 스스로 실험당하는 것을, 실패를 두려워해서는 안 된다. 따라서 예정 속의 모든 것은 파기되어야 한다"(「나의 자기 진술, 당신의 심문에 의한」, p. 47).

이 소설이 표현하고자 하는 것은 '현실'(?)의 현실태이기보다는 가능성과 능력의 현실태다. 그런데 여기서 '가능성'과 '능력'은 무엇을 의미하는가? 먼저, 가능성에 대해서 이 소설은 어떻게 말하고 있는가?

그나마 문학은 스스로를 직시하게 해주고, 실현되지는 않았으나 가능성을 꿈꾸게 해주지 않았는가. 그러니 '말로만'이라고 말하기보단, 먼저 '말로나마' '말로부터' '말과 더불어'라 말해야 하지 않겠는가. (「나의 자기 진술, 당신의 심문에 의한」, p. 69)

위의 인용문 속에서, 소설("문학")은 분명 "가능성"과 "꿈"과 "말"과 깊이 연관되어 있다. 여기서 "말로나마"라는 표현은 "말로만"이라는 질책성 항의에 대한 양보적 표현으로 이해하고, "말로부터"와 "말과 더불어"라는 표현에 주의를 집중하자. "~로부터"라는 표현은 어떤 것이 거기서부터 '시작'해야 한다는 원리적 성격을 "말"에 부여한다(물론 여기서의 '원리'란 어떤 추상적이고 법칙적인 원리를 의미하지 않는다). 또한 "~과 더불어"라는 표현은 "말"이 자신과 함께 어떤 다른 것을 동반한다는 사태를 함축한다. 우리는 "말"과 함께 있는 이 사태를 '침묵'으로 이해한다. 말과 침묵. 말의 가능성은 침묵의 능력 속에 있다. 이를테면, "말빛"(「한없이 낮은 숨결」, p. 368)이라는 표현 속에서 말이 빛과 연관되어 있듯이, 침묵은 어둠과 연관된다. 말과 침묵은 소리, 형태 등의 이미지 혹은 음성언어, 문자언어의 이미지에 선행하면서 그것들의 현상을 가능하게 해주는 본질적인 관계적 존재로서 이 소설 속에 표현되고 있다.

막바지에 드깊은…, 말 자신의, 침묵이 아닌 한…,, 막바지에 드높

은…, 침묵 자신의 말이, 아닌 한…,, 아니야…,, 말 씀, 없이, 말 안

씀, 있을…말 안 씀, 없이, 말 씀, 있을…, 수, 없이…, 있어…, 맞물

려…, 마찬, 가지, 한, 가지, 일진 저… (「한없이 낮은 숨결」, p. 370)

우리가 지금까지의 해석으로부터 이끌어낼 수 있는 소설활동의 특
징적인 성격은 다음과 같다. 즉 소설활동이란 빛과 어둠, 말과 침묵,
가능성과 능력 사이에서 형성되는 이미지들의 유동적 현상을 타인과
소통 가능하도록 문자언어로 고정시키는 인간의 활동이다. 이 활동
속에서 파악된 '허구'의 성격은 '거짓말'이나 '조작'이나 '가상' 같은
부정적 성격을 갖지 않는다. 오히려 이때의 허구는 미래의 새로움을
향해 있는 '우리-각자-자신'의 긍정적인 형성력과 연관되어 있다. 이
소설에 의하면, 소설이란 "허구를 목표로 삼고 있는, 상상 속에서 무
엇인가를 펼쳐 나가려는, 한 언어의 장치"(「당신 자신인 당신을 향한
물음들」, p. 71)이다. "상상"한다는 것은 이미지를 형성하고 변형시
킨다는 것이다. 그리고 허구라는 말에서 중요한 의미는 제작, 변형,
형성의 관념이다. 소설이 허구적 이야기라면, 이때 이야기는 그 근원
적 의미에서 아마도 신화를 의미할 것이다. 신화란 자연(우주)적 생
명력의 언어적 표현이며, 최초의 서사적 운동이다. 신화, 서사시, 비
극과 희극, 로망스, 소설에 이르는 이야기의 복잡한 진화 속에서, 그
최초의 형태는 변형되었을지라도, 언제인지 모를 최초의 서사적 운동
을 일으킨 그 추동력은 여전히 운동 중에 있다. 그것은 소설의 잠재
력이다. 그런데 그것은 동물적 성격을 가지는 잠재력이다. 이 잠재력
으로부터 인간이 동물과의 차이를 형성시켜왔듯이 소설도 신화로부

터의 차이를 형성시켜왔다고 말할 수 있을 것이다. 하지만, 이때 이 '차이'란 무엇인가? 가능성이다. 신화에서 소설로의 이행은 필연성이 지배적인 이야기에서 가능성이 지배적인 이야기로의 이행이며, 여기서의 가능성은 인간의 가능성이다. 우리는 소설의 가능성을 위에서 '말'이라고 해석했다. 그런데 말은 인간의 가능성과 다른 것일 수 없다. 하이데거가 반복해서 이야기했듯이,[3] '이성'이라고 번역되는 '로고스'의 일차적인 의미는 말이다. '이성적 동물'의 본래적 의미는 '말로서의 로고스를 가진 동물'이다. 여기서 '가지다'는 완전히 실현된 현실성으로서의 소유의 의미가 아니라 가능적으로 가진다는 의미이다. 인간은 말을 가질 수도 가지지 못할 수도 있는 동물이다. 또한 '동물'은 길들여지거나 길들여지지 않은 '짐승'의 의미가 아니라 보편적인 '생명zoe'의 의미를 함축한다. 그러므로 인간이란 '말의 가능성을 가진 생명체'다. 이때의 말은 소위 기표나 기의가 아니며, 그 둘이 결합된 기호도 아니며, 오히려 기표와 기의의 상징적 결합을 가능하게 해주는 '의미들의 의미'이며, 추상적인 의미가 아니라 구체적으로 살아 있는 의미다. 구체적으로 살아 있다는 것은 의미가 곧 관계적 존재라는 것이다. 의미의 생성에서 말은 행위와 다른 것이 아니다. 여기에 이 소설에 특징적인 대화적 성격의 핵심이 놓여 있다. 이 소설 속에서 드러나는 소설활동, 즉 쓰기와 읽기의 활동은 본질적으로 수사학적인 구조를 내포하고 있다. 하지만 이 수사학적인 '구조'는 허구, 즉 형성활동에 고유한 "유기체의 구조"(「다시 그를 찾아갈 우리의 소설 기행」, p. 384)로 이해되어야 한다. '로고스, 파토스, 에토스

---

3) 하이데거, 『존재와 시간』, 이기상 옮김, 까치, 1998, 특히 '현상'과 '로고스'에 관한 해석을 참조.

ethos'라는 수사학적 삼중 구조는 형성활동에 고유한 관계적 행위의 유기체적 구조다. 가능성과 능력의 현실태에서, 로고스는 말에 파토스는 침묵에 에토스는 이미지에 각각 상응하며, 그 셋은 서로 분리불가능하게 상호침투되어 있다. 소설의 서사구조, 즉 플롯은 소설 외부의 현실을 반영하거나 모방하는 것이 아니라 소설활동의 내부에서 형성되는 수사학적이고 유기체적인 구조로부터 자라나오는 것이다. 역설적인 사실은, 이 '플롯'이란 단어가 아리스토텔레스의 『시학』에 나오는 '미토스'라는 단어의 번역어라는 사실이다. 흔히 이성적 담론의 의미로 쓰이는 로고스와 대립되는 신화, 이야기 등을 의미하는 '미토스'라는 단어가 어떻게 서사의 형식이나 구성이나 구조를 나타내는 '플롯'이 되었는가? 특히, 아리스토텔레스에 의하면, 플롯, 즉 미토스는 '비극의 영혼'이다. 이때 '영혼', 즉 '스스로 운동하는 생명적 존재자'는 그저 비유인가? 로고스와 미토스, 로고스와 파토스, 말과 이야기와 플롯, 말과 침묵, 이성과 정서와 상상력, 이미지와 생명, 작가(화자)와 독자(청자)는 구체적인 관계성 안에서만 존재한다. 이 소설이 표현하고, 이 소설 속에서 경험되는 소설활동의 의미 또한 그렇다. 이 구체적인 관계성에서 멀어질 때, 그 모든 것들은 단순한 재생산, 모방, 표상으로 전락한다(이 전락의 위험은 창작활동 뿐만 아니라 독서활동, 평론활동에 공통적인 위험이다).

위에서 논의된 이 소설의 감춰진 주제들을 논외로 한다면, 결국 이 소설이 형상화하고자 하는 문제는 이런 것이다. 소설이 허구라면, 즉 '이미 있는 것'과 '아직 없는 것' 사이에서 발생하는 이행의 현상이라면, 그 이행은 어떻게 발생하며, 그때 나, 당신, 그, 우리의 관계는 어떻게 변형되는가? 우리는 이미 나와 당신 사이에 존재하던 최초의

그림 3

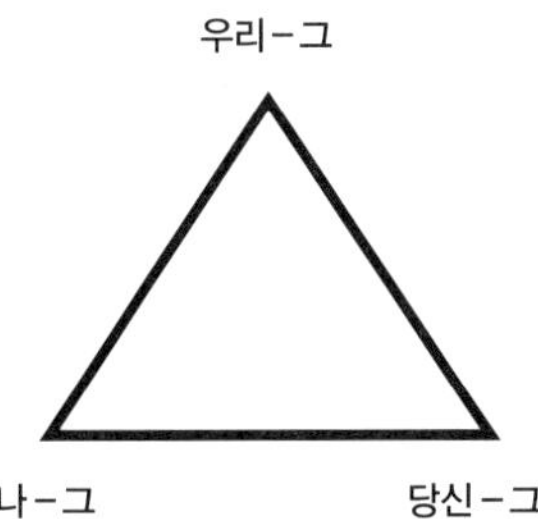

대립 관계의 깊이로 침투하는 과정을 하강의 역삼각형으로 나타낸 바 있다. 이 하강 과정에서 예기치 않게 등장하는 인물이 "그"이다.

그때 그는, 바로 여기, 우리 안에 돌연히 뛰어들었다(나는 과감히 '우리'를 내세운다). 그 이전에 그는, 그 어딘가 우리 밖에 저 혼자로만 있었다('우리'는 단순한 대명사가 아니다). 이제 그는 그 어딘가 우리 안팎에, 우리인 그로 있어야 한다 ('우리'는 스스로 살아 움직이는 존재태다). (「그때 그를 당신도 보았다면―혹은 보지 못했다 하더라도」, p. 113)

'그'의 등장을 이야기하는 위의 표현들에서 앞에서 언급했던 하강이 어떤 의미에서 상승이라는 주장이 설득력을 갖게 된다. 왜냐하면 이 소설이 도달하고자 하는 '우리'가 '그'를 통해서 이미 잠재적으로 주어지고 있기 때문이다. 말하자면, "스스로 살아 움직이는 존재태"이며 "우리인 그"는 '나'와 '당신'에게 공평하게 분배되면서 '우리'를 가능하게 한다. 물론 이때의 분배는 양적 분배일 뿐만 아니라 질적 분배이다. 왜냐하면 '그'를 통하여 형성되고 있는 '우리'는 "단순한 대명사", 즉 '나들'이 아니며 질적인 변화를 거친 '우리'(굳이 부르자면 4인칭)일 것이기 때문이다. 그러므로 상승의 삼각형은 다음과 같이 나타낼 수 있을 것이다. (그림 3 참조)

그런데 하강과 상승의 삼각형 사이에는 앞에서 말했던 새로운 대립 관계가 발견된다. 그 대립 관계는 소설 허구의 형성에서 어떻게 나타나고 있는가? 이 물음에 불완전하게라도 대답하기 위해서는 이 소설이 표현하고자 하는 '그'의 흔적을 추적해야 한다. '그'는 단순히 이 소설의 표면적 서사가 보여주는 '실패'한 마라토너 한구복이 아니다.

6. 전체와 부분, 양과 질, 양상 대립의 사각형

우리는 위에서 소설활동이 '이미 있는 것'에서 '아직 없는 것'으로의 이행이라고 했다. '이행'은 '사이의 현상'이다. 소설활동은 사이에서 일어난다. 다음의 인용문은 바로 그 점을 잘 표현하고 있으며, 또한 '그'의 정체에 관한 어떤 단서를 내포하고 있다.

한구복—그는, 당신이 읽은 그 과정을 거쳐, 마침내 쓰러졌고 주로를 벗어났으며 다른 길을 멀리 돌아 출발점으로 되돌아갔다. 언젠가 나는 그의 궤적의 여백을 읽어, 그가 그럴 수밖에 없었다는 이야기를 완성시키고 싶다. 그를 위해서, 당신을 위해서, 나를 위해서, 우리를 위해서. 그러나 지금, 나는, 그가 현실의 그와 미래의 허구의 그 사이에 있듯이, 당신이 현실의 당신과 내가 요청하는 당신 사이에 있듯이,

현실의 나와 최종적 이야기꾼으로서의 나 사이에 있다(그래! 그 사이
를 이렇게 말로 열어놓은 까닭에, 나는 한편으로 마지못해 소설인 척
함으로써 소설이 아닌 척해온 이 소설의 작가 자신인 척하는 이야기꾼
인지도 모른다. (「그때 그를 당신도 보았다면—혹은 보지 못했다 하더라
도」, p. 129)

여기서 모든 나, 당신, 그, 우리는 이행 중에 있으며 "사이"에 있
다. 이 "사이"는 "모호한 의혹과 탐색의 지대"(p. 115)이며, "'그'라
는 인간으로 육화된 소설적 진실을 발견"(p. 115)할 수 있는 미결정
적 잠재성의 영역이다. 이 잠재성의 영역(진지한 놀이의 영역)이 확
보될 수 있는 것은 "그 사이를 이렇게 말로 열어놓은 까닭"이다(분명
"말"은 미래로 개방될 수 있는 가능성이다). '그'의 등장과 함께 어떤
잠재성의 영역이 열렸다. 소설 속의 소설가-나에게 '그'는 어떤 관계
적 의미의 "충격"으로 다가오며, 이때부터 문제가 되는 것이 "능력"
이고 "소설적 상상력"이다. 즉 "그가 나에게 서서히 몰고 와 내 안에
가득 채워 놓은 그 어떤 충격을 당신에게 설득할 만한 능력"(p. 114)
이나 "그를 통해 당신을 감동시킬 소설적 상상력"(p. 114)이 문제가
된다. '그'를 매개로 불러일으켜진 힘은 과거에서 현재로 작용하는 인
과론적 힘이면서 미래에서 현재로 작용하는 목적론적 힘이다. 잠재성
의 영역이 열리면서 이 소설이 표현하고자 하는 것은 힘 혹은 능력의
현실태이다. 한구복 그는 마라톤 대회에서 "자기 능력 이상으로 질
주"(p. 117)했기에, 그러한 진행 혹은 상승은 곧 퇴각 혹은 하강을
의미했고, 그래서 이미 결정된 길이었던 "주로를 벗어났으며 다른 길
을 멀리 돌아 출발점으로 되돌아갔다." 이러한 '그'의 행위방식은 소

설가-나에게 전이되고, 그것은 또한 이 소설 자체가 보여주는 나선형-서사-운동의 방식이 된다.

모든 긍정적인 힘 혹은 능력은 항상 "자기 능력 이상으로" 활동하려는 의지를 갖는다. 항상 자신을 넘어서려고 한다. 긍정적 실현 혹은 발휘는 자신을 넘어서는 것이다. 능력이 능력으로 남아 있는 한에서, 거기에는 무능력이 더불어 있다. 가능성이 가능성으로만 남아 있는 한에서, 거기에는 불가능성이 더불어 있다. 그러므로 가능성과 능력의 현실태는 모순의 현실태다. 잠재성의 영역에는 능력과 무능력, 불가능성과 가능성의 모순이 존재한다. 그런데 가능성의 실현 혹은 능력의 발휘는 모순 관계에 있는 둘 중의 하나를 선택하고 다른 하나를 배제하는 행위가 아니다. 오히려 자발적인 의지의 결단에서 모순은 모순 그대로 비-모순이 된다. 모순관계를 형성하는 관계적 요소들이 서로의 안으로 침투하면서 새로운 융합을 실현한다. 죽기와 되기를 통한 변형적 형성. 거기서 불가능성은 가능성의 모순이 아니라 가능성의 극단이다. 그 역도 마찬가지다. 힘의 발휘는 모순의 융합이다. 거기서 가능성과 불가능성, 무능력과 능력은 서로를 한정하고 제어하면서 융합한다(따라서 폭력은 힘이 아니다). 이것이 자신을 넘어선 힘의 현실태이다. 소설 안의 소설가가 한구복이라는 '무명'의 주자의 "자발적 파행"(p. 127)으로부터 느낀 경이 혹은 "충격"은 믿기 힘든 '모순의 융합'이라는 현상의 경험에 있다. '그'의 행위에서 불가능성은 가능성이었고, 능력은 무능력이었다. 생활의 성공과 실패에 관계없이, '그'는 자신의 능력을 초월했다. 이 초월의 현상과 함께 비로소 힘의 '무한성'이 경험된다. 힘은 그때마다의 각자의 (무)능력에 한정되어 있는 한에서 유한하며, 그것을 넘어가는 한에서 무한하다. 그렇게 넘어가는 이행의 순간, 무한성이 자신을 드러내는 순간, 모순은 모순이 아니며, '이미 있는 것'과 '아직 없는 것'은 융합한다. 여기에 는 "역동적 반전"이 있다. 이 소설이 무명의 주자를 통해서 말하고 싶었던 것은 소설활동의 현상과 연관되어 있다.

이해할 수 있다, 또 다른 저 나의 출발을. 벌써 오래전에 예고된 것 이나 다름없는 이 소설적 실패를, 그렇지만 나는 그 나름으로 완성해야 한다. 그래, 기적은 없다. 나에겐, 말로 허구의 기적을 빚을 능력도 없 다. 기적을 바란 행적만이 있을 뿐. 그러나 그 무능력을 내 손으로 가 차없이 기록해두어야 하리라. 모순 이상으로 드러나는, 또 다른 기적을 끝내 추구하는 태도로. (「그를 찾아가는 우리의 소설 기행」, p. 282)

그래도 왠지, 이건 그럴 수도 있겠다는 생각이 든다. 어떤 역동적 반전이랄까. 마침내 소설적인! 마침내? 그렇다면 소설적인 것은 역동 적인 것? 저 너머에서, 여기에 고인 삶의 흐름을 상상 속에 터주는 것? 그러나 그때, 그렇게 역동적으로 보여진 그는, 구체적으로 무엇을 왜 어떻게 그토록 우회한 것일까? (「그때 그를 당신도 보았다면」, p. 125)

이 소설활동의 관점에서 "우회"와 "역동적 반전"이 강조되는 이유 는 이 소설가가 단순 대립의 서사가 아니라 양상 대립의 서사에 중요 성을 부과하고 있기 때문이다. 말하자면, 이 소설은 "그럴 수도 있겠 다"와 "그럴 수밖에 없었다"라는 문장들이 함축하는 양상 개념들인 가능성, 불가능성, 필연성, 우연성 사이에서 형성되고 변형되는 관계들의 역동적 과정을 표현하고자 한다. 그래서 이 소설집은「그는 왜 그럴 수밖에 없었을까」와「'그는 그럴 수밖에 없었다'고 쓰지 못하다」사이에서 '빠른 반전'을 보여주며, '그'를 찾아가는 '느린 우회'의 과정을 보여준다. 물론 이 반전과 우회는 미묘하게 상호침투되어 있다. 반복하건대, 이 서사의 운동은 나선형의 운동이다. 그리고 이제, '그'를 통해서, '나'와 '당신'의 관계는 가능성과 능력의 현실태 속에서 표현되어야 한다.

나는 가능한 한 여러 가능성을 위해 나를 풀어 열어놓고 싶었던 것이다. 그러므로 이제, 나는 이 소설의 작가 자신인 척하는 이야기꾼일 수도 있겠고, 작가로부터 비롯되어 그와 겹쳐져 있으면서도 다른 어떤 나들 중의 하나일 수도 있겠고, 당신으로서의 나일 수도 있겠고, 당신과 함께 찾아가고자 하는 '그'인 나일 수도 있겠다. (「그를 찾아가는 우리의 소설 기행」, pp. 192~93)

'그'에 의하여 확장된 지평 속에서 파악된 '나'와 '당신'의 대립 관계를 '양상 대립 관계'라고 부를 수 있을 것이다. 그런데 이른바 양상 개념들인 가능성, 우연성, 불가능성, 필연성 사이에 형성되는 대립 관계들은 최초의 단순 대립 관계들처럼 고정되어서 한쪽을 배제하는 관계가 아니라 역동적으로 융합하는 관계로 이해되어야 한다. '그'를 통하여 관계의 '질'이 달라진다. '나'와 '당신'은 소설이 '그'를 찾아가면서 '양'적으로 증식할 뿐만 아니라 '질'적으로 변화한다. 대립 관계는 더 이상 논리적 단순 대립 관계로 남아 있을 수 없다.

지나가는 길에 다만 한 가지, 앞의 제목이 위의 제목을 논리적으로 요구하는 것은 사실이지만 논리적으로 당연한 것은 소설이 되지 못하리라. 언제나 앞뒤를 어긋나게 꿈꾸는 소설적 눈으로 보자면, 그 둘 사이에는 순서가 없어 결국 서로가 서로를 삼키게 되어 있으리라. 비논리적으로, 혹은 소설적 논리로, 혹은 혼돈의 전체로. (「'그는 그럴 수밖에 없었다'고 쓰지 못하다」, pp. 188~89)

"소설적 논리"란 어떤 논리인가? 일반적 논리에 특징적인 소위 전칭긍정명제(모든 나는 당신이다), 전칭부정명제(모든 나는 당신이 아니다), 특칭긍정명제(어떤 나는 당신이다), 특칭부정명제(어떤 나는 당신이 아니다) 사이에 성립되는 대립 관계들은 양적인 전체와 부분의 관계이다. 여기서 대립은 양으로 파악된 전체와 부분을 긍정하거나 부정하는 것이다. 전체는 부분보다 '크다'는 것이다. 하지만 소설적 논리에서 나타나는 대립 관계, 즉 가능성과 능력의 전체성 속에서 파악된 양상 대립 관계는 질적인 변화의 관계이다. 여기서 '부분'은 '질적인 전체'일 수 있다. 가령 지금 이 소설의 태도를 보여주는 '어떤 나는 당신임이 가능하다'라는 문장에서 '가능하다'는 '어떤 나'와 '당신'의 관계에 변화를 가져오는 질적인 전체성의 의미를 내포하고 있다. 가능성은 '질'이며, 또한 가능성이 주어지는 순간에 다른 질들인 불가능성, 우연성, 필연성과 긍정과 부정의 관계가 더불어 주어진다. 그러므로 다음에 나오는 양상 대립의 사각형은 아직 결정되지 않은 채 역동적으로 "사랑싸움"(p. 62)하며 융합(상대적이고 정도의 차이가 있는 융합)하는 질적인 변화의 전체성 속에 있는 대립 관계로 이해되어야 한다. (그림 4 참조)

그림 4

어떤 나는 당신임이 가능하다.

어떤 나는 당신임이 우연적이다(허용된다).

어떤 나는 당신임이 불가능하지 않다.

어떤 나는 당신이지 않음이 필연적이지 않다.

어떤 나는 당신이지 않음이 가능하다.

어떤 나는 당신이지 않음이 우연적이다.

어떤 나는 당신이지 않음이 불가능하지 않다.

어떤 나는 당신임이 필연적이지 않다.

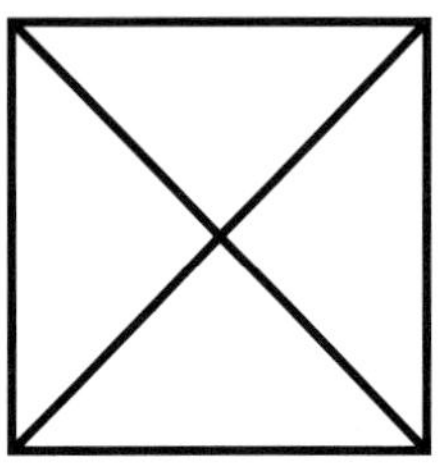

어떤 나는 당신이지 않음이 가능하지 않다.

어떤 나는 당신이지 않음이 우연적이지 않다.

어떤 나는 당신이지 않음이 불가능하다.

어떤 나는 당신임이 필연적이다.

어떤 나는 당신임이 가능하지 않다.

어떤 나는 당신임이 우연적이지 않다.

어떤 나는 당신임이 불가능하다.

어떤 나는 당신이지 않음이 필연적이다. [4]

---

4) 아리스토텔레스의 『명제론(해석에 관하여)』 9장에서 13장(18a28~23a26)까지 참조(아리스토텔레스, 『범주론·명제론』, 김진성 역주, 이제이북스, 2005. pp. 142~85). 물론 위에서 나타난 양상 명제의 대립 관계들은 아리스토텔레스가 '필연성'을 우위로 재배치하여 확정한 관계들의 구조가 아니다. 왜냐하면 이 소설 속에서 경험되는 소설활동의 중심에는 '가능성'이 우위에 있기 때문이다. 시간 혹은 생성의 관점, 그러니까 서사운동의 관점에서, 양상 개념들의 대립 관계들은 확정되어 있지 않고 끊임없이 움직이며 비논리적이기까지 하다. 하지만 이러한 소설의 특성이 플롯 혹은 미토스의 필연성을 완전히 배반하는 것은 아니다. 반복하지만, 여기서 중요한 것은 '관계들의 운동'이다. 가능성, 불가능성, 필연성, 우연성들 간의 관계와 그것들이 긍정과 부정에 대하여 맺고 있는 관계와 긍정과 부정 서로에 대한 관계, 이 모든 관계들의 구체적인 운동성을 표현하는 것이 이인성의 이 소설에서 중요하게 나타나는 현상이며, 이 현상을 이해하기 위해 다소 도식적이지만 끌어들인 것이 위의 양상 대립의 사각형이다. 덧붙여 말해 둘 것은 소설의

위의 대립 관계가 형식적이고 추상적인 대립 관계가 아니며 소설활동 속의 말과 사유와 행위의 자발적 결단(갈등과 화해, 고통과 환희가 결합된 결단) 속에 스며들어가 있다는 것을 강조하기 위하여, 우리는 바슐라르가 상상력에 관하여 그렇게 했듯이 저 양상 개념들을 4원소에 유비적으로 적용시킬 수 있을지도 모르겠다. 가령 불의 가능성(무능력 혹은 능력), 공기의 우연성(펼침), 물의 불가능성(능력 혹은 무능력), 대지의 필연성(접힘)에 대해서 말할 수 있을 것이다. 물론 이러한 유비 혹은 비유는 유동적인 것이며, 서로 모순적으로 자리를 바꾸며 결합할 수도 있을 것이다. 이 관계의 양태들을 자세히 분석하는 일은 지금 우리의 과제가 아니다. 가능성, 불가능성, 우연성, 필연성이 이 소설의 서사운동 속에서 구체적으로 어떻게 나타나고 있는지를 세부적으로 기술하는 일도 우리의 과제가 아니다. 그 과제를 수행하자면, 이미 장황해져버린 이 소설에 대한 이 평론의 분량이 몇 배로 늘어나야 할 것이다. 다만 우리는 중요한 한 가지를 지적하고 이 글의 결론으로 이행하고자 한다. 즉 이 소설의 서사운동의 지향점이 저 양상 대립 관계들에서 종결되는 것이 아니라는 것이다.

억지로 데려올 수도 없고, 아무래도 저 둘이 돌아오기를 바라는 건 영 글른 것 같네. 그렇다니까 글쎄, 그러니 숫제 갈 데까지 맘껏 가보라는 게 낫지. 하나는 스스로 죽었다고 나자빠졌으니 할 수 없고… 우리야 무한 증식할 수 있는 존재들 이니까, 그걸로 섭섭함을 달랠 수밖에. 그래도 다 우리의 일부였는데… 그렇게 과거형으로 떨쳐내지는 말

이론에 강력한 영향을 미친 아리스토텔레스의 『시학』에 나타난 플롯 즉 미토스에 관한 논의에서 '역전'과 '인식'과 더불어 양상 개념들이 중요성을 띠고 나타나고 있다는 것이다.

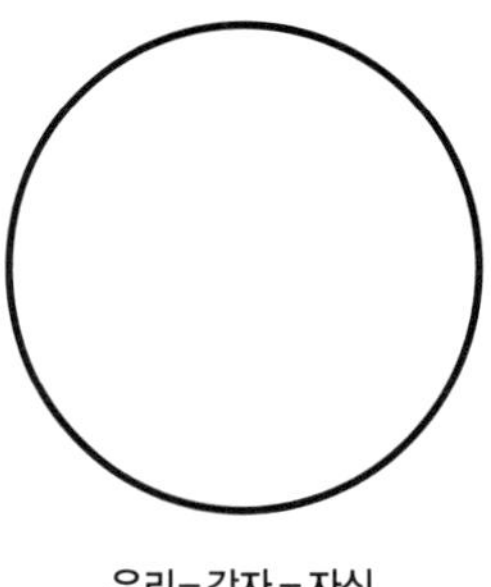

우리-각자-자신

게, 이렇게 한 소설 속에 얽혀 있는데 말일세. 오히려 저 나들 덕분에 아주 중요한 깨달음을 얻은 셈인지도 모르지. 무슨? 이 소설 저 앞부분에서 '그'를 찾아가는 일이 '당신'들을 찾아가는 일과 동시적이라 했었지 않나? 그랬었지. 그런데 이제는, 거기서 그치지도 그칠 수도 없다는 게 확실해진 것 아니겠나? 잘 이해가 안 가는군. 그것은 또한 동시에 '나'를 찾아가는 일임이 밝혀졌단 말이네. (「그를 찾아가는 우리의 소설 기행」, pp. 235~36)

이 인용문의 마지막에서 말하는 '나'는 이 소설의 처음에 등장하여 '독자-당신'에게 거친 대립성을 드러냈던 '소설가-나'와 동일한 '나'가 아니다. 오히려 이 '나'는 구체적인 관계적 운동을 통하여 형성되고 있고 변형되고 있는 '나'이다. 이 '나'는 처음에는 어둠 속에 감춰져 있었지만 점진적으로 '발견'(혹은 발명inventio)되고 있는 '나'이기도 하다. 소설활동이 '이미 있는 것'(혹은 다르게 될 수 없는 것)과 '아직 없는 것'(혹은 다르게 될 수 있는 것) 사이의 이행의 현상인 한에서 발견이면서 발명인 활동이라고 말할 수 있듯이, 이 '나'에 대해서도 그렇게 말할 수 있을 것이다. 그리고 앞에서 여러 번 언급했듯이, 이 '나'에게는 '우리-각자-자신'이라는 명칭이 어울릴 것이다. 이 '우리-각자-자신'은 이 소설이 표현하고자 하는 전체성 속에서 파악된 '나'이다. 그런데 우리는 동서양의 전통 속에서 전체성을 둥근 원으로 나타냈다는 것을 안다. 그러므로 이 소설의 서사운동을 해석하고자 하는 우리의 노력 속에서 끌어들인 사각형들과 삼각형들의 도식에는 '우리-각자-자신'을 상징하는 원의 운동도 포함시켜야 할 것이다. (그림 5 참조)

7. 달팽이와 소설

이 소설의 소설활동의 현상을 통해서 경험되는 소설의 의미가 지금까지의 해석을 통해서 드러났는가? 그리고 그 의미는 어느 정도의 구체적인 보편성을 함축하는가? 우리는 이 질문들에 대해서 단언할 수 있는 대답을 가지고 있지 않다. 단지 지금까지의 해석과 우리의 예감과 함께 막연하게 말하자면, 또한 가다머의 사유에 도움을 받아 말하자면,[5] **소설이란, 그 안에서 우리의 총체적 변환이 일어나는 형성체로서의 놀이-공간을 확보하기 위하여, 말과 침묵의 가능성과 능력에 근거하여, 상상력을 통하여, 진행과 퇴각과 상승과 하강의 과정 속에서 개별적 차이를 만들어내는 나선형의 서사운동**으로 파악될 수 있는 무엇인 듯하

---

5) 한스 게오르크 가다머, 『진리와 방법』, 이길우 외 역, 문학동네, 2000. 특히 pp. 189~
  219 참조.

다. 이 소설책은 자신을 "인쇄된 문자를 매개로 한 상상적 연극놀이"(p. 74)라고 말했고, 지금까지의 우리의 해석도 그것을 지지하며, 다음의 인용문은 그러한 소설의 의미를 보충하는 의미를 담고 있다.

> 조건, 없어…,, 수락하리라…, 결단으로, 다하지…, 못한…, 시간…,, 그, 수락이…, 구워낸, 뜻 항아리에…, 담긴, 빈…, 침묵만은, 아닌…, 공간을…, 빛을 지니… (「한없이 낮은 숨결」, p. 375)

나선형 서사운동의 "시간"을 통하여 "뜻 항아리"처럼 빚어진 놀이(진지한 놀이)의 "공간"은 이 소설 속의 소설가가 해석해 달라고 부탁하는 꿈에 토대를 두고 상징적으로 표현하자면 '달팽이의 집'이다. 달팽이의 집 혹은 껍질은 나선형이다. 종이의 원료가 되는 나무의 나이테가 보여주듯이, 달팽이의 집 혹은 껍질의 나선형은 "유기체"(존재론적 유기체)의 생명활동을 상징적으로 표현한다. 그것은 독특한 방식으로 닫히면서도 열리는 서사운동의 "역동적 구조"를 표현한다. 여기서는 열면서 닫고, 닫으면서 열고, 드러내면서 감추고, 감추면서 드러내는 상징과 의미의 현상학적이고 해석학적인 놀이가 가능해진다. 그러므로 "틀 밖에서 틀에 대해 쓰는 순간, 그 밖은 틀 밖의 틀로 껍질이 되어 닫힌다. 아무리 껍질을 벗겨도 껍질 안에 담기는, 아아, 소설 쓰기란 이토록 저주스런 운명을 타고났는가"(「이미 그를 찾아간 우리의 소설 기행」, p. 352)라는 소설의 말을 "껍질"을 탓하는 말로 이해하면 안 된다. 중요한 것은 그 "껍질"이 얼마나 깊이 있는 방식으로 형성/변형되어야 하느냐는 것이다. 이런 관점에서 이 소설가의 꿈은 해석될 수 있을 것이다.

들어보라. 이 소설이 써지지 않아 허우적대던 어느 날, 나는 그냥 방바닥에 엎어져 잠이 들었는데, 아주 희귀한 꿈을 꾸었다. 〔……〕 담쟁이가 가득 얽힌 축대에 어마어마한 달팽이가 보랏빛 껍질을 빛내며 달라붙어 있었던 것이다. 비 온 다음 날의 맑게 개인 아침인 듯 햇살이 푸른 담쟁이와 그 안에 담긴 달팽이 껍질에 영롱하게 어리고 있었다. 〔……〕

꿈에 뜻이 있다면, 그건 무슨 뜻이었을까? 내 어떤 무의식의 재현일까? 나는 해석하지 못한 채 그 꿈을 간직하고 있다. 드물게 꾸는 천연색 꿈이었고, 뭔가 의미가 들어 있는 것만 같아서. 그렇듯 내 글 속에도 내가 모르는 내가 스며들 수 있으리라, 스며들 수밖에 없으리라. 나는, 그 내 모습을 당신이 해석해주기 바라고 있다. 더 철저하게 내가 드러나도록. (「나의 자기 진술, 당신의 심문에 의한」, pp. 62~63)

우리는 저 "보랏빛 껍질"로 나타난 달팽이의 이미지가 함축하는 의미를 이미 이 평론의 처음부터 지금까지 해석해왔다. 저 이미지는 이 소설의 전체의미를 집약하고 있는 상징이다. 먼저, 그것은 관계성 속에서 형성되는 나선형 서사운동의 이미지로 나타난다. 즉 우리가 앞에서 끌어들인 도식들을 나선형 운동의 궤적으로 연결시켜 나타내면, 그것은 달팽이의 껍질 혹은 집이 될 것이다. (그림 6 참조)

저 달팽이의 껍질은 "보랏빛"이고, "천연색"이다. 색은 빛과 어둠의 진지한 놀이에 의하여 나타난다. 다시 괴테의 색채론을 끌어들여서 말하자면, 보라색은 빛을 통한 어둠의 활동이 상승/고양되어서 나

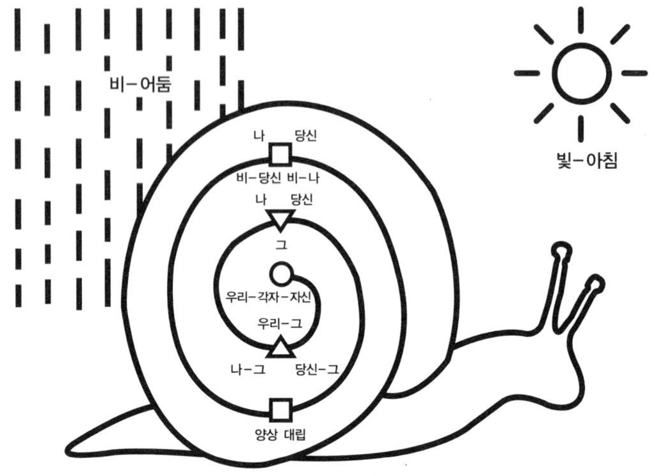

소설가의 꿈에 나타난 비 온 다음 날의 맑게 개인
아침을 맞이하는 어마어마한 달팽이.

타나는 색이다. 그것은 빛과 어둠, 의식과 무의식, 남성과 여성과 같
은 양극성이 하나로 통합되어가는 과정을 상징한다. 자웅동체인 달팽
이는 그러한 양극성의 통합에 관한 상징이다. 물론 이 통합은 완결된
통합이 아니다. 우리는 이미 나선형의 상징성에 관하여 이야기했다.

달팽이는 느리다. "문학은 더디다."(p. 69) 그런데 믿기 힘든 소문
에 의하면, 달팽이는 순간 이동을 할 수 있다. 그러나 느린 "우회"를
통하여 "출발점으로 되돌아"오는 나선형의 운동은 이미 순간 이동이
다(그 '우회'에는 '역동적 반전'이 속한다). 또한 달팽이는 자신이 숨을
수 있는 집을 지니고 다니며, 그 안으로 퇴각했을 때, 죽었는지 살아

있는지 알 수가 없다. "문학은 서럽고 약한 자들이 지친 마음을 끌고 와 울음을 터뜨릴 수 있는, 또 죄지은 자들이 숨어들어 저 혼자 속죄할 수 있는 은밀한 방이 되어주어야 한다고. 현실에서의 패배가 꼭 패배는 아니며 삶을 저렇게가 아니라 이렇게도 볼 수 있다는 위안을 주어야 한다고"(p. 67). 소설은 달팽이의 집과 같은 "은밀한 방"이다. 다른 방식의 삶을 가능하게 해주는 침묵의 대화가 발생하는 공간이다. 소설은 어떤 의미에서 열려 있고 다른 의미에서 닫혀 있는 "물음표처럼 생긴 귀"(p. 345)를 요구하는 '소리'들이 형성되고 변형되는 공간이다. 소설은 "비 온 다음 날의 맑게 개인 아침"에 나타나게 될 보랏빛 껍질로 빛나는 달팽이에 관한 꿈이다. 변환의 형성체에 관한 꿈.

　소설은 어둡다. 이 소설이 "짙은 어둠의 응시"로부터 시작해서 여전히 "암중모색"했듯이. 소설은 어딘지 모르게 불편한 느낌을 우리에게 준다. 그것은 모호하게 진지하고 애매하게 명랑하다. 소설은 모순율과 배중률에 근거하는 추론적 의식에 황당한 상처를 준다. '그게 말이 돼?!'라는 반응을 동반하는. 하지만 '우리'(?)는 빛을 본 적이 없듯이 어둠(비-빛)을 본 적도 없다. 우리는 밝은 색을 보았거나 어두운 색을 보았을 뿐이다. 마찬가지로 우리는 침묵을 들은 적이 없으며, 분명한 소리나 희미한 소리를 들었을 뿐이다. 사정이 이러하다면, "빛이 어둠인지 어둠이 빛인지" 우리는 모르고 있는 것이다. '침묵이 소리인지 소리가 침묵인지'에 대해서도 그럴 것이다. 그렇다면, 대립성을 넘어설 수 있는 가능성을 확보하기 위하여 우리에게 요구되는 것은 '우리-각자-자신'을 향하여 개방될 수 있는 투명성을 얻으려는 노력일 것이다. 투명성을 얻고자 노력하는 불투명성의 공간, 이것이 이인성의 소설이 보여준 소설의 공간이 아닌가? 여기서 요구되는 태도는 '그게 말이 돼?!'가 아니라 '말이 된다고 해보자?!'이다. 수학, 과학, 철학에서의 '증명'도 많은 부분 명시적이거나 암묵적인 '~라고 해보자'라는 가정, 가설의 방법에 의존하지 않는가? 우리는 가정, 가설을 '거짓말'이라고 규정하지 않는다. 소설 또한 거짓말이 아니다. 소설은 진리와 비-진리 모두에 대한 가능성이며, 그것은 소위 '진리 값'을 갖지 않는다. 그러므로 소설의 지향점은 불투명한 '우리-각자-자신'이 더욱 투명하게 인식될 수 있는 경험을 가능하게 하는 데 있을 것이다. 여기서는 이해의 제한된 지평을 확장하려는 생기에 찬 부단한 활동(죽기와 되기)이 요구되며, 바로 그러한 생기의 활동이 이인성의 소설에서 발견되는 것이다. 따라서 소설 속의 다음의 말은 이인성의 소설에도 적용될 수 있을 것이다.

그 글의 감동은, 제 글의 그릇을 넘쳐나는 세계를 쓸어 담으려는, 그래서 논리의 비약이나 용어의 불확실함이 초래됨에도 불구하고 끝내 밀고 나감으로써 글의 그릇도 더 크게 만들려는 생생한 맥박, 자신과의 부단한 마주침·드러냄 등에 있었다. (「이미 그를 찾아간 우리의 소설 기행」, p. 311)